Dans la même collection:

(Suite en fin de volume)

Fleuron
Collection dirigée par Béatrice Didier et Robert Kopp
50

UNE PARTIE
DE CAMPAGNE
ET AUTRES CONTES
DE LA RIVIÈRE

Illustration de couverture:
Auguste Renoir. Les canotiers à Chatou
National Gallery, Washington

Maquette: Thomas Gehring
Art Center. College of Design (Europe)
La Tour-de-Peilz
Concept et réalisation: Alain Babel

Guy de MAUPASSANT

UNE PARTIE
DE CAMPAGNE

ET AUTRES CONTES
DE LA RIVIÈRE

Textes intégraux

Choix et préface de
Pierre Brunel

Fleuron

PRÉFACE

PAROLES AU FIL DE L'EAU

Guy de Maupassant est l'auteur d'une vingtaine de recueils de nouvelles, dont deux sont posthumes. Certains ont pour titre celui du texte liminaire: *La Maison Tellier, Mademoiselle Fifi, Clair de lune*. D'autres, comme *Contes de la Bécasse, Contes du jour et de la nuit*, ont un titre thématique, ou plutôt emblématique. Pour aucun de ces livres l'écrivain n'a choisi de voir figurer sur la couverture *Une partie de campagne*. Cette nouvelle est d'ailleurs seulement la septième dans l'édition définitive de *La Maison Tellier*. Pour aucun d'entre eux il n'a prévu *Contes de la rivière*.

Le volume que nous constituons est donc factice. Mais il appelle au moins deux justifications. Tout d'abord, *Une partie de campagne* occupe dans l'œuvre de Maupassant une situation nodale. Cela ne s'explique pas seulement par l'audience que lui a assurée l'admirable film, inachevé mais parfaitement abouti, de Jean Renoir, en 1937. Cette nouvelle, on peut bien la dire exemplaire. Publiée en 1881, préparée par les textes antérieurs, comme *Les Dimanches d'un bourgeois de Paris* (1880), elle conduit naturellement à *Mouche* (1890), comme une barque suit le fil de l'eau. Plus tard, *Regret* (1883) peut apparaître comme une contre-partie de campagne, où l'on retrouve un déjeuner sur l'herbe, mais où la séduction possible n'a pas lieu: M.Saval découvre, trop tard, qu'il a laissé passer sa chance auprès de Mme Sandres. *Au bois* (1886) est l'ultime partie de campagne d'un couple vieillissant: les époux Beaurain viennent, comme le ménage Dufour, du centre de Paris, de la rue des Martyrs, à Bezons, ils connaissent l'ivresse de la campagne, ils retrouvent de jeunes ardeurs, et ils perdent la tête. "Je songeais comme c'est bon d'être couché sur les feuilles en aimant quelqu'un", explique Mme Beaurain au maire, qui se montre finalement indulgent pour la délinquante.

D'autre part, Maupassant a lui-même envisagé, à ses débuts littéraires, d'écrire un livre sur ce qu'il présente, dans une lettre à sa mère du 6 octobre 1875, comme ses "scènes de canotage". C'est l'époque où, employé au Ministère de la Marine, il saisit toutes les occasions de sortir de Paris et d'aller jouir des plaisirs que lui offrent la Seine et la navigation de ceux qu'il appelle, avant Guy de Pourtalès, des "marins d'eau douce" ("Marin d'eau douce" est le nom, semble-t-il fictif, d'un hôtel d'Argenteuil dans *L'Armoire*, 1884). Il en a besoin pour oublier l'ennui du bureau, les chefs tâtillons et mesquins, et pour assouvir ses juvéniles ardeurs. "La Seine", écrit Martin Pasquet, "fut la plus

grande, la plus chère occupation du jeune homme
entre 1872 et 1880, une véritable passion, impérieu-
se, exigeante, qui renoue avec l'enfance passée sur
l'eau en compagnie des camarades, pêcheurs et
marins[1]."

Dès l'été 1873, il loue à frais communs avec son
ami Léon Fontaine une chambre au bord de la
Seine, à Argenteuil, chez un nommé Garachon, à
l'enseigne du "Petit Matelot". Un peu plus tard il
s'installe à Bezons, dans l'auberge du Poulain, qui
est aussi celle de la mère Poulain : c'est le Restaurant Poulin (*sic*) où s'arrêtent la carriole du laitier
et la famille Dufour qu'elle a transportée - un peu
comme celle du père Junier sur une toile du Doua-
nier Rousseau. A Chatou, Maupassant est l'un des
nombreux familiers de la Grenouillère, que peint
Auguste Renoir et que chantera encore Apollinaire,
du restaurant Fournaise qui deviendra le restaurant
Grillon dans *La Femme de Paul*. Par un autre jeu
de mots, l'atmosphère de la Grenouillère est évo-
quée comme une "fournaise". Dans *Les Dimanches
d'un bourgeois de Paris* il est question de "la
maison du constructeur Fournaise".

Plus tard encore, on voit Maupassant à Sartrou-
ville, au 38, quai de la Seine, chez "maman Levas-

---

[1] *Maupassant. - Biographie, étude de l'œuvre*, Albin Michel,
1993, p. 27-28.

seur". De là il découvre la forêt de Saint-Germain
et le petit vallon de La Frette, au bord de la rivière.
Durant l'été de 1889, il séjourne à Triel-sur-Seine.
Son serviteur, François Tassart, le représentera dans
ses *Souvenirs* pris par la contemplation du paysage,
"des bouquets de grands arbres" qui "miraient leurs
hautes silhouettes dans l'eau fugitive et y faisaient
de grandes taches sombres"[2] .C'est à Triel sans
doute qu'il a conçu *Mouche*. Le nom de l'"ébauche
de femme" que se partagent les cinq canotiers, les
cinq compères, fait penser à celui du bateau à
vapeur qui, au début d'*Au printemps*, est décrit
"couvert de passagers", ou plutôt à celui du genre
d'embarcations auquel il se rattache, le bateau-
mouche.

En 1889, s'il vit intensément le moment présent,
Maupassant se laisse surtout envahir, à la vue de la
rivière, par le flux des souvenirs. Dans *Mouche*,
excellemment défini par Armand Lanoux comme
un "adieu à la jeunesse"[3], il revient vers le temps
déjà lointain où, à Argenteuil, baptisé Aspergopolis,
— la cité des asperges — , il avait fondé avec ses

---

[2] *Nouveaux souvenirs intimes sur Guy de Maupassant*, texte
établi, nnoté et présenté par Pierre Cogny, Nizet, 1962, p. 176-
177.
[3] *Maupassant le Bel-Ami*, Fayard, 1967, rééd. Le Livre de
Poche, 1983, p. 130.

amis une sorte de "colonie", la colonie des Crépi-
tiens. Les personnages de la nouvelle sont ses
camarades d'alors: Léon Fontaine, devenu "Petit
Bleu", Henry Brainne, qu'on croit deviner en
"Tomahawk", Robert Pinchon, représenté en "La
Tôque", Albert de Joinville, l'entreprenant "N'a-
qu'un-Oeil". Lui-même, il est le cinquième, Joseph
Prunier, pseudonyme dont il a signé ses premiers
écrits et en particulier sa première nouvelle publiée,
La Main d'écorché (1875).

Sans doute les compagnons des bords de Seine
ont-ils cherché à se retrouver et à reconstituer leur
cercle. Ainsi à Cannes, en 1885, si l'on en croit
François Tassart. Mais la mémoire de Maupassant,
et la nouvelle qui s'en nourrit, sont de meilleurs
lieux de sauvegarde. Souvenirs de Bezons, dans
Une partie de campagne, dans *Petit soldat*, dans *Au
bois*, avec un territoire magique, le bois Champioux; souvenirs de Chatou, dans *La Femme de
Paul*; souvenirs de Bougival, de Maisons-Laffitte
ou du Pecq dans *Mouche*: c'est toute la Seine
proche en aval de Paris qui coule dans ces nouvelles de Maupassant et, comme elle, le texte relie les
bourgades au bord de la rivière, les points d'an-
crage successifs. Et elle est là, lovée dans les mots,
elle, "ce grand serpent bleuâtre aux ondulations
sans nombre, ce fleuve adorable et doux qui passe
au cœur de la France: LA SEINE".

Cette image du serpent est empruntée à l'un des premiers textes, *Les Dimanches d'un bourgeois de Paris*. Maupassant s'y place plus au point de vue du médiocre et prosaïque M. Patissot qu'au sien, qui est, bien mieux que dans le recueil *Des vers*, un regard de poète. Déjà, dans les premières lignes d'*En canot*, qui deviendra *Sur l'eau*, il prête à un canotier enragé, solitaire, toujours près de l'eau, toujours sur l'eau, toujours dans l'eau, cette "grande passion, une passion dévorante, irrésistible — la rivière"[4]. A l'autre bout de l'œuvre, cette passion est intacte dans *Mouche* où, par le truchement d'un narrateur anonyme qui lui ressemble comme un double, Maupassant confie:

> Ma grande, ma seule, mon absorbante passion, pendant dix ans, ce fut la Seine. Ah! la belle, calme, variée et puante rivière pleine de mirages et d'immondices. Je l'ai tant aimée, je crois, parce qu'elle m'a donné, me semble-t-il, le sens de la vie.

Ce texte, sous-titré "Souvenir d'un canotier", est d'autant plus précieux que, toujours à travers la

---

[4] Texte du manuscrit correspondant au premier état d'*En canot* dans l'édition procurée par Louis Forestier des *Contes et nouvelles* dans la Bibliothèque de la Pléiade, tome I, 1974, nouvelle édition 1993, p. 1650. Le texte de *Sur l'eau* est d'ailleurs assez peu différent.

parole prêtée au même intermédiaire, Maupassant revient aussi sur ce projet littéraire ancien qui n'a jamais abouti et auquel le présent volume donne forme. "Que de fois", écrit-il avec un soupir de regret, "j'ai eu envie d'écrire un petit livre, titré *Sur la Seine*, pour raconter cette vie de force et d'insouciance, de gaieté et de pauvreté, de fête robuste et tapageuse que j'ai menée de vingt à trente ans".

"En bateau": ce titre de la *Petite suite* pour piano à quatre mains de Claude Debussy, publiée aux éditions Durand en février 1889, renvoie sans doute, plutôt qu'à Maupassant, au Verlaine des *Fêtes galantes*:

> *Cependant la lune se lève*
> *Et l'esquif en sa course brève*
> *File gaîment sur l'eau qui rêve*[5].

Mais peut-être l'univers de Maupassant n'est-il pas si éloigné de celui de Verlaine. L'auteur des contes de la rivière n'ignore ni la poésie du clair de lune sur l'eau, ni le mystère du mouvement et du passage, ni les galanteries un peu lestes dont un

---

[5] Edition Jacques Robichez des *Œuvres poétiques* de Verlaine, Classiques Garnier, nouvelle édition Dunod, 1995, p. 91.

simple petit bateau peut être le cadre, — galanteries évoquées dans les strophes précédentes du poème de Verlaine et curieusement éludées dans *Lettre trouvée sur un noyé*. Il n'est pas si éloigné non plus de l'univers du jeune Debussy, et on peut deviner dans le premier morceau de la *Petite suite* le battement des rames, le rythme secrètement vigoureux des canotiers de Maupassant, tels M. Henri et son compagnon, son complice, dans *Une partie de campagne*.

Aucune de ces nouvelles n'est intitulée "En bateau". Mais l'une des toutes premières est *En canot* (1876), signée Guy de Valmont et appelée à devenir *Sur l'eau* (1881). Même si le sujet est tout autre, on ne peut s'empêcher de remarquer ce nom de séducteur, choisi pour nouveau pseudonyme, et de penser que le bateau, la rivière et ses abords, l'île sont chez Maupassant des instruments et des lieux pour la conquête amoureuse. M. Henri, qui possède Henriette Dufour dans un "asile introuvable" de l'île aux Anglais, près de Bezons, "dans un inextricable fouillis de lianes, de feuilles et de roseaux" (*Une partie de campagne*), Servigny qui tente avec moins de succès la même opération auprès d'Yvette dans l'île aux grenouilles, à Chatou (*Yvette*) se sont embarqués avec leur partenaire vers cette *Isle joyeuse* que Debussy évoquera en 1904 dans une pièce pour piano subtile et brillante.

Certes l'*Isle joyeuse* de Debussy est la Jersey de
ses amours triomphantes avec Emma Bardac plus
que l'île aux Anglais ou la Grenouillère. Mais chez
lui comme chez Maupassant l'embarquement se fait
pour Cythère, l'île de Vénus et de ses plaisirs, sans
la fausse naïveté qu'y mettra Francis Poulenc dans
une valse musette pour deux pianos, *L'Embarquement pour Cythère*, destinée au film *Le Voyage en
Amérique*.

Il ne faudrait pas croire que dans les nouvelles
de notre Normand il ne soit question que d'embarcation sur la rivière, de canot ou de yole, voire
d'"océan" (*Sur l'eau*). Le nom de ce "gros bateau",
de ce dériveur de douze pieds dont Maupassant lui-
même aimait à user, renvoie à la navigation sur
mer. Et par exemple la barque méditerranéenne de
Blanc et bleu (1888), le bateau qui, dès la première
phrase de *Découverte* (1884), apparaît "couvert de
monde" et va du Havre à Trouville, est bien un
bâtiment marin, qui passe au large de l'embouchure
de la Seine.

Mais la Seine relie la Normandie natale au Paris
d'adoption, et la Seine de Maupassant, c'est celle
des environs proches de la capitale plus que celle
de Rouen, celle de Renoir ou de Sisley plus que
celle de Charles Angrand, même si le paysage de la
rivière garde pour lui la magie du pays d'enfance,
comme le bassin d'Argenteuil, qu'a peint Claude
Monet, rappelle aux deux pioupious de *Petit soldat*

"la mer bretonne, le port de Vannes dont ils étaient voisins, et les bateaux pêcheurs s'en allant à travers le Morbihan, vers le large".

L'herbe envahit le paysage de la rivière, l'île et la prairie voisines. "Sur l'herbe" est un autre lieu verlainien pour l'ébat des fêtes galantes (c'est le titre d'un poème-dialogue qui sera délicatement mis en musique par Maurice Ravel), un autre lieu de délices chez Maupassant pour Parisiens en goguette. "Nous étions alors aux derniers jours de juillet", écrit-il dans *Le Père Mongilet* (1885, nouvelle reprise des *Dimanches d'un bourgeois de Paris*), "et chacun de nous, chaque dimanche, allait se rouler sur l'herbe ou se tremper dans l'eau dans les campagnes environnantes. Asnières, Argenteuil, Chatou, Bougival, Maisons, Poissy, avaient leurs habitués et leurs fanatiques". Dans *Une partie de campagne*, Madame Dufour s'éboule dans l'herbe, et le canotier avec lequel elle lie conversation sait "faire vibrer dans le cœur de ces bourgeois privés d'herbe et affamés de promenades aux champs cet amour bête de la nature qui les hante toute l'année derrière le comptoir de leur boutique". Emile Zola a su dire aussi dans *Aux champs* (ou *La Banlieue*, 1881) le "goût immodéré" des Parisiens "pour la campagne", "leur passion malheureuse pour l'herbe et les vastes horizons"[6].

On pense à tous ces tableaux d'époque qui représentent des canotiers: *Argenteuil* (1874) d'Edouard Manet, *Le Déjeuner des canotiers* (1881) d'Auguste Renoir) ou de frêles embarcations sur la Seine: *Les Régates à Argenteuil*, *Les Barques*, *Bateaux de plaisance* de Claude Monet, peints entre 1872 et 1874. Mais il est très frappant de constater que la référence majeure reste la toile d'Edouard Manet, *Le Déjeuner sur l'herbe*, qui avait fait scandale au Salon des Refusés en 1863 et dont Zola avait pris vigoureusement la défense. Ce n'est pas un hasard si l'imagination créatrice de Jean Renoir est passée, à vingt ans d'intervalle, d'*Une partie de campagne* à un nouveau film, beaucoup plus libre, *Le Déjeuner sur l'herbe*. Ce mouvement est celui-là même du début de la célèbre nouvelle de 1881 puisque les Dufour, ayant quitté Paris le jour de la sainte Pétronille, le 31 mai, pour une partie de campagne, s'arrêtent au Restaurant Poulin pour déjeuner, non point dans une salle à manger close, dans un "cabinet particulier", mais "sur l'herbe", sans table ni chaise.

La Seine n'apparaît pas dans *Le Déjeuner sur l'herbe* de Manet. Mais l'eau y est présente, avec

---

[6] *Aux champs*, rééd. Rumeur des âges, 1993, p.7, 9.

à l'arrière-plan un ruisseau sur lequel se penche une laveuse peut-être. L'œuvre eut pour premier titre *Le Bain* , et la femme nue qui fit scandale, assise à côté de deux messieurs habillés, dont le peintre lui-même, se sèche au sortir de l'eau. Ainsi peut s'expliquer l'autre glissement qui se produit, dans *Une partie de campagne*, du déjeuner sur l'herbe vers la Seine: rivière pour pêcheurs à la ligne, comme M. Dufour, moins passionné pourtant que M. Sauvage et M. Morissot, les *Deux amis* qui, au moment de l'Occupation prussienne, ont payé de leur vie leur désir irrépressible de franchir les avant-postes et d'aller taquiner le goujon, au delà de Colombes, en face de l'île Marante; rivière pour dormeurs, comme le garçon aux cheveux jaunes, l'apprenti quincaillier, le commis de M. Dufour, futur mari d'Henriette et futur successeur du beau-père (On pense aux *Demoiselles des bords de Seine*, peintes par Gustave Courbet dès 1856-1857); rivière pour promenades galantes sur des yoles aux noms très féminins (M. Dufour fait observer que les deux montants qui retiennent les avirons s'appellent des "dames"). La "confusion des senti-ments" (*Verwirrung der Gefühle*) de Stefan Zweig (1926) passera par de telles parties sur l'eau.

Le plus important de tous ces glissements rendus possibles et par la fluidité de l'eau et par la subti-lité de la nouvelle est le passage du déjeuner sur l'herbe au baiser, et même à l'étreinte, sur l'herbe.

Maupassant a écrit une nouvelle, en forme de lettre, sur *Le Baiser* (1882): "préface charmante, plus délicieuse que l'œuvre elle-même", "la plus parfaite, la plus divine sensation qui soit donnée aux humains, la dernière, la suprême limite du bonheur". Il en a donné une autre sur *Les Caresses* (1883), et il y parle encore de baiser: "N'avez-vous jamais eu le désir du baiser? Dites-moi si les lèvres n'appellent pas les lèvres, et si le regard clair, qui semble couler dans les veines, ne soulève pas des ardeurs furieuses, irrésistibles?"

Au bord de la rivière, sur l'herbe, dans l'isle joyeuse, le prélude va vite vers son accomplissement. Henriette Dufour cède à M. Henri, comme si le "tête-à-tête sur l'eau" avait entretenu "un besoin vague de jouissance". Dans *Le Père,* Louise, qui a fait promettre à François Tessier de la traiter en honnête fille et de la respecter avant de partir avec lui à Maisons-Laffitte, ne résiste pas à l'ivresse déclenchée et entretenue par la proximité ensorceleuse de la rivière, et "tout doucement, ils s'embrassèrent, puis s'étreignirent, étendus sur l'herbe, sans conscience de rien que leur baiser".

Les variations piteuses ou négatives (l'aventure de M. Patissot, corrigée dans *Souvenir*, celle de Paul Saval dans *Regret*, celle du Noyé dans la Lettre) ne servent qu'à mieux mettre en valeur ce qu'on peut considérer comme un acte fondamental, depuis le "premier adultère" de *Souvenir* et ces

"prouesses sexuelles" qui, pour Maupassant canotier, s'associent à la "joyeuse vie" au bord de la
Seine, comme l'a justement suggéré Marie-Claire
Bancquart[7]. "Je suis une espèce d'instrument à
sensations", écrivait-il en janvier 1881 dans une
lettre à Gisèle d'Estoc, "j'aime la chair des
femmes, du même amour que j'aime l'herbe, les
rivières, la mer."

Cette manière qu'a Maupassant de se glisser
dans ses séducteurs du bord de l'eau peut être
considérée comme l'origine d'un autoportrait
flatteur. *Une partie de campagne* en propose un
exemple, avec M. Henri. Mais des zones d'ombre
apparaissent, et elles peuvent ternir le ciel bleu et
le miroir de l'eau. Les triomphes masquent des
échecs et une usure précipitée par la maladie
précoce. Un doute tout schopenhauérien s'insinue,
qui ruine l'ardeur à aimer de celui qui n'est plus
qu'"un jouisseur désabusé" (*Auprès d'un mort*,
1883). La promenade sentimentale heureuse de la
nièce de l'abbé Marignan et de son amoureux au
bord d'une petite rivière, dans *Clair de lune* (1882),
cède la place à la mort tragique de Jean, le petit
soldat doublement délaissé (1885).

---

[7] *Guy de Maupassant* , publication du Ministère des Affaires
étrangères, 1993, p. 5.

On pourrait voir là le signe d'une évolution de Maupassant vers un pessimisme qu'aggravera la proximité de la folie. Mais déjà dans *La Femme de Paul* (1881), le fils du sénateur se suicide en se jetant dans la Seine, près de cette Grenouillère qui abrite aussi les ébats de filles de Lesbos et suscite en lui des jalousies dignes de celle de Swann ou de celle du Narrateur dans *A la recherche du temps perdu*. La rivière, lieu de toutes les fêtes, est celui de la cruauté exercée sur les animaux, chien fidèle qu'on noie (*Histoire d'un chien*), vieil âne qu'on martyrise, dont on transporte la charogne dans une lourde barque de "ravageurs" avant de la déposer dans un fourré.

Lâchetés, farces sinistres, duperies se multiplient dans ce qui devrait être le cadre d'une idylle et ne fait pourtant que reproduire la comédie humaine. La note sinistre est présente dès les débuts de l'œuvre de Maupassant nouvelliste, quand le vieux canotier raconte comment l'ancre de son bateau a accroché le cadavre d'une vieille femme qui avait une grosse pierre au cou. Elle domine dans tous ces récits où la rivière s'offre à ceux qui ont la tentation du suicide, — de l'enfant sans père (*Le Papa de Simon*, 1878) aux noyés de *L'Endormeuse* (1889). Cette dernière nouvelle ne commence par une évocation radieuse de la Seine "vernie par le soleil du matin" que pour lui opposer l'"odeur froide" de la rivière la nuit, le "claquement d'un corps tombé dans la rivière", un "clapotement d'eau battue avec des mains".

Alors peut se dessiner, dans *La Peur* (1884), cet "être effroyable", cet être terrifiant de la rivière qui est apparu à Tourgueniev. Même dans la deuxième version du *Horla* (1887), la Seine est présente, plus proche il est vrai cette fois de son embouchure. Mais après une courte promenade le long de l'eau le malade "rentre désolé, comme si quelque malheur (l') attendait chez (lui)". Le superbe trois-mâts brésilien pourrait être porteur, comme le bateau des Gagnants (*Los Premios*) de Julio Cortázar, d'il ne sait quelle épidémie, et de l'Oestre, comme eût dit Verlaine, du Horla. Les fêtes sur l'eau, tant aimées autrefois, peuvent-elles constituer des refuges loin de toutes ces obsessions? Il le croit un instant, ou s'oblige à le croire. "J'ai été dîner à Bougival", confie-t-il à son journal d'une année qui reste indéterminée, "puis j'ai passé la soirée au bal des canotiers. Décidément, tout dépend des lieux et des milieux. Croire au surnaturel dans l'île de la Grenouillère, serait le comble de la folie". Mais la halte est de courte durée. Et l'Etre n'était-il pas là déjà quand Paul, près de la Grenouillère précisément, appelait la perverse Madeleine dans la nuit, quand "d'un bond formidable, d'un bond de bête, il sauta dans la rivière"? "Il était fou": la petite phrase de cette nouvelle de 1881 annonce tous les déments de cette œuvre (*Fou?*, 1882, *Un fou?*,

1884, *Un fou*, 1885, textes qui conduisent aux deux versions du *Horla* et à *Qui sait?*). Et cette folie-là est née de la Seine.

On aimerait revenir à *Une partie de campagne* pour dissiper ces ombres, s'enfoncer comme Emmanuel Chabrier dont les dix *Pièces pittoresques* pour piano furent jouées pour la première fois en avril de cette même année 1881, dans les "Sousbois" (numéro 4 du recueil), y revivre l'"Idylle" (numéro 6), — idylle trouvée d'Henriette et d'Henri dont les prénoms se marient trop bien, idylle retrouvée de Mme Dufour et de l'autre canotier — , s'embarquer vers cette autre Cythère que devrait être l'île des Anglais. Mais, comme le film de Jean Renoir, cette nouvelle qui aurait pu être heureuse laisse un goût amer. Un an après, Henriette, mariée à contre-cœur avec le garçon aux cheveux jaunes, a "l'air triste", bien triste, auprès de cet être repu qui ne sait que dormir sur l'herbe. De l'après-midi radieuse de Bezons, qui aurait dû être si bouleversante, que reste-t-il? Rien, ou presque rien. Un souvenir, plus obsédant que consolant. Ou peut-être, si l'on regarde en avant, vers un improbable recommencement, le vœu de Mme Beaurain dans *Au bois* — mais est-il extatique? est-il suicidaire?

> Je rêvais de clairs de lune sur l'eau jusqu'à avoir envie de me noyer.

Une telle phrase aurait pu constituer la pointe finale d'une des nouvelles de Maupassant. Florence Goyet a reconnu là un des traits structuraux de l'art du récit court à la fin du XIXème siècle et au début du XX$^{\text{ème}8}$, et Louis Forestier a insisté sur l'organisation convergente des divers éléments de la nouvelle en son resserrement vers "un effet final à produire", vers une "chute"[9]. On pense au "ça n'est pas tous les jours fête" à la fin de *La Maison Tellier* ou au "Je vous ai rendu là un rude service, allez", dans *Au printemps*. La dernière phrase d'*Une partie de campagne* est de ce type, et le double épilogue, très concentré, y prend valeur de strette. Les textes plus tardifs, *Au bois* ou *Mouche*, n'échappent pas à cette règle non écrite du genre. Mais dans *Au bois* c'est le mot du maire, non celui de Mme Beaurain, qui est le mot de la fin, et il renvoie au baiser sur l'herbe, au péché sous les feuilles, à ce rien qui, dans un moment d'exception, ou cru tel, a pu faire figure de tout. "Rien", ce n'est pas un hasard si un autre grand auteur de nouvelles doux-amer, Thomas Hardy, termine sur ce mot l'une de ses *Petites ironies de la vie* (*Life's Little Ironies*, 1894): "*You are nothing to me*",

---

[8] *La Nouvelle 1870-1925*, PUF, 1993, p. 48 sqq.

[9] Introduction des *Contes et nouvelles* de Maupassant, tome I, p. XXXVII.

murmure Marchmill en considérant la photographie
de l'enfant bâtard qui a coûté en naissant la vie à
sa femme, et qui n'est que le fils d'un poète[10].

Si naturalisme il y a, celui de Maupassant
pourrait être dans ce rien plus que dans la description de la zone entre Courbevoie et Bezons,
véritable terre gaste avant l'arrivée lumineuse sur la
Seine, ou celle des chairs molles de Pétronille
Dufour, de ses formes qui, secouées par l'escarpolette, "tremblotaient comme de la gelée sur un
plat". Comme l'a noté justement Northrop Frye, "le
mode ironique est d'origine naturaliste"[11]. Et
Sylvie Thorel-Cailleteau a observé que dès la
présentation de la nouvelle par l'article indéfini du
titre, _Une partie de campagne_, il est indiqué que le
texte s'attache à un fait divers, à un point singulier
et banal[12].

Mais Maupassant n'aimait guère l'appellation
naturalisme. Ce mot, disait-il, est "vide de sens" et,
même si en 1887, un peu avant la publication de

---

[10] "_An Imaginative Woman_", première nouvelle du recueil, dans
Life's Little Ironies, rééd. Alan Sutton, 1983, Pocket Classics,
1993, p. 25.

[11] _Anatomy of Criticism_, Princeton University Press, 1957, trad.
Guy Durand, _Anatomie de la critique_, Gallimard, 1969, p. 59.

[12] _La Tentation du livre sur Rien, — Naturalisme et Décadence_,
Editions InterUniversitaires, 1994, p. 256.

La Terre, il ne s'est pas associé au Manifeste des
Cinq contre Zola, il a pris quelque distance avec les
théories du *Roman expérimental.* On saisirait déjà
une légère moquerie en 1880, l'année pourtant du
succès des *Soirées de Médan*: Zola est l'un des
"deux hommes célèbres" à qui M. Patissot se laisse
entraîner à rendre visite, gagnant Médan par un
chemin qui suit d'abord la Seine, "peuplées d'îles
charmantes à cet endroit". Mais Zola a su dire aussi
"le charme profond de la rivière", celui des îles où,
comme les chevaux, on a "de l'herbe jusqu'au
ventre"[13].

   Convient-il alors de parler plutôt d'un *impressionnisme* de Maupassant, comme le suggère Louis
Forestier[14]? Les rapprochements précédents avec
Monet, avec Sisley, avec Renoir, avec Debussy,
pourraient inciter à aller dans ce sens. On a pu
définir les peintres impressionnistes comme "les
peintres des loisirs des Parisiens"[15]. Ils ont eu une
prédilection pour les parties de campagne, les
régates, les balançoires et les bals sur l'eau. On
aimerait parodier le titre du tableau de Claude
Monet qui en 1874 a été l'occasion du lancement

---

[13] "Dans l'herbe", *Le Figaro*, 18 octobre 1880, "La Rivière",
dans *Aux champs*, Charpentier, 1882, rééd. citée, p. 47.

[14] Introduction citée, p. XXXI.

[15] Michel Hoog, *Monet*, Fernand Hazan, 1978, rééd. 1987, s.p.

du mouvement, *Impression. — Soleil levant*, et parler d'"Impression. — Soleil couchant" à propos de telle description de *Souvenir*:

> "Le soir tombait. Le voile de brume qui couvre la campagne au crépuscule se déployait lentement; et une poésie flottait, faite de cette sensation de fraîcheur particulière et charmante qui emplit les bois à l'approche de la nuit".

Et il n'est pas de conte de la rivière sans de déjà debussystes "Reflets dans l'eau" (*Images*, première série, première pièce, 1905, poème, selon André Suarès de "la lumière estompée par l'onde"), ceux par exemple de *Mouche*, les "souvenirs de lune argentant l'eau frémissante et courante, d'une lueur qui faisait fleurir tous les rêves". Mais cette poésie, précisément, elle peut toujours chez Maupassant être absorbée par une mémoire toute-puissante qui le ramène aux années d'Aspergopolis. D'autre part, elle est toujours menacée par l'ironie et elle l'est, de plus en plus, par la présence inquiétante de l'invisible. L'impressionnisme est une des limites plus qu'une des caractéristiques de son art.

Sa manière paraît en définitive plus proche de celle du Manet de 1863, du *Déjeuner sur l'herbe,* que de celle des Impressionnistes d'après 1874. En musique, son meilleur équivalent pourrait être Emmanuel Chabrier, dont l'art à la fois subtil et

robuste s'épanouit exactement en même temps que
le sien. *Une partie de campagne* et les autres
contes de la rivière, en particulier les "scènes de
canotage" qu'il annonçait en 1875, mériteraient
d'être placées sous le signe de ce *Plein air*, titre
d'un tableau, fictif cette fois, que Claude Lantier
expose au Salon des Refusés de 1863 dans
L'Œuvre (1885) de Zola. Le Maupassant qui décrit
la ruée des Parisiens vers la rivière, mais la défend
aussi contre cette invasion et s'irrite de l'arrivée
des intrus, celui qui s'est enchanté, et encore dans
Mouche, de tant de "mirages" parmi tant d'"immondices", est, plus qu'un naturaliste de stricte
obédience, plus qu'un impressionniste de raccroc,
plus qu'un romantique attardé, un "plein-airiste"[16],
au sens le plus fort et le plus suggestif du terme.

Pierre Brunel

---

[16] Bruno Foucart emploie ce terme, à propos de certains
impressionnistes et de Claude Lantier dans sa Préface à *L'Œuvre* de Zola, Gallimard, Folio n° 1437, éd. H. Mitterand, 1983,
p. 17.

CHRONOLOGIE DE MAUPASSANT

1850	Naissance le 5 août dans un lieu qui reste discuté, probablement Fécamp; il est le fils de Gustave Maupassant, devenu depuis peu Gustave de Maupassant, et de Laure Le Poittevin, dont le frère, Alfred, est un grand ami de Gustave Flaubert.
1854	Installation de la famille Maupassant au château de Grainville-Ymauville (Seine-Maritime).
1856	Naissance de son frère Hervé.
1859	Son père trouve un emploi dans la banque Stolz, à Paris; la famille vient vivre rue du Marché, à Passy; Guy entre au lycée Napoléon (actuellement lycée Henri IV).
1860	Séparation des parents; la mère se retire avec les fils à Etretat, et l'éducation des enfants sera confiée à l'abbé Aubourg.
1863	Guy entre comme pensionnaire à l'Institution ecclésiastique d'Yvetot; il y aura des résultats scolaires inégaux, mais commencera à y écrire des vers.
1866	Rencontre de Swinburne, le poète anglais, qu'il sauve de la noyade.
1868	Il entre comme externe au lycée de Rouen; son correspondant est Louis Bouilhet, autre ami de Flaubert, qui mourra l'année suivante.
1869	Baccalauréat ès-lettres; Guy vient à Paris pour étudier le droit.
1870-1871	Expérience de la vie de garnison, à laquelle son père parvient à l'arracher.

1872   Son père le fait entrer au Ministère de la Marine, tout en continuant à l'aider financièrement.

1873   Joyeuses parties à Argenteuil, avec ses amis qui forment l'équipage de la yole "La Feuille-de-Rose"; il écrit des contes pour lesquels il demande conseil à Flaubert.

1874   Rencontre d'Edmond de Goncourt; il pense à participer à un concours pour un texte dramatique.

1875   Il loue une chambre à l'auberge Poulin, à Bezons; il publie son premier conte, *La Main d'écorché*, sous le pseudonyme de Joseph Prunier; représentation privée d'une pièce pornographique de sa plume; il a un projet de "scènes de canotage", qui pourraient former un recueil de nouvelles. Echange avec Zola.

1877   Il participe régulièrement à des dîners qui réunissent "la jeunesse des lettres réaliste, naturaliste".

1878   Premier projet d'un roman, qui deviendra *Une vie*; il obtient sa mutation pour le Ministère de l'Instruction Publique.

1879   Publication dans *La Réforme* d'une nouvelle, *Le Papa de Simon*.

1880   17 avril, publication du recueil collectif *Les Soirées de Médan*. La nouvelle de Maupassant qu'il contient, *Boule de suif*, est remarquée; elle est appréciée de Flaubert, qui meurt le 8 mai. Maupassant se fait mettre en congé du Ministère, en partie pour raisons de santé, en partie pour écrire. Voyage en Corse. Il se fait construire une maison à Etretat, "La Guillette". Début de ses relations avec Gisèle d'Estoc.

1881   Publication du recueil *La Maison Tellier*: ces nouvelles sont admirées de Tourgueniev, que

Maupassant a fréquenté quand il était en France, qu'il a lu, et qui le fera connaître en Russie. Zola lui consacre un compte rendu dans *Le Figaro* du 11 juillet. Voyage en Algérie et retour par la Corse. Début d'une longue collaboration au *Gil Blas*, où il publie des textes sous le pseudonyme balzacien de Maufrigneuse.

1882   Publication de *Mademoiselle Fifi*, nouveau recueil de nouvelles; voyages dans le Midi et en Bretagne.

1883   Joséphine Litzelmann donne naissance à un premier enfant, Lucien, dont il est probablement le père (il y en aura trois); début de la publication d'*Une vie*, en feuilleton, dans *Gil Blas*, en volume; publication des *Contes de la bécasse*, de *Clair de lune*.

1884   Publication d'*Au soleil*; séjour à Cannes; début des relations avec la comtesse Potocka; publication de *Miss Harriet*, des *Sœurs Rondoli*, d'*Yvette*.

1885   Publication des *Contes du jour et de la nuit*, de *Monsieur Parent*, et d'un roman, *Bel-Ami*, en feuilleton. Voyage en Italie et en Sicile.

1886   Publication de *Toine*, de *La Petite Roque*; mariage de son frère; brouille avec Jean Lorrain, qui l'a présenté dans son roman *Très Russe* sous le nom de Beaufrilan et comme un écrivain à femmes. Il veut le provoquer en duel, puis y renonce. Voyages en Angleterre et dans le Midi.

1887   Publication du roman *Mont-Oriol*, du recueil de nouvelles *Le Horla*; ascension en ballon, qui provoque un déluge d'articles et de commentaires dans la presse; voyage en Algérie et en Tunisie;

premiers signes du déséquilibre mental d'Hervé de Maupassant.

1888   Lettre élogieuse à Zola au sujet de *La Terre;* publication de *Sur l'eau,* de *Pierre et Jean* (roman), du *Rosier de Madame Husson;* nouveau voyage en Afrique du Nord. Portrait photographique de Maupassant par Nadar.

1889   Publication de *La Main gauche,* de *Fort comme la mort* (roman); location de la villa Stieldorff à Triel; internement et mort d'Hervé de Maupassant; hantise personnelle de la folie et de la mort.

1890   Publication de *La Vie errante,* de *Notre cœur.* Il s'installe définitivement rue Boccador, à Paris. Il refuse de se présenter à l'Académie française, où Alexandre Dumas fils lui prédisait le succès. Divers séjours de cure. Voyage en Afrique du Nord.

1891   Nombreux ennuis de santé; la menace de la paralysie générale se précise. Représentations de *Musotte.* Il rédige son testament.

1892   En janvier, il tente de se donner la mort en se tranchant la gorge, et il est admis dans la maison de santé du docteur Blanche, d'où il ne sortira plus.

1893   Représentation de *La Paix du ménage* à la Comédie-Française. Crises d'épilepsie. Il meurt le 6 juillet dans la maison de santé du docteur Blanche.

UNE PARTIE DE CAMPAGNE

On avait projeté depuis cinq mois d'aller déjeuner aux environs de Paris, le jour de la fête de Mme Dufour qui s'appelait Pétronille. Aussi, comme on avait attendu cette partie impatiemment, s'était-on levé de fort bonne heure ce matin-là.

M. Dufour, ayant emprunté la voiture du laitier conduisait lui-même. La carriole, à deux roues, était fort propre; elle avait un toit supporté par quatre montants de fer où s'attachaient des rideaux qu'on avait relevés pour voir le paysage. Celui de derrière, seul, flottait au vent, comme un drapeau. La femme, à côté de son époux, s'épanouissait dans une robe de soie cerise extraordinaire. Ensuite, sur deux chaises, se tenaient une vieille grand-mère et une jeune fille. On apercevait encore la chevelure jaune d'un garçon qui faute de siège, s'était étendu tout au fond, et dont la tête seule apparaissait.

Après avoir suivi l'avenue des Champs-Élysées et franchi les fortifications à la porte Maillot, on s'était mis à regarder la contrée.

En arrivant au pont de Neuilly, M. Dufour avait dit: «Voici la campagne enfin!» et sa femme, à ce signal, s'était attendrie sur la nature.

Au rond-point de Courbevoie, une admiration les avait saisis devant l'éloignement des horizons.

A droite, là-bas, c'était Argenteuil, dont le clocher se dressait; au-dessus apparaissaient les buttes de Sannois et le Moulin d'Orgemont. A gauche, l'aqueduc de Marly se dessinait sur le ciel clair du matin, et l'on apercevait aussi, de loin, la terrasse de Saint-Germain; tandis qu'en face, au bout d'une chaîne de collines, des terres remuées indiquaient le nouveau fort de Cormeilles. Tout au fond dans un reculement formidable, par-dessus des plaines et des villages, on entrevoyait une sombre verdure de forêts.

Le soleil commençait à brûler les visages; la poussière emplissait les yeux continuellement, et, des deux côtés de la route, se développait une campagne interminablement nue, sale et puante. On eût dit qu'une lèpre l'avait ravagée, qui rongeait jusqu'aux maisons, car des squelettes de bâtiments défoncés et abandonnés, ou bien des petites cabanes inachevées faute de paiement aux entrepreneurs, tendaient leurs quatre murs sans toit.

De loin en loin, poussaient dans le sol stérile de longues cheminées de fabrique, seule végétation de ces champs putrides où la brise du printemps promenait un parfum de pétrole et de schiste mêlé à une autre odeur moins agréable encore.

Enfin, on avait traversé la Seine une seconde fois, et sur le pont, ç'avait été un ravissement. La rivière éclatait de lumière; une buée s'en élevait, pompée par le soleil, et l'on éprouvait une quiétude douce, un rafraîchissement bienfaisant à respirer enfin un air plus pur qui n'avait point balayé la fumée noire des usines ou les miasmes des dépotoirs.

Un homme qui passait avait nommé le pays: Bezons.

La voiture s'arrêta, et M. Dufour se mit à lire l'enseigne engageante d'une gargote: «*Restaurant Poulin, matelotes et fritures, cabinets de société, bosquets et balançoires*. Eh bien! madame Dufour, cela te va-t-il? Te décideras-tu à la fin?»

La femme lut à son tour: «*Restaurant Poulin, matelotes et fritures, cabinets de société, bosquets et balançoires*.» Puis elle regarda la maison longuement.

C'était une auberge de campagne, blanche, plantée au bord de la route. Elle montrait, par la porte ouverte, le zinc brillant du comptoir devant lequel se tenaient deux ouvriers endimanchés.

A la fin, Mme Dufour se décida: «Oui, c'est bien dit-elle; et puis il y a de la vue.» La voiture entra dans un vaste terrain planté de grands arbres qui s'étendait derrière l'auberge et qui n'était séparé de la Seine que par le chemin de halage.

Alors on descendit. Le mari sauta le premier, puis ouvrit les bras pour recevoir sa femme. Le marchepied, tenu par deux branches de fer, était très loin, de sorte que, pour l'atteindre, Mme Dufour dut laisser voir le bas d'une jambe dont la finesse primitive disparaissait à présent sous un envahissement de graisse tombant des cuisses.

M. Dufour, que la campagne émoustillait déjà, lui pinça vivement le mollet, puis, la prenant sous les bras, la déposa lourdement à terre, comme un énorme paquet.

Elle tapa avec la main sa robe de soie pour en faire tomber la poussière, puis regarda l'endroit où elle se trouvait.

C'était une femme de trente-six ans environ, forte en chair, épanouie et réjouissante à voir. Elle respirait avec peine, étranglée violemment par l'étreinte de son corset trop serré; et la pression de cette machine rejetait jusque dans son double menton la masse fluctuante de sa poitrine surabondante.

La jeune fille ensuite, posant la main sur l'épaule de son père, sauta légèrement toute seule. Le garçon aux cheveux jaunes était descendu en mettant un pied sur la roue, et il aida M. Dufour à décharger la grand-mère.

Alors on dételа le cheval, qui fut attaché à un arbre et la voiture tomba sur le nez, les deux brancards à terre. Les hommes, ayant retiré leurs redingotes, se lavèrent les mains dans un seau d'eau, puis rejoignirent leurs dames installées déjà sur les escarpolettes.

Mlle Dufour essayait de se balancer debout, toute seule, sans parvenir à se donner un élan suffisant. C'était une belle fille de dix-huit à vingt ans; une de ces femmes dont la rencontre dans la rue vous fouette d'un désir subit, et vous laisse jusqu'à la nuit une inquiétude vague et un soulèvement des sens. Grande, mince de taille et large des hanches, elle avait la peau très brune, les yeux très grands, les cheveux très noirs. Sa robe dessinait nettement les plénitudes fermes de sa chair qu'accentuaient encore les efforts des reins qu'elle faisait pour s'enlever. Ses bras tendus tenaient les cordes au-dessus de sa tête, de sorte que sa poitrine se dressait, sans une secousse, à chaque impulsion qu'elle donnait. Son chapeau, emporté par un coup de vent, était tombé derrière elle; et l'escarpolette peu à peu se lançait, montrant à chaque retour ses jambes fines jusqu'au genou, et jetant à la figure des deux hommes, qui la regardaient en riant, l'air de ses jupes, plus capiteux que les vapeurs du vin.

Assise sur l'autre balançoire, Mme Dufour gémissait d'une façon monotone et continue: «Cyprien, viens me pousser, viens donc me pousser, Cyprien!» A la fin, il y alla et, ayant retroussé les manches de sa chemise comme avant d'entreprendre un travail, il mit sa femme en mouvement avec une peine infinie.

Cramponnée aux cordes, elle tenait ses jambes droites pour ne point rencontrer le sol, et elle jouissait d'être étourdie par le va-et-vient de la machine. Ses formes secouées, tremblotaient continuellement comme de la gelée sur un plat. Mais, comme les élans grandissaient, elle fut prise de vertige et de peur. A chaque descente elle poussait un cri perçant qui faisait accourir tous les gamins du pays; et, là-bas, devant elle, au-dessus de la haie du jardin, elle apercevait vaguement une garniture de têtes polissonnes que des rires faisaient grimacer diversement.

Une servante étant venue, on commanda le déjeuner.

«Une friture de Seine, un lapin sauté, une salade et du dessert», articula Mme Dufour, d'un air important. «Vous apporterez deux litres et une bouteille de bordeaux», dit son mari. «Nous dînerons sur l'herbe», ajouta la jeune fille.

La grand-mère, prise de tendresse à la vue du chat de la maison, le poursuivait depuis dix minutes en lui prodiguant inutilement les plus douces appellations. L'animal, intérieurement flatté sans doute de cette attention, se tenait toujours tout près de la main de la bonne femme, sans se laisser atteindre cependant, et faisait tranquillement le tour des arbres, contre lesquels il se frottait, la queue dressée, avec un petit ronron de plaisir.

«Tiens! cria tout à coup le jeune homme aux cheveux jaunes qui furetait dans le terrain, en voilà des bateaux qui sont chouet!» On alla voir. Sous un petit hangar en bois étaient suspendues deux superbes yoles de canotiers, fines et travaillées

comme des meubles de luxe. Elles reposaient côte
à côte, pareilles à deux grandes filles minces, en
leur longueur étroite et reluisante, et donnaient
envie de filer sur l'eau par les belles soirées douces
ou les claires matinées d'été, de raser les berges
fleuries où les arbres entiers trempent leurs branches dans l'eau, où tremblote l'éternel frisson des
roseaux et d'où s'envolent, comme des éclairs
bleus, de rapides martins-pêcheurs.

Toute la famille, avec respect, les contemplait.
«Oh! ça oui, c'est chouet», répéta gravement
M. Dufour. Et il les détaillait en connaisseur. Il
avait canoté, lui aussi dans son jeune temps, disait-
il, voire même qu'avec ça dans la main — et il
faisait le geste de tirer sur les avirons — il se fichait
de tout le monde. Il avait rossé en course plus d'un
Anglais, jadis, à Joinville; et il plaisanta sur le mot
«*dame*», dont on désigne les deux montants qui
retiennent les avirons, disant que les canotiers, et
pour cause, ne sortaient jamais sans leurs *dames*. Il
s'échauffait en pérorant et proposait obstinément de
parier qu'avec un bateau comme ça, il ferait six
lieues à l'heure sans se presser.

«C'est prêt», dit la servante qui apparut à l'entrée. On se précipita; mais voilà qu'à la meilleure
place, qu'en son esprit Mme Dufour avait choisie
pour s'installer, deux jeunes gens déjeunaient déjà.
C'étaient les propriétaires des yoles, sans doute, car
ils portaient le costume des canotiers.

Ils étaient étendus sur des chaises, presque couchés. Ils avaient la face noircie par le soleil et la poitrine couverte seulement d'un mince maillot de coton blanc qui laissait passer leurs bras nus, robustes comme ceux des forgerons. C'étaient deux solides gaillards, posant beaucoup pour la vigueur, mais qui montraient en tous leurs mouvements cette grâce élastique des membres qu'on acquiert par l'exercice, si différente de la déformation qu'imprime à l'ouvrier l'effort pénible, toujours le même.

Ils échangèrent rapidement un sourire en voyant la mère, puis un regard en apercevant la fille. «Donnons notre place, dit l'un, ça nous fera faire connaissance.» L'autre aussitôt se leva et, tenant à la main sa toque mi-partie rouge et mi-partie noire, il offrit chevaleresquement de céder aux dames le seul endroit du jardin où ne tombât point le soleil. On accepta en se confondant en excuses; et pour que ce fût plus champêtre, la famille s'installa sur l'herbe sans table ni sièges.

Les deux jeunes gens portèrent leur couvert quelques pas plus loin et se remirent à manger. Leurs bras nus, qu'ils montraient sans cesse, gênaient un peu la jeune fille. Elle affectait même de tourner la tête et de ne point les remarquer, tandis que Mme Dufour, plus hardie, sollicitée par une curiosité féminine qui était peut-être du désir, les regardait à tout moment, les comparant sans doute avec regret aux laideurs secrètes de son mari.

Elle s'était éboulée sur l'herbe, les jambes pliées à la façon des tailleurs, et elle se trémoussait continuellement, sous prétexte que des fourmis lui étaient entrées quelque part. M. Dufour, rendu maussade par la présence et l'amabilité des étrangers, cherchait une position commode qu'il ne trouva pas du reste, et le jeune homme aux cheveux jaunes mangeait silencieusement comme un ogre.

«Un bien beau temps, monsieur», dit la grosse dame à l'un des canotiers. Elle voulait être aimable à cause de la place qu'ils avaient cédée. «Oui, madame, répondit-il; venez-vous souvent à la campagne?

— Oh! une fois ou deux par an seulement, pour prendre l'air; et vous, monsieur?

— J'y viens coucher tous les soirs.

— Ah! ça doit être bien agréable?

— Oui, certainement, madame.»

Et il raconta sa vie de chaque jour, poétiquement, de façon à faire vibrer dans le cœur de ces bourgeois privés d'herbe et affamés de promenades aux champs cet amour bête de la nature qui les hante toute l'année derrière le comptoir de leur boutique.

La jeune fille, émue, leva les yeux et regarda le canotier. M. Dufour parla pour la première fois. «Ça, c'est une vie», dit-il. Il ajouta: «Encore un peu de lapin, ma bonne. — Non, merci, mon ami.»

Elle se tourna de nouveau vers les jeunes gens et, montrant leurs bras: «Vous n'avez jamais froid comme ça?» dit-elle

Ils se mirent à rire tous les deux, et ils épouvantèrent la famille par le récit de leurs fatigues prodigieuses, de leurs bains pris en sueur, de leurs courses dans le brouillard des nuits; et ils tapèrent violemment sur leur poitrine pour montrer quel son ça rendait. «Oh! vous avez l'air solides», dit le mari qui ne parlait plus du temps où il rossait les Anglais.

La jeune fille les examinait de côté maintenant; et le garçon aux cheveux jaunes, ayant bu de travers, toussa éperdument, arrosant la robe en soie cerise de la patronne qui se fâcha et fit apporter de l'eau pour laver les taches.

Cependant, la température devenait terrible. Le fleuve étincelant semblait un foyer de chaleur, et les fumées du vin troublaient les têtes.

M. Dufour, que secouait un hoquet violent, avait déboutonné son gilet et le haut de son pantalon, tandis que sa femme, prise de suffocations, dégrafait sa robe peu à peu. L'apprenti balançait d'un air gai sa tignasse de lin et se versait à boire coup sur coup. La grand-mère se sentant grise, se tenait fort raide et fort digne. Quant à la jeune fille, elle ne laissait rien paraître; son œil seul s'allumait vaguement, et sa peau très brune se colorait aux joues d'une teinte plus rose.

Le café les acheva. On parla de chanter et chacun dit son couplet, que les autres applaudirent avec frénésie. Puis on se leva difficilement, et, pendant que les deux femmes, étourdies, respiraient, les deux hommes, tout à fait pochards, faisaient de la gymnastique. Lourds, flasques, et la figure écarlate, ils se pendaient gauchement aux anneaux sans parvenir à s'enlever, et leurs chemises menaçaient continuellement d'évacuer leurs pantalons pour battre au vent comme des étendards.

Cependant les canotiers avaient mis leurs yoles à l'eau et ils revenaient avec politesse proposer aux dames une promenade sur la rivière.

«Monsieur Dufour, veux-tu? je t'en prie!» cria sa femme. Il la regarda d'un air d'ivrogne, sans comprendre. Alors un canotier s'approcha, deux lignes de pêcheur à la main. L'espérance de prendre du goujon, cet idéal des boutiquiers, alluma les veux mornes du bonhomme qui permit tout ce qu'on voulut, et s'installa à l'ombre sous le pont, les pieds ballants au-dessus du fleuve, à côté du jeune homme aux cheveux jaunes qui s'endormit auprès de lui.

Un des canotiers se dévoua: il prit la mère. «Au petit bois de l'île aux Anglais!» cria-t-il en s'éloignant.

L'autre yole s'en alla plus doucement. Le rameur regardait tellement sa compagne qu'il ne pensait plus à autre chose, et une émotion l'avait saisi qui paralysait sa vigueur.

La jeune fille, assise dans le fauteuil du barreur, se laissait aller à la douceur d'être sur l'eau. Elle se sentait prise d'un renoncement de pensée, d'une quiétude de ses membres, d'un abandonnement d'elle-même, comme envahie par une ivresse multiple. Elle était devenue fort rouge avec une respiration courte. Les étourdissements du vin, développés par la chaleur torrentielle qui ruisselait autour d'elle, faisaient saluer sur son passage tous les arbres de la berge. Un besoin vague de jouissance, une fermentation du sang parcouraient sa chair excitée par les ardeurs de ce jour; et elle était aussi troublée dans ce tête-à-tête sur l'eau, au milieu de ce pays dépeuplé par l'incendie du ciel, avec ce jeune homme qui la trouvait belle, dont l'œil lui baisait la peau, et dont le désir était pénétrant comme le soleil.

Leur impuissance à parler augmentait leur émotion, et ils regardaient les environs. Alors, faisant un effort, il lui demanda son nom. «Henriette», dit-elle. «Tiens! moi je m'appelle Henri», reprit-il.

Le son de leur voix les avait calmés; ils s'intéressèrent à la rive. L'autre yole s'était arrêtée et paraissait les attendre. Celui qui la montait cria: «Nous vous rejoindrons dans le bois; nous allons jusqu'à Robinson, parce que madame a soif.»

— Puis il se coucha sur les avirons et s'éloigna si rapidement qu'on cessa bientôt de le voir.

Cependant un grondement continu qu'on distinguait vaguement depuis quelque temps s'approchait très vite. La rivière elle-même semblait frémir comme si le bruit sourd montait de ses profondeurs.

«Qu'est-ce qu'on entend?» demanda-t-elle. C'était la chute du barrage qui coupait le fleuve en deux à la pointe de l'île. Lui se perdait dans une explication, lorsque, à travers le fracas de la cascade, un chant d'oiseau qui semblait très lointain les frappa. «Tiens, dit-il, les rossignols chantent dans le jour: c'est donc que les femelles couvent.»

Un rossignol! Elle n'en avait jamais entendu, et l'idée d'en écouter un fit se lever dans son cœur la vision des poétiques tendresses. Un rossignol! c'est-à-dire l'invisible témoin des rendez-vous d'amour qu'invoquait Juliette sur son balcon; cette musique du ciel accordée aux baisers des hommes; cet éternel inspirateur de toutes les romances langoureuses qui ouvrent un idéal bleu aux pauvres petits cœurs des fillettes attendries!

Elle allait donc entendre un rossignol.

«Ne faisons pas de bruit, dit son compagnon, nous pourrons descendre dans le bois et nous asseoir tout près de lui.»

La yole semblait glisser. Des arbres se montrèrent sur l'île, dont la berge était si basse que les yeux plongeaient dans l'épaisseur des fourrés. On s'arrêta; le bateau fut attaché, et, Henriette s'appuyant sur le bras de Henri, ils s'avancèrent entre les branches. «Courbez-vous», dit-il. Elle se courba, et ils pénétrèrent dans un inextricable fouillis de lianes, de feuilles et de roseaux, dans un asile introuvable qu'il fallait connaître et que le jeune homme appelait en riant «son cabinet particulier».

Juste au-dessus de leur tête, perché dans un des arbres qui les abritaient, l'oiseau s'égosillait toujours. Il lançait des trilles et des roulades, puis filait de grands sons vibrants qui emplissaient l'air et semblaient se perdre à l'horizon, se déroulant le long du fleuve et s'envolant au-dessus des plaines, à travers le silence de feu qui appesantissait la campagne.

Ils ne parlaient pas de peur de le faire fuir. Ils étaient assis l'un près de l'autre, et, lentement, le bras de Henri fit le tour de la taille de Henriette et l'enserra d'une pression douce. Elle prit, sans colère, cette main audacieuse, et elle l'éloignait sans cesse à mesure qu'il la rapprochait, n'éprouvant du reste aucun embarras de cette caresse, comme si c'eût été une chose toute naturelle qu'elle repoussait aussi naturellement.

Elle écoutait l'oiseau, perdue dans une extase. Elle avait des désirs infinis de bonheur, des tendresses brusques qui la traversaient, des révélations de poésies surhumaines, et un tel amollissement des nerfs et du cœur qu'elle pleurait sans savoir pourquoi. Le jeune homme la serrait contre lui maintenant; elle ne le repoussait plus, n'y pensant pas.

Le rossignol se tut soudain. Une voix éloignée cria: «Henriette!

— Ne répondez point, dit-il tout bas, vous feriez envoler l'oiseau.»

Elle ne songeait guère non plus à répondre.

Ils restèrent quelque temps ainsi. Mme Dufour s'était assise quelque part, car on entendait vaguement, de temps en temps, les petits cris de la grosse dame que lutinait sans doute l'autre canotier.

La jeune fille pleurait toujours, pénétrée de sensations très douces, la peau chaude et piquée partout de chatouillements inconnus. La tête de Henri était sur son épaule; et, brusquement, il la baisa sur les lèvres. Elle eut une révolte furieuse et, pour l'éviter, se rejeta sur le dos. Mais il s'abattit sur elle, la couvrant de tout son corps. Il poursuivit longtemps cette bouche qui le fuyait, puis, la joignant, y attacha la sienne. Alors, affolée par un désir formidable, elle lui rendit son baiser en l'étreignant sur sa poitrine, et toute sa résistance tomba comme écrasée par un poids trop lourd.

Tout était calme aux environs. L'oiseau se remit à chanter. Il jeta d'abord trois notes pénétrantes qui semblaient un appel d'amour, puis, après un silence d'un moment, il commença d'une voix affaiblie des modulations très lentes.

Une brise molle glissa, soulevant un murmure de feuilles, et dans la profondeur des branches passaient deux soupirs ardents qui se mêlaient au chant du rossignol et au souffle léger du bois

Une ivresse envahissait l'oiseau, et sa voix, s'accélérant peu à peu comme un incendie qui s'allume ou une passion qui grandit, semblait accompagner sous l'arbre un crépitement de baisers. Puis le délire de son gosier se déchaînait éperdument. Il avait des pâmoisons prolongées sur un trait, de grands spasmes mélodieux.

Quelquefois il se reposait un peu, filant seulement deux ou trois sons légers qu'il terminait soudain par une note suraiguë. Ou bien il partait d'une course affolée, avec des jaillissements de gammes, des frémissements, des saccades, comme un chant d'amour furieux, suivi par des cris de triomphe.

Mais il se tut, écoutant sous lui un gémissement tellement profond qu'on l'eût pris pour l'adieu d'une âme. Le bruit s'en prolongea quelque temps et s'acheva dans un sanglot.

Ils étaient bien pâles, tous les deux, en quittant leur lit de verdure. Le ciel bleu leur paraissait obscurci; l'ardent soleil était éteint pour leurs yeux; ils s'apercevaient de la solitude et du silence. Ils marchaient rapidement l'un près de l'autre, sans se parler, sans se toucher, car ils semblaient devenus ennemis irréconciliables, comme si un dégoût se fût élevé entre leurs corps, une haine entre leurs esprits.

De temps à autre, Henriette criait: «Maman!»

Un tumulte se fit sous un buisson. Henri crut voir une jupe blanche qu'on rabattait vite sur un gros mollet et l'énorme dame apparut, un peu confuse et plus rouge encore, l'œil très brillant et la poitrine orageuse, trop près peut-être de son voisin. Celui-ci devait avoir vu des choses bien drôles, car sa figure était sillonnée de rires subits qui la traversaient malgré lui.

Mme Dufour prit son bras d'un air tendre, et l'on regagna les bateaux. Henri, qui marchait devant, toujours muet à côté de la jeune fille, crut distinguer tout à coup comme un gros baiser qu'on étouffait.

Enfin l'on revint à Bezons.

M. Dufour, dégrisé, s'impatientait. Le jeune homme aux cheveux jaunes mangeait un morceau avant de quitter l'auberge. La voiture était attelée dans la cour, et la grand-mère, déjà montée, se désolait parce qu'elle avait peur d'être prise par la nuit dans la plaine, les environs de Paris n'étant pas sûrs.

On se donna des poignées de main, et la famille Dufour s'en alla. «Au revoir!» criaient les canotiers. Un soupir et une larme leur répondirent.

Deux mois après, comme il passait rue des Martyrs, Henri lut sur une porte: *Dufour, quincaillier.*

Il entra.

La grosse dame s'arrondissait au comptoir. On se reconnut aussitôt, et, après mille politesses, il demanda des nouvelles. «Et Mlle Henriette, comment va-t-elle?

— Très bien, merci, elle est mariée.

— Ah!...»

Une émotion l'étreignit; il ajouta:

«Et... avec qui?

— Mais avec le jeune homme qui nous accompagnait, vous savez bien; c'est lui qui prend la suite.

— Oh! parfaitement.»

Il s'en allait fort triste, sans trop savoir pourquoi. Mme Dufour le rappela.

«Et votre ami? dit-elle timidement.

— Mais il va bien.

— Faites-lui nos compliments, n'est-ce pas; et quand il passera, dites-lui donc de venir nous voir...»

Elle rougit fort, puis ajouta: «Ça me fera bien plaisir; dites-lui.

— Je n'y manquerai pas. Adieu!

— Non... à bientôt!»

L'année suivante, un dimanche qu'il faisait très chaud, tous les détails de cette aventure, que Henri n'avait jamais oubliée, lui revinrent subitement, si nets et si désirables, qu'il retourna tout seul à leur chambre dans le bois.

Il fut stupéfait en entrant. Elle était là, assise sur l'herbe, l'air triste, tandis qu'à son côté, toujours en manches de chemise, son mari, le jeune homme aux cheveux jaunes, dormait consciencieusement comme une brute.

Elle devint si pâle en voyant Henri qu'il crut qu'elle allait défaillir. Puis ils se mirent à causer naturellement, de même que si rien ne se fût passé entre eux.

Mais comme il lui racontait qu'il aimait beaucoup cet endroit et qu'il y venait souvent se reposer, le dimanche en songeant à bien des souvenirs, elle le regarda longuement dans les yeux.

«Moi, j'y pense tous les soirs, dit-elle.

— Allons ma bonne, reprit en bâillant son mari, je crois qu'il est temps de nous en aller.»

SUR L'EAU

J'avais loué, l'été dernier, une petite maison de campagne au bord de la Seine, à plusieurs lieues de Paris, et j'allais y coucher tous les soirs. Je fis, au bout de quelques jours, la connaissance d'un de mes voisins, un homme de trente à quarante ans, qui était bien le type le plus curieux que j'eusse jamais vu. C'était un vieux canotier, mais un canotier enragé, toujours près de l'eau, toujours sur l'eau, toujours dans l'eau. Il devait être né dans un canot, et il mourra bien certainement dans le canotage final.

Un soir que nous nous promenions au bord de la Seine, je lui demandai de me raconter quelques anecdotes de sa vie nautique. Voilà immédiatement mon bonhomme qui s'anime, se transfigure, devient éloquent, presque poète. Il avait dans le cœur une grande passion, une passion dévorante, irrésistible: la rivière.

*

Ah! me dit-il, combien j'ai de souvenirs sur cette rivière que vous voyez couler là près de nous! Vous autres, habitants des rues, vous ne savez pas ce qu'est la rivière. Mais écoutez un pêcheur

prononcer ce mot. Pour lui, c'est la chose mystérieuse, profonde, inconnue, le pays des mirages et
des fantasmagories, où l'on voit la nuit, des choses
qui ne sont pas, où l'on entend des bruits que l'on
ne connaît point, où l'on tremble sans savoir
pourquoi, comme en traversant un cimetière: et
c'est en effet le plus sinistre des cimetières, celui
où l'on n'a point de tombeau.

La terre est bornée pour le pêcheur, et dans
l'ombre quand il n'y a pas de lune, la rivière est
illimitée. Un marin n'éprouve point la même chose
pour la mer. Elle est souvent dure et méchante c'est
vrai, mais elle crie, elle hurle, elle est loyale, la
grande mer, tandis que la rivière est silencieuse et
perfide. Elle ne gronde pas, elle coule toujours sans
bruit, et ce mouvement éternel de l'eau qui coule
est plus effrayant pour moi que les hautes vagues
de l'Océan.

Des rêveurs prétendent que la mer cache dans
son sein d'immenses pays bleuâtres, où les noyés
roulent parmi les grands poissons, au milieu
d'étranges forêts et dans des grottes de cristal. La
rivière n'a que des profondeurs noires où l'on
pourrit dans la vase. Elle est belle pourtant quand
elle brille au soleil levant et qu'elle clapote doucement entre ses berges couvertes de roseaux qui
murmurent.

Le poète a dit en parlant de l'Océan:

Ô flots, que vous savez de lugubres histoires!
Flots profonds, redoutés des mères à genoux,
Vous vous les racontez en montant les marées
Et c'est ce qui vous fait ces voix désespérées
Que vous avez, le soir, quand vous venez vers nous.

Eh bien, je crois que les histoires chuchotées par les roseaux minces avec leurs petites voix si douces doivent être encore plus sinistres que les drames lugubres racontés par les hurlements des vagues.

Mais puisque vous me demandez quelques-uns de mes souvenirs, je vais vous dire une singulière aventure qui m'est arrivée ici, il y a une dizaine d'années.

J'habitais comme aujourd'hui la maison de la mère Lafon, et un de mes meilleurs camarades, Louis Bernet, qui a maintenant renoncé au canotage, à ses pompes et à son débraillé pour entrer au Conseil d'État, était installé au village de C..., deux lieues plus bas. Nous dînions tous les jours ensemble, tantôt chez lui, tantôt chez moi.

Un soir, comme je revenais tout seul et assez fatigué, traînant péniblement mon gros bateau, un *océan* de douze pieds, dont je me servais toujours la nuit, je m'arrêtai quelques secondes pour reprendre haleine auprès de la pointe des roseaux, là-bas, deux cents mètres environ avant le pont du chemin de fer. Il faisait un temps magnifique; la lune resplendissait, le fleuve brillait, l'air était calme et doux. Cette tranquillité me tenta; je me dis qu'il ferait bien bon fumer une pipe en cet endroit. L'action suivit la pensée; je saisis mon ancre et la jetai dans la rivière.

Le canot, qui redescendait avec le courant, fila sa chaîne jusqu'au bout, puis s'arrêta; et je m'assis à l'arrière sur ma peau de mouton, aussi commodément qu'il me fut possible. On n'entendait rien, rien: parfois seulement, je croyais saisir un petit clapotement presque insensible de l'eau contre la rive, et j'apercevais des groupes de roseaux plus élevés qui prenaient des figures surprenantes et semblaient par moments s'agiter.

Le fleuve était parfaitement tranquille, mais je me sentis ému par le silence extraordinaire qui m'entourait. Toutes les bêtes, grenouilles et crapauds, ces chanteurs nocturnes des marécages, se taisaient. Soudain, à ma droite, contre moi, une grenouille coassa. Je tressaillis: elle se tut, je n'entendis plus rien, et je résolus de fumer un peu pour me distraire. Cependant, quoique je fusse un culotteur de pipes renommé, je ne pus pas; dès la seconde bouffée, le cœur me tourna et je cessai. Je me mis à chantonner; le son de ma voix m'était pénible; alors, je m'étendis au fond du bateau et je regardai le ciel. Pendant quelque temps, je demeurai tranquille, mais bientôt les légers mouvements de la barque m'inquiétèrent. Il me sembla qu'elle faisait des embardées gigantesques, touchant tour à

tour les deux berges du fleuve, puis je crus qu'un
être ou qu'une force invisible l'attirait doucement
au fond de l'eau et la soulevait ensuite pour la
laisser retomber. J'étais ballotté comme au milieu
d'une tempête, j'entendis des bruits autour de moi;
je me dressai d'un bond: l'eau brillait, tout était
calme.

Je compris que j'avais les nerfs un peu ébranlés
et je résolus de m'en aller. Je tirai sur ma chaîne;
le canot se mit en mouvement, puis je sentis une
résistance, je tirai plus fort, l'ancre ne vint pas; elle
avait accroché quelque chose au fond de l'eau et je
ne pouvais la soulever; je recommençai à tirer,
mais inutilement. Alors, avec mes avirons, je fis
tourner mon bateau et je le portai en amont pour
changer la position de l'ancre. Ce fut en vain, elle
tenait toujours; je fus pris de colère et je secouai la
chaîne rageusement. Rien ne remua. Je m'assis
découragé et je me mis à réfléchir sur ma position.
Je ne pouvais songer à casser cette chaîne ni à la
séparer de l'embarcation, car elle était énorme et
rivée à l'avant dans un morceau de bois plus gros
que mon bras; mais comme le temps demeurait fort
beau, je pensai que je ne tarderais point, sans
doute, à rencontrer quelque pêcheur qui viendrait à
mon secours. Ma mésaventure m'avait calmé, je
m'assis et je pus enfin fumer ma pipe. Je possédais
une bouteille de rhum, j'en bus deux ou trois
verres, et ma situation me fit rire. Il faisait très

chaud, de sorte qu'à la rigueur je pouvais, sans grand mal, passer la nuit à la belle étoile.

Soudain, un petit coup sonna contre mon bordage. Je fis un soubresaut, et une sueur froide me glaça des pieds à la tête. Ce bruit venait sans doute de quelque bout de bois entraîné par le courant, mais cela avait suffi et je me sentis envahi de nouveau par une étrange agitation nerveuse. Je saisis ma chaîne et je me raidis dans un effort désespéré. L'ancre tint bon. Je me rassis épuisé.

Cependant, la rivière s'était peu à peu couverte d'un brouillard blanc très épais qui rampait sur l'eau fort bas, de sorte que, en me dressant debout, je ne voyais plus le fleuve, ni mes pieds, ni mon bateau, mais j'apercevais seulement les pointes des roseaux, puis, plus loin, la plaine toute pâle de la lumière de la lune, avec de grandes taches noires qui montaient dans le ciel, formées par des groupes de peupliers d'Italie. J'étais comme enseveli jusqu'à la ceinture dans une nappe de coton d'une blancheur singulière, et il me venait des imaginations fantastiques. Je me figurais qu'on essayait de monter dans ma barque que je ne pouvais plus distinguer, et que la rivière, cachée par ce brouillard opaque, devait être pleine d'êtres étranges qui nageaient autour de moi. J'éprouvais un malaise horrible, j'avais les tempes serrées, mon cœur battait à m'étouffer; et, perdant la tête je pensai à me sauver à la nage; puis aussitôt cette idée me fit frissonner d'épouvante. Je me vis, perdu, allant à l'aventure dans cette brume épaisse, me débattant au milieu des herbes et des roseaux que je ne pourrais éviter, râlant de peur, ne voyant pas la berge, ne retrouvant plus mon bateau et il me semblait que je me sentirais tiré par les pieds tout au fond de cette eau noire.

En effet, comme il m'eût fallu remonter le courant au moins pendant cinq cents mètres avant de trouver un point libre d'herbes et de joncs où je pusse prendre pied, il y avait pour moi neuf chances sur dix de ne pouvoir me diriger dans ce brouillard et de me noyer quelque bon nageur que je fusse.

J'essayai de me raisonner. Je me sentais la volonté bien ferme de ne point avoir peur, mais il y avait en moi autre chose que ma volonté, et cette autre chose avait peur. Je me demandai ce que je pouvais redouter; mon *moi* brave railla mon *moi* poltron, et jamais aussi bien que ce jour-là je ne saisis l'opposition des deux êtres qui sont en nous, l'un voulant, l'autre résistant, et chacun l'emportant tour à tour.

Cet effroi bête et inexplicable grandissait toujours et devenait de la terreur. Je demeurais immobile, les yeux ouverts, l'oreille tendue et attendant. Quoi? Je n'en savais rien, mais ce devait être terrible. Je crois que si un poisson se fût avisé de sauter hors de l'eau, comme cela arrive souvent, il n'en aurait pas fallu davantage pour me faire tomber raide, sans connaissance.

Cependant, par un effort violent, je finis par ressaisir à peu près ma raison qui m'échappait. Je pris de nouveau ma bouteille de rhum et je bus à grands traits.

Alors une idée me vint et je me mis à crier de toutes mes forces en me tournant successivement vers les quatre points de l'horizon. Lorsque mon gosier fut absolument paralysé, j'écoutai. — Un chien hurlait, très loin.

Je bus encore et je m'étendis tout de mon long au fond du bateau. Je restai ainsi peut-être une heure, peut-être deux, sans dormir, les yeux ouverts, avec des cauchemars autour de moi. Je n'osais pas me lever et pourtant je le désirais violemment; je remettais de minute en minute. Je me disais: «Allons, debout!» et j'avais peur de faire un mouvement. A la fin, je me soulevai avec des précautions infinies, comme si ma vie eût dépendu du moindre bruit que j'aurais fait, et je regardai par-dessus le bord.

Je fus ébloui par le plus merveilleux, le plus étonnant spectacle qu'il soit possible de voir. C'était une de ces fantasmagories du pays des fées, une de ces visions racontées par les voyageurs qui reviennent de très loin et que nous écoutons sans les croire.

Le brouillard qui, deux heures auparavant, flottait sur l'eau, s'était peu à peu retiré et ramassé sur les rives. Laissant le fleuve absolument libre, il avait formé sur chaque berge une colline ininterrompue, haute de six ou sept mètres, qui brillait sous la lune avec l'éclat superbe des neiges. De sorte qu'on ne voyait rien autre chose que cette rivière lamée de feu entre ces deux montagnes blanches; et là-haut, sur ma tête, s'étalait, pleine et large, une grande lune illuminante au milieu d'un ciel bleuâtre et laiteux.

Toutes les bêtes de l'eau s'étaient réveillées; les grenouilles coassaient furieusement, tandis que, d'instant en instant, tantôt à droite, tantôt à gauche, j'entendais cette note courte, monotone et triste, que jette aux étoiles la voix cuivrée des crapauds. Chose étrange, je n'avais plus peur; j'étais au milieu d'un paysage tellement extraordinaire que les singularités les plus fortes n'eussent pu m'étonner.

Combien de temps cela dura-t-il, je n'en sais rien, car j'avais fini par m'assoupir. Quand je rouvris les yeux, la lune était couchée, le ciel plein de nuages. L'eau clapotait lugubrement, le vent soufflait, il faisait froid, l'obscurité était profonde.

Je bus ce qui me restait de rhum, puis j'écoutai en grelottant le froissement des roseaux et le bruit sinistre de la rivière. Je cherchai à voir, mais je ne

pus distinguer mon bateau, ni mes mains elles-
mêmes, que j'approchais de mes yeux.

Peu à peu, cependant, l'épaisseur du noir diminua. Soudain je crus sentir qu'une ombre glissait
tout près de moi; je poussai un cri, une voix répondit; c'était un pêcheur. Je l'appelai, il s'approcha et
je lui racontai ma mésaventure. Il mit alors son
bateau bord à bord avec le mien, et tous les deux
nous tirâmes sur la chaîne. L'ancre ne remua pas.
Le jour venait, sombre, gris, pluvieux, glacial, une
de ces journées qui vous apportent des tristesses et
des malheurs. J'aperçus une autre barque, nous la
hélâmes. L'homme qui la montait unit ses efforts
aux nôtres; alors, peu à peu, l'ancre céda. Elle
montait, mais doucement, doucement, et chargée
d'un poids considérable. Enfin nous aperçûmes une
masse noire, et nous la tirâmes à mon bord:

C'était le cadavre d'une vieille femme qui avait
une grosse pierre au cou.

EN FAMILLE

Le tramway de Neuilly venait de passer la porte Maillot et il filait maintenant tout le long de la grande avenue qui aboutit à la Seine. La petite machine, attelée à son wagon, cornait pour écarter les obstacles, crachait sa vapeur, haletait comme une personne essoufflée qui court; et ses pistons faisaient un bruit précipité de jambes de fer en mouvement. La lourde chaleur d'une fin de journée d'été tombait sur la route d'où s'élevait, bien qu'aucune brise ne soufflât, une poussière blanche crayeuse, opaque, suffocante et chaude, qui se collait sur la peau moite, emplissait les yeux, entrait dans les poumons.

Des gens venaient sur leurs portes, cherchant de l'air.

Les glaces de la voiture étaient baissées, et tous les rideaux flottaient agités par la course rapide. Quelques personnes seulement occupaient l'intérieur (car on préférait, par ces jours chauds, l'impériale ou les plates-formes). C'étaient de grosses dames aux toilettes farces, de ces bourgeoises de banlieue qui remplacent la distinction dont elles manquent par une dignité intempestive; des messieurs las du bureau, la figure jaunie, la taille tournée, une épaule un peu remontée par les longs

travaux courbés sur les tables. Leurs faces inquiètes
et tristes disaient encore les soucis domestiques, les
incessants besoins d'argent, les anciennes espéran-
ces définitivement déçues; car tous appartenaient à
cette armée de pauvres diables râpés qui végètent
économiquement dans une chétive maison de plâtre,
avec une plate-bande pour jardin, au milieu de cette
campagne à dépotoirs qui borde Paris.

Tout près de la portière, un homme petit et gros,
la figure bouffie, le ventre tombant entre ses
jambes ouvertes, tout habillé de noir et décoré,
causait avec un grand maigre d'aspect débraillé,
vêtu de coutil blanc très sale et coiffé d'un vieux
panama. Le premier parlait lentement, avec des
hésitations qui le faisaient parfois paraître bègue;
c'était M. Caravan, commis principal au ministère
de la Marine. L'autre, ancien officier de santé à
bord d'un bâtiment de commerce, avait fini par
s'établir au rond-point de Courbevoie où il appli-
quait sur la misérable population de ce lieu les
vagues connaissances médicales qui lui restaient
après une vie aventureuse. Il se nommait Chenet et
se faisait appeler docteur. Des rumeurs couraient
sur sa moralité.

M. Caravan avait toujours mené l'existence
normale des bureaucrates. Depuis trente ans, il
venait invariablement à son bureau, chaque matin,
par la même route, rencontrant à la même heure,
aux mêmes endroits, les mêmes figures d'hommes

allant à leurs affaires; et il s'en retournait, chaque soir, par le même chemin où il retrouvait encore les mêmes visages qu'il avait vus vieillir.

Tous les jours, après avoir acheté sa feuille d'un sou à l'encoignure du faubourg Saint-Honoré, il allait chercher ses deux petits pains, puis il entrait au ministère à la façon d'un coupable qui se constitue prisonnier, et il gagnait son bureau vivement, le cœur plein d'inquiétude, dans l'attente éternelle d'une réprimande pour quelque négligence qu'il aurait pu commettre.

Rien n'était jamais venu modifier l'ordre monotone de son existence; car aucun événement ne le touchait en dehors des affaires du bureau, des avancements et des gratifications. Soit qu'il fût au ministère, soit qu'il fût dans sa famille (car il avait épousé, sans dot, la fille d'un collègue), il ne parlait jamais que du service. Jamais son esprit atrophié par la besogne abêtissante et quotidienne n'avait plus d'autres pensées, d'autres espoirs, d'autres rêves, que ceux relatifs à son ministère. Mais une amertume gâtait toujours ses satisfactions d'employé: l'accès des commissaires de marine, des ferblantiers, comme on disait à cause de leurs galons d'argent, aux emplois de sous-chef et de chef; et chaque soir, en dînant, il argumentait fortement devant sa femme, qui partageait ses haines, pour prouver qu'il est inique à tous égards de donner des places à Paris aux gens destinés à la navigation.

Il était vieux, maintenant, n'ayant point senti passer sa vie, car le collège, sans transition, avait été continué par le bureau, et les pions, devant qui il tremblait autrefois, étaient aujourd'hui remplacés par les chefs, qu'il redoutait effroyablement. Le seuil de ces despotes en chambre le faisait frémir des pieds à la tête; et de cette continuelle épouvante il gardait une manière gauche de se présenter, une attitude humble et une sorte de bégaiement nerveux.

Il ne connaissait pas plus Paris que ne le peut connaître un aveugle conduit par son chien, chaque jour, sous la même porte; et s'il lisait dans son journal d'un sou les événements et les scandales, il les percevait comme des contes fantaisistes inventés à plaisir pour distraire les petits employés. Homme d'ordre, réactionnaire sans parti déterminé, mais ennemi des *nouveautés*, il passait les faits politiques, que sa feuille, du reste, défigurait toujours pour les besoins payés d'une cause; et quand il remontait tous les soirs l'avenue des Champs-Elysées, il considérait la foule houleuse des promeneurs et le flot roulant des équipages à la façon d'un voyageur dépaysé qui traverserait des contrées lointaines.

Ayant complété, cette année même, ses trente années de service obligatoire, on lui avait remis, au

Ier janvier, la croix de la Légion d'honneur, qui récompense, dans ces administrations militarisées, la longue et misérable servitude — (on dit: *loyaux services*) — de ces tristes forçats rivés au carton vert. Cette dignité inattendue, lui donnant de sa capacité une idée haute et nouvelle, avait en tout changé ses mœurs. Il avait dès lors supprimé les pantalons de couleur et les vestons de fantaisie, porté des culottes noires et de longues redingotes où son *ruban*, très large, faisait mieux; et, rasé tous les matins, écurant ses ongles avec plus de soin, changeant de linge tous les deux jours par un légitime sentiment de convenances et de respect pour l'*Ordre* national dont il faisait partie, il était devenu, du jour au lendemain, un autre Caravan, rincé, majestueux et condescendant.

Chez lui, il disait «ma croix» à tout propos. Un tel orgueil lui était venu, qu'il ne pouvait plus même souffrir à la boutonnière des autres aucun ruban d'aucune sorte. Il s'exaspérait surtout à la vue des ordres étrangers — «qu'on ne devrait pas laisser porter en France»; et il en voulait particulièrement au docteur Chenet qu'il retrouvait tous les soirs au tramway, orné d'une décoration quelconque, blanche, bleue, orange ou verte.

La conversation des deux hommes, depuis l'Arc de Triomphe jusqu'à Neuilly, était, du reste, toujours la même; et, ce jour-là comme les précédents, ils s'occupèrent d'abord de différents abus locaux

qui les choquaient l'un et l'autre, le maire de
Neuilly en prenant à son aise. Puis, comme il arrive
infailliblement en compagnie d'un médecin,
Caravan aborda le chapitre des maladies, espérant
de cette façon glaner quelques petits conseils
gratuits, ou même une consultation, en s'y prenant
bien, sans laisser voir la ficelle. Sa mère, du reste,
l'inquiétait depuis quelque temps. Elle avait des
syncopes fréquentes et prolongées; et, bien que
vieille de quatre-vingt-dix ans, elle ne consentait
point à se soigner.

Son grand âge attendrissait Caravan, qui répétait
sans cesse au *docteur* Chenet: «En voyez-vous
souvent arriver là?» Et il se frottait les mains avec
bonheur, non qu'il tînt peut-être beaucoup à voir la
bonne femme s'éterniser sur terre, mais parce que
la longue durée de la vie maternelle était comme
une promesse pour lui-même.

Il continua: «Oh! dans ma famille, on va loin;
ainsi, moi, je suis sûr qu'à moins d'accident je
mourrai très vieux.» L'officier de santé jeta sur lui
un regard de pitié; il considéra une seconde la
figure rougeaude de son voisin, son cou graisseux,
son bedon tombant entre deux jambes flasques et
grasses, toute sa rondeur apoplectique de vieil
employé ramolli; et, relevant d'un coup de main le
panama grisâtre qui lui couvrait le chef, il répondit
en ricanant: «Pas si sûr que ça, mon bon, votre

mère est une astèque et vous n'êtes qu'un plein-de-soupe.» Caravan, troublé, se tut.

Mais le tramway arrivait à la station. Les deux compagnons descendirent, et M. Chenet offrit le vermouth au café du Globe, en face, où l'un et l'autre avaient leurs habitudes. Le patron, un ami, leur allongea deux doigts qu'ils serrèrent par-dessus les bouteilles du comptoir; et ils allèrent rejoindre trois amateurs de dominos attablés là depuis midi. Des paroles cordiales furent échangées, avec le «Quoi de neuf ?» inévitable. Ensuite les joueurs se remirent à leur partie; puis on leur souhaita le bonsoir. Ils tendirent leurs mains sans lever la tête; et chacun rentra dîner.

Caravan habitait, auprès du rond-point de Courbevoie, une petite maison à deux étages dont le rez-de-chaussée était occupé par un coiffeur.

Deux chambres, une salle à manger et une cuisine où des sièges recollés erraient de pièce en pièce selon les besoins, formaient tout l'appartement que Mme Caravan passait son temps à nettoyer, tandis que sa fille Marie-Louise, âgée de douze ans, et son fils Philippe-Auguste, âgé de neuf, galopinaient dans les ruisseaux de l'avenue, avec tous les polissons du quartier.

Au-dessus de lui, Caravan avait installé sa mère dont l'avarice était célèbre aux environs et dont la maigreur faisait dire que le *Bon Dieu* avait appliqué sur elle-même ses propres principes de parcimonie.

Toujours de mauvaise humeur, elle ne passait point un jour sans querelles et sans colères furieuses. Elle apostrophait de sa fenêtre les voisins sur leurs portes, les marchandes des quatre saisons, les balayeurs et les gamins qui, pour se venger, la suivaient de loin, quand elle sortait, en criant: «A la chie-en-lit!»

Une petite bonne normande, incroyablement étourdie, faisait le ménage et couchait au second près de la vieille, dans la crainte d'un accident.

Lorsque Caravan rentra chez lui, sa femme, atteinte d'une maladie chronique de nettoyage, faisait reluire avec un morceau de flanelle l'acajou des chaises éparses dans la solitude des pièces. Elle portait toujours des gants de fil, ornait sa tête d'un bonnet à rubans multicolores sans cesse chaviré sur une oreille, et répétait chaque fois qu'on la surprenait cirant, brossant, astiquant ou lessivant: «Je ne suis pas riche, chez moi tout est simple, mais la propreté c'est mon luxe, et celui-ci en vaut bien un autre.»

Douée d'un sens pratique opiniâtre, elle était en tout le guide de son mari. Chaque soir, à table, et puis dans leur lit, ils causaient longuement des affaires du bureau et, bien qu'elle eût vingt ans de moins que lui, il se confiait à elle comme à un directeur de conscience, et suivait en tout ses conseils.

Elle n'avait jamais été jolie; elle était laide maintenant, de petite taille et maigrelette. L'inhabileté de sa vêture avait toujours fait disparaître ses faibles attributs féminins qui auraient dû saillir avec art sous un habillage bien entendu. Ses jupes semblaient sans cesse tournées d'un côté; et elle se grattait souvent, n'importe où, avec indifférence du public, par une sorte de manie qui touchait au tic. Le seul ornement qu'elle se permît consistait en une profusion de rubans de soie entremêlés sur les bonnets prétentieux qu'elle avait coutume de porter chez elle.

Aussitôt qu'elle aperçut son mari, elle se leva, et, l'embrassant sur ses favoris: «As-tu pensé à Potin, mon ami?» (C'était pour une commission qu'il avait promis de faire.) Mais il tomba atterré sur un siège; il venait encore d'oublier pour la quatrième fois: «C'est une fatalité, disait-il, c'est une fatalité; j'ai beau y penser toute la journée, quand le soir vient, j'oublie toujours.» Mais comme il semblait désolé, elle le consola: «Tu y songeras demain, voilà tout. Rien de neuf au ministère?

— Si, une grande nouvelle: encore un ferblantier nommé sous-chef.»

Elle devint très sérieuse:

«A quel bureau?

— Au bureau des achats extérieurs.»

Elle se fâchait:

«A la place de Ramon alors, juste celle que je voulais pour toi; et lui, Ramon? à la retraite ?»

Il balbutia: «A la retraite.» Elle devint rageuse, le bonnet partit sur l'épaule:

«C'est fini, vois-tu, cette boîte-là, rien à faire là-dedans maintenant. Et comment s'appelle-t-il, ton commissaire?

— Bonassot.»

Elle prit l'Annuaire de la marine, qu'elle avait toujours sous la main, et chercha: «Bonassot. — Toulon. — Né en 1851. — Elève-commissaire en 1871, sous-commissaire en 1875.»

«A-t-il navigué, celui-là?»

A cette question, Caravan se rasséréna. Une gaieté lui vint qui secouait son ventre: «Comme Balin, juste comme Balin, son chef.» Et il ajouta, dans un rire plus fort, une vieille plaisanterie que tout le ministère trouvait délicieuse: «Il ne faudrait pas les envoyer par eau inspecter la station navale du Point-du-Jour, ils seraient malades sur les bateaux-mouches.»

Mais elle restait grave comme si elle n'avait pas entendu, puis elle murmura en se grattant lentement le menton: «Si seulement on avait un député dans sa manche? Quand la Chambre saura tout ce qui se passe là-dedans, le ministre sautera du coup...»

Des cris éclatèrent dans l'escalier, coupant sa phrase. Marie-Louise et Philippe-Auguste, qui revenaient du ruisseau, se flanquaient, de marche en marche, des gifles et des coups de pied. Leur mère s'élança, furieuse, et, les prenant chacun par un bras, elle les jeta dans l'appartement en les secouant avec vigueur.

Sitôt qu'ils aperçurent leur père, ils se précipitèrent sur lui, et il les embrassa tendrement, longtemps; puis, s'asseyant, les prit sur ses genoux et fit la causette avec eux.

Philippe-Auguste était un vilain mioche, dépeigné, sale des pieds à la tête, avec une figure de crétin. Marie-Louise ressemblait à sa mère, parlait comme elle, répétant ses paroles, l'imitant même en ses gestes. Elle dit aussi: «Quoi de neuf au ministère?» Il lui répondit gaiement: «Ton ami Ramon, qui vient dîner ici tous les mois, va nous quitter, fifille. Il y a un nouveau sous-chef à sa place.» Elle leva les yeux sur son père, et, avec une commisération d'enfant précoce: «Encore un qui t'a passé sur le dos, alors.»

Il finit de rire et ne répondit pas; puis, pour faire diversion, s'adressant à sa femme qui nettoyait maintenant les vitres:

«La maman va bien, là-haut?»

Mme Caravan cessa de frotter, se retourna, redressa son bonnet tout à fait parti dans le dos, et, la lèvre tremblante:

«Ah! oui, parlons-en de ta mère! Elle m'en a fait une jolie! Figure-toi que tantôt Mme Lebaudin, la femme du coiffeur, est montée pour m'emprunter

un paquet d'amidon, et comme j'étais sortie, ta
mère l'a chassée en la traitant de "mendiante".
Aussi je l'ai arrangée, la vieille. Elle a fait
semblant de ne pas entendre comme toujours quand
on lui dit ses vérités, mais elle n'est pas plus
sourde que moi, vois-tu; c'est de la frime, tout ça;
et la preuve, c'est qu'elle est remontée dans sa
chambre, aussitôt, sans dire un mot.»

Caravan, confus, se taisait, quand la petite bonne
se précipita pour annoncer le dîner. Alors, afin de
prévenir sa mère, il prit un manche à balai toujours
caché dans un coin et frappa trois coups au plafond. Puis on passa dans la salle, et Mme Caravan
la jeune servit le potage, en attendant la vieille.
Elle ne venait pas, et la soupe refroidissait. Alors
on se mit à manger tout doucement puis, quand les
assiettes furent vides, on attendit encore. Mme
Caravan, furieuse, s'en prenait à son mari: «Elle le
fait exprès, sais-tu. Aussi tu la soutiens toujours.»
Lui, fort perplexe, pris entre les deux, envoya
Marie-Louise chercher grand-maman, et il demeura
immobile, les yeux baissés, tandis que sa femme
tapait rageusement le pied de son verre avec le
bout de son couteau.

Soudain la porte s'ouvrit, et l'enfant seule
réapparut tout essoufflée et fort pâle; elle dit très
vite: «Grand-maman est tombée par terre.»

Caravan, d'un bond, fut debout, et, jetant sa
serviette sur la table, il s'élança dans l'escalier, où

son pas lourd et précipité retentit, pendant que sa femme, croyant à une ruse méchante de sa belle-mère, s'en venait plus doucement en haussant avec mépris les épaules.

La vieille gisait tout de son long sur la face au milieu de la chambre, et, lorsque son fils l'eut retournée, elle apparut, immobile et sèche, avec sa peau jaunie, plissée, tannée, ses yeux clos, ses dents serrées, et tout son corps maigre raidi.

Caravan, à genoux près d'elle, gémissait: «Ma pauvre mère, ma pauvre mère!» Mais l'autre Mme Caravan après l'avoir considérée un instant, déclara: «Bah! elle a encore une syncope, voilà tout; c'est pour nous empêcher de dîner, sois-en sûr.»

On porta le corps sur le lit, on le déshabilla complètement; et tous, Caravan, sa femme, la bonne, se mirent à le frictionner. Malgré leurs efforts, elle ne reprit pas connaissance. Alors on envoya Rosalie chercher le *docteur* Chenet. Il habitait sur le quai, vers Suresnes. C'était loin, l'attente fut longue. Enfin il arriva, et après avoir considéré, palpé, ausculté la vieille femme, il prononça: «C'est la fin.»

Caravan s'abattit sur le corps, secoué par des sanglots précipités; et il baisait convulsivement la figure rigide de sa mère en pleurant avec tant d'abondance que de grosses larmes tombaient comme des gouttes d'eau sur le visage de la morte.

Mme Caravan la jeune eut une crise convenable de chagrin, et, debout derrière son mari, elle poussait de faibles gémissements en se frottant les yeux avec obstination.

Caravan, la face bouffie, ses maigres cheveux en désordre, très laid dans sa douleur vraie, se redressa soudain: «Mais... êtes-vous sûr, docteur... êtes-vous bien sûr?...» L'officier de santé s'approcha rapidement, et maniant le cadavre avec une dextérité professionnelle comme un négociant qui ferait valoir sa marchandise: «Tenez, mon bon, regardez l'œil.» Il releva la paupière et le regard de la vieille femme réapparut sous son doigt, nullement changé, avec la pupille un peu plus large peut-être. Caravan reçut un coup dans le cœur, et une épouvante lui traversa les os. M. Chenet prit le bras crispé, força les doigts pour les ouvrir, et, l'air furieux comme en face d'un contradicteur: «Mais regardez-moi cette main, je ne m'y trompe jamais, soyez tranquille.»

Caravan retomba vautré sur le lit, beuglant presque; tandis que sa femme, pleurnichant toujours, faisait les choses nécessaires. Elle approcha la table de nuit sur laquelle elle étendit une serviette, posa dessus quatre bougies qu'elle alluma, prit un rameau de buis accroché derrière la glace de la cheminée et le posa entre les bougies dans une assiette qu'elle emplit d'eau claire, n'ayant point d'eau bénite. Mais, après une réflexion rapide, elle jeta dans cette eau une pincée de sel, s'imaginant sans doute exécuter là une sorte de consécration.

Lorsqu'elle eut terminé la figuration qui doit accompagner la Mort, elle resta debout, immobile. Alors l'officier de santé, qui l'avait aidée à disposer les objets, lui dit tout bas: «Il faut emmener Caravan.» Elle fit un signe d'assentiment, et s'approchant de son mari qui sanglotait, toujours à genoux, elle le souleva par un bras, pendant que M. Chenet le prenait par l'autre.

On l'assit d'abord sur une chaise, et sa femme, le baisant au front, le sermonna. L'officier de santé appuyait ses raisonnements, conseillant la fermeté, le courage, la résignation, tout ce qu'on ne peut garder dans ces malheurs foudroyants. Puis tous deux le prirent de nouveau sous les bras et l'emmenèrent.

Il larmoyait comme un gros enfant, avec des hoquets convulsifs, avachi, les bras pendants, les jambes molles; et il descendit l'escalier sans savoir ce qu'il faisait, remuant les pieds machinalement.

On le déposa dans un fauteuil qu'il occupait toujours à table, devant son assiette presque vide où sa cuiller encore trempait dans un reste de soupe. Et il resta là, sans un mouvement, l'œil fixé sur son verre, tellement hébété qu'il demeurait même sans pensée.

Mme Caravan, dans un coin, causait avec le docteur, s'informait des formalités, demandait tous les renseignements pratiques. A la fin, M. Chenet, qui paraissait attendre quelque chose, prit son chapeau et, déclarant qu'il n'avait pas dîné, fit un salut pour partir. Elle s'écria:

«Comment, vous n'avez pas dîné? Mais restez, Docteur, restez donc! On va vous servir ce que nous avons; car vous comprenez que nous, nous ne mangerons pas grand-chose.»

Il refusa, s'excusant; elle insistait:

«Comment donc, mais restez. Dans des moments pareils, on est heureux d'avoir des amis près de soi; et puis, vous déciderez peut-être mon mari à se réconforter un peu: il a tant besoin de prendre des forces.»

Le docteur s'inclina, et, déposant son chapeau sur un meuble: «En ce cas, j'accepte, madame.»

Elle donna des ordres à Rosalie affolée, puis elle-même se mit à table, «pour faire semblant de manger, disait-elle, et tenir compagnie au *docteur*».

On reprit du potage froid. M. Chenet en redemanda. Puis apparut un plat de gras-double lyonnaise qui répandit un parfum d'oignon, et dont Mme Caravan se décida à goûter. «Il est excellent», dit le docteur. Elle sourit: «N'est-ce pas?» Puis se tournant vers son mari: «Prends-en donc un peu, mon pauvre Alfred, seulement pour te mettre quelque chose dans l'estomac, songe que tu vas passer la nuit!»

Il tendit son assiette docilement, comme il aurait été se mettre au lit si on le lui eût commandé, obéissant à tout sans résistance et sans réflexion. Et il mangea.

Le docteur, se servant lui-même, puisa trois fois dans le plat, tandis que Mme Caravan, de temps en temps, piquait un morceau au bout de sa fourchette et l'avalait avec une sorte d'inattention étudiée.

Quand parut un saladier plein de macaroni, le docteur murmura: «Bigre! voilà une bonne chose.» Et Mme Caravan, cette fois, servit tout le monde. Elle remplit même les soucoupes où barbotaient les enfants, qui laissés libres, buvaient du vin pur et s'attaquaient déjà, sous la table, à coups de pied.

M. Chenet rappela l'amour de Rossini pour ce mets italien; puis tout à coup: «Tiens! mais ça rime; on pourrait commencer une pièce en vers.

> *Le maestro Rossini*
> *Aimait le macaroni...»*

On ne l'écoutait point. Mme Caravan, devenue soudain réfléchie, songeait à toutes les consé-quences probables de l'événement, tandis que son mari roulait des boulettes de pain qu'il déposait ensuite sur la nappe et qu'il regardait fixement d'un air idiot. Comme une soif ardente lui dévorait la gorge, il portait sans cesse à sa bouche son verre tout rempli de vin; et sa raison, culbutée déjà par la secousse et le chagrin, devenait flottante, lui paraissait danser dans l'étourdissement subit de la digestion commencée et pénible.

Le docteur, du reste, buvait comme un trou, se grisait visiblement; et Mme Caravan elle-même, subissant la réaction qui suit tout ébranlement nerveux, s'agitait, troublée aussi, bien qu'elle ne prît que de l'eau, et se sentait la tête un peu brouillée.

M. Chenet s'était mis à raconter des histoires de décès qui lui paraissaient drôles. Car dans cette banlieue parisienne, remplie d'une population de province, on retrouve cette indifférence du paysan pour le mort, fût-il son père ou sa mère, cet irrespect, cette férocité inconsciente si communs dans les campagnes, et si rares à Paris. Il disait: «Tenez, la semaine dernière, rue de Puteaux, on m'appelle, j'accours; je trouve le malade trépassé, et, auprès du lit, la famille qui finissait tranquillement une bouteille d'anisette achetée la veille pour satisfaire un caprice du moribond.»

Mais Mme Caravan n'écoutait pas, songeant toujours à l'héritage; et Caravan, le cerveau vidé, ne comprenait rien.

On servit le café, qu'on avait fait très fort pour se soutenir le moral. Chaque tasse, arrosée de cognac, fit monter aux joues une rougeur subite, mêla les dernières idées de ces esprits vacillants déjà.

Puis le *docteur,* s'emparant soudain de la bouteille d'eau-de-vie, versa la *rincette* à tout le monde. Et, sans parler, engourdis dans la chaleur douce
de la digestion, saisis malgré eux par ce bien-être
animal que donne l'alcool après dîner, ils se garga-
risaient lentement avec le cognac sucré qui formait
un sirop jaunâtre au fond des tasses.

Les enfants s'étaient endormis et Rosalie les
coucha.

Alors Caravan, obéissant machinalement au
besoin de s'étourdir qui pousse tous les malheureux, reprit plusieurs fois de l'eau-de-vie; et son
œil hébété luisait.

Le *docteur* enfin se leva pour partir; et s'emparant du bras de son ami:

«Allons, venez avec moi, dit-il; un peu d'air
vous fera du bien; quand on a des ennuis, il ne faut
pas s'immobiliser.»

L'autre obéit docilement, mit son chapeau, prit
sa canne, sortit; et tous deux, se tenant par le bras,
descendirent vers la Seine sous les claires étoiles.

Des souffles embaumés flottaient dans la nuit
chaude car tous les jardins des environs étaient à
cette saison pleins de fleurs, dont les parfums,
endormis pendant le jour, semblaient s'éveiller à
l'approche du soir et s'exhalaient, mêlés aux brises
légères qui passaient dans l'ombre.

L'avenue large était déserte et silencieuse avec
ses deux rangs de becs de gaz allongés jusqu'à

l'Arc de Triomphe. Mais là-bas Paris bruissait dans une buée rouge. C'était une sorte de roulement continu auquel paraissait répondre parfois au loin, dans la plaine, le sifflet d'un train accourant à toute vapeur, ou bien fuyant, à travers la province, vers l'Océan.

L'air du dehors, frappant les deux hommes au visage, les surprit d'abord, ébranla l'équilibre du docteur, et accentua chez Caravan les vertiges qui l'envahissaient depuis le dîner. Il allait comme dans un songe, l'esprit engourdi, paralysé, sans chagrin vibrant, saisi par une sorte d'engourdissement moral qui l'empêchait de souffrir, éprouvant même un allégement qu'augmentaient les exhalaisons tièdes épandues dans la nuit.

Quand ils furent au pont, ils tournèrent à droite et la rivière leur jeta en face un souffle frais. Elle coulait mélancolique et tranquille, devant un rideau de hauts peupliers; et des étoiles semblaient nager sur l'eau, remuées par le courant. Une brume fine et blanchâtre qui flottait sur la berge de l'autre côté apportait aux poumons une senteur humide; et Caravan s'arrêta brusquement, frappé par cette odeur de fleuve qui remuait dans son cœur des souvenirs très vieux.

Et il revit soudain sa mère, autrefois, dans son enfance à lui, courbée à genoux devant leur porte, là-bas, en Picardie, et lavant au mince cours d'eau qui traversait le jardin le linge en tas à côté d'elle.

Il entendait son battoir dans le silence tranquille de la campagne, sa voix qui criait: «Alfred, apporte-moi du savon.» Et il sentait cette même odeur d'eau qui coule, cette même brume envolée des terres ruisselantes, cette buée marécageuse dont la saveur était restée en lui, inoubliable et qu'il retrouvait justement ce soir-là même où sa mère venait de mourir.

Il s'arrêta, raidi dans une reprise de désespoir fougueux. Ce fut comme un éclat de lumière illuminant d'un seul coup toute l'étendue de son malheur; et la rencontre de ce souffle errant le jeta dans l'abîme noir des douleurs irrémédiables. Il sentit son cœur déchiré par cette séparation sans fin. Sa vie était coupée au milieu; et sa jeunesse entière disparaissait engloutie dans cette mort. Tout l'*autrefois* était fini; tous les souvenirs d'adolescence s'évanouissaient; personne ne pourrait plus lui parler des choses anciennes, des gens qu'il avait connus jadis, de son pays, de lui-même, de l'intimité de sa vie passée; c'était une partie de son être qui avait fini d'exister; à l'autre de mourir maintenant.

Et le défilé des évocations commença. Il revoyait «la maman» plus jeune, vêtue de robes usées sur elle, portées si longtemps qu'elles semblaient inséparables de sa personne; il la retrouvait dans mille circonstances oubliées: avec des physionomies effacées, ses gestes, ses intonations, ses habitudes, ses manies, ses colères, les plis de sa figure, les mouvements de ses doigts maigres, toutes ses attitudes familières qu'elle n'aurait plus.

Et, se cramponnant au docteur, il poussa des gémissements. Ses jambes flasques tremblaient; toute sa grosse personne était secouée par les sanglots, et il balbutiait: «Ma mère, ma pauvre mère, ma pauvre mère!...»

Mais son compagnon, toujours ivre, et qui rêvait de finir la soirée en des lieux qu'il fréquentait secrètement, impatienté par cette crise aiguë de chagrin, le fit asseoir sur l'herbe de la rive, et presque aussitôt le quitta sous prétexte de voir un malade.

Caravan pleura longtemps; puis, quand il fut à bout de larmes, quand toute sa souffrance eut pour ainsi dire coulé, il éprouva de nouveau un soulagement, un repos, une tranquillité subite.

La lune s'était levée; elle baignait l'horizon de sa lumière placide. Les grands peupliers se dressaient avec des reflets d'argent, et le brouillard, sur la plaine, semblait de la neige flottante; le fleuve, où ne nageaient plus les étoiles, mais qui paraissait couvert de nacre coulait toujours, ridé par des frissons brillants. L'air était doux, la brise odorante. Une mollesse passait dans le sommeil de la terre, et Caravan buvait cette douceur de la nuit; il respirait longuement, croyait sentir pénétrer jusqu'à l'extrémité de ses membres une fraîcheur, un calme, une consolation surhumaine.

Il résistait toutefois à ce bien-être envahissant, se répétait:

«Ma mère, ma pauvre mère», s'excitant à pleurer par une sorte de conscience d'honnête homme; mais il ne le pouvait plus; et aucune tristesse même ne l'étreignait aux pensées qui, tout à l'heure encore, l'avaient fait si fort sangloter.

Alors il se leva pour rentrer, revenant à petits pas, enveloppé dans la calme indifférence de la nature sereine, et le cœur apaisé malgré lui.

Quand il atteignit le pont, il aperçut le fanal du dernier tramway prêt à partir et, par-derrière, les fenêtres éclairées du café du Globe.

Alors un besoin lui vint de raconter la catastrophe à quelqu'un, d'exciter la commisération, de se rendre intéressant. Il prit une physionomie lamentable, poussa la porte de l'établissement, et s'avança vers le comptoir où le patron trônait toujours. Il comptait sur un effet, tout le monde allait se lever, venir à lui, la main tendue: «Tiens, qu'avez-vous?» Mais personne ne remarqua la désolation de son visage. Alors il s'accouda sur le comptoir et, serrant son front dans ses mains, il murmura:

«Mon Dieu, mon Dieu!»

Le patron le considéra: «Vous êtes malade, monsieur Caravan?» Il répondit: «Non, mon pauvre ami; mais ma mère vient de mourir.» L'autre lâcha un «Ah!» distrait; et comme un consommateur au fond de l'établissement criait: «Un bock, s'il vous plaît!» il répondit aussitôt d'une voix terrible: «Voilà, boum!... on y va» et s'élança pour servir, laissant Caravan stupéfait.

Sur la même table qu'avant dîner, absorbés et immobiles, les trois amateurs de dominos jouaient encore. Caravan s'approcha d'eux, en quête de commisération. Comme aucun ne paraissait le voir, il se décida à parler: «Depuis tantôt, leur dit-il, il m'est arrivé un grand malheur.»

Ils levèrent un peu la tête tous les trois en même temps, mais en gardant l'œil fixé sur le jeu qu'ils tenaient en main. «Tiens, quoi donc? — Ma mère vient de mourir.» Un d'eux murmura: «Ah! diable» avec cet air faussement navré que prennent les indifférents. Un autre, ne trouvant rien à dire, fit entendre, en hochant le front, une sorte de sifflement triste. Le troisième se remit au jeu comme s'il eût pensé: «Ce n'est que ça!»

Caravan attendait un de ces mots qu'on dit «venus du cœur». Se voyant ainsi reçu, il s'éloigna, indigné de leur placidité devant la douleur d'un ami, bien que cette douleur, en ce moment même, fût tellement engourdie qu'il ne la sentait plus guère.

Et il sortit.

Sa femme l'attendait en chemise de nuit, assise sur une chaise basse auprès de la fenêtre ouverte, et pensant toujours à l'héritage.

«Déshabille-toi, dit-elle: nous allons causer quand nous serons au lit.»

Il leva la tête, et, montrant le plafond de l'œil: «Mais... là-haut... il n'y a personne. — Pardon, Rosalie est auprès d'elle, tu iras la remplacer à trois heures du matin, quand tu auras fait un somme.»

Il resta néanmoins en caleçon afin d'être prêt à tout événement, noua un foulard autour de son crâne, puis rejoignit sa femme qui venait de se glisser dans les draps.

Ils demeurèrent quelque temps assis côte à côte. Elle songeait.

Sa coiffure, même à cette heure, était agrémentée d'un nœud rose et penchée un peu sur une oreille, comme par suite d'une invincible habitude de tous les bonnets qu'elle portait.

Soudain, tournant la tête vers lui: «Sais-tu si ta mère a fait un testament?» dit-elle. Il hésita: «Je... je... ne crois pas... Non, sans doute, elle n'en a pas fait.» Mme Caravan regarda son mari dans les yeux, et, d'une voix basse et rageuse: «C'est une indignité, vois-tu; car enfin voilà dix ans que nous nous décarcassons à la soigner, que nous la logeons, que nous la nourrissons! Ce n'est pas ta sœur qui en aurait fait autant pour elle, ni moi non plus si j'avais su comment j'en serais récompensée!

Oui, c'est une honte pour sa mémoire! Tu me diras qu'elle payait pension: c'est vrai; mais les soins de ses enfants ce n'est pas avec de l'argent qu'on les paye: on les reconnaît par testament après la mort. Voilà comment se conduisent les gens honorables. Alors, moi, j'en ai été pour ma peine et pour mes tracas! Ah! c'est du propre! c'est du propre!»

Caravan éperdu, répétait: «Ma chérie, ma chérie, je t'en prie, je t'en supplie.»

A la longue elle se calma, et revenant au ton de chaque jour, elle reprit: «Demain matin, il faudra prévenir ta sœur.»

Il eut un sursaut: «C'est vrai, je n'y avais pas pensé; dès le jour j'enverrai une dépêche.» Mais elle l'arrêta, en femme qui a tout prévu. «Non, envoie-la seulement de dix à onze, afin que nous ayons le temps de nous retourner avant son arrivée. De Charenton ici elle en a pour deux heures au plus. Nous dirons que tu as perdu la tête. En prévenant dans la matinée, on ne se mettra pas dans la commise!»

Mais Caravan se frappa le front, et avec l'intonation timide qu'il prenait toujours en parlant de son chef dont la pensée même le faisait trembler: «Il faut aussi prévenir au ministère», dit-il. Elle répondit: «Pourquoi prévenir? Dans des occasions comme ça, on est toujours excusable d'avoir oublié. Ne préviens pas, crois-moi; ton chef ne pourra rien dire et tu le mettras dans un rude embarras. —

Oh! ça, oui, dit-il, et dans une fameuse colère quand il ne me verra point venir. Oui, tu as raison c'est une riche idée. Quand je lui annoncerai que ma mère est morte, il sera bien forcé de se taire.»

Et l'employé, ravi de la farce, se frottait les mains en songeant à la tête de son chef; tandis qu'au-dessus de lui le corps de la vieille gisait à côté de la bonne endormie.

Mme Caravan devenait soucieuse, comme obsédée par une préoccupation difficile à dire. Enfin elle se décida: «Ta mère t'avait bien donné sa pendule, n'est-ce pas la jeune fille au bilbo-quet?» Il chercha dans sa mémoire et répondit: «Oui, oui; elle m'a dit (mais il y a longtemps de cela, c'est quand elle est venue ici), elle m'a dit: "Ce sera pour toi, la pendule, si tu prends bien soin de moi."»

Mme Caravan, tranquillisée, se rasséréna: «Alors vois-tu, il faut aller la chercher, parce que, si nous laissons venir ta sœur, elle nous empêchera de la prendre.» Il hésitait: «Tu crois?...» Elle se fâcha: «Certainement que je le crois; une fois ici, ni vu ni connu: c'est à nous. C'est comme pour la commode de sa chambre, celle qui a un marbre: elle me l'a donnée, à moi, un jour qu'elle était de bonne humeur. Nous la descendrons en même temps.»

Caravan semblait incrédule. «Mais, ma chère, c'est une grande responsabilité!» Elle se tourna vers lui, furieuse: «Ah! vraiment! Tu ne changeras donc jamais? Tu laisserais tes enfants mourir de faim, toi, plutôt que de faire un mouvement. Du moment qu'elle me l'a donnée, cette commode, c'est à nous, n'est-ce pas? Et si ta sœur n'est pas contente, elle me le dira, à moi! Je m'en moque bien de ta sœur. Allons, lève-toi, que nous apportions tout de suite ce que ta mère nous a donné.»

Tremblant et vaincu, il sortit du lit, et, comme il passait sa culotte, elle l'en empêcha: «Ce n'est pas la peine de t'habiller, va, garde ton caleçon, ça suffit; j'irai bien comme ça, moi.»

Et tous deux, en toilette de nuit, partirent, montèrent l'escalier sans bruit, ouvrirent la porte avec précaution et entrèrent dans la chambre où les quatre bougies allumées autour de l'assiette au buis béni semblaient seules garder la vieille en son repos rigide; car Rosalie, étendue dans son fauteuil, les jambes allongées, les mains croisées sur sa jupe, la tête tombée de côté, immobile aussi et la bouche ouverte, dormait en ronflant un peu.

Caravan prit la pendule. C'était un de ces objets grotesques comme en produisit beaucoup l'art impérial. Une jeune fille en bronze doré, la tête ornée de fleurs diverses, tenait à la main un bilbo-quet dont la boule servait de balancier. «Donne-moi ça, lui dit sa femme, et prends le marbre de la commode.»

Il obéit en soufflant et il percha le marbre sur son épaule avec un effort considérable.

Alors le couple partit. Caravan se baissa sous la porte, se mit à descendre en tremblant l'escalier, tandis que sa femme, marchant à reculons, l'éclairait d'une main, ayant la pendule sous l'autre bras.

Lorsqu'ils furent chez eux, elle poussa un grand soupir. «Le plus gros est fait, dit-elle; allons chercher le reste.»

Mais les tiroirs du meuble étaient tout pleins des hardes de la vieille. Il fallait bien cacher cela quelque part.

Mme Caravan eut une idée: «Va donc prendre le coffre à bois en sapin qui est dans le vestibule; il ne vaut pas quarante sous, on peut bien le mettre ici.» Et quand le coffre fut arrivé, on commença le transport.

Ils enlevaient, l'un après l'autre, les manchettes, les collerettes, les chemises, les bonnets, toutes les pauvres nippes de la bonne femme étendue là, derrière eux, et les disposaient méthodiquement dans le coffre à bois de façon à tromper Mme Braux, l'autre enfant de la défunte, qui viendrait le lendemain.

Quand ce fut fini, on descendit d'abord les tiroirs, puis le corps du meuble en le tenant chacun par un bout, et tous deux cherchèrent pendant longtemps à quel endroit il ferait le mieux. On se décida pour la chambre, en face du lit, entre les deux fenêtres.

Une fois la commode en place, Mme Caravan
l'emplit de son propre linge. La pendule occupa la
cheminée de la salle; et le couple considéra l'effet
obtenu. Ils en furent aussitôt enchantés: «Ça fait
très bien», dit-elle. Il répondit: «Oui, très bien.»
Alors ils se couchèrent. Elle souffla la bougie; et
tout le monde bientôt dormit aux deux étages de la
maison.

Il était déjà grand jour lorsque Caravan rouvrit
les yeux. Il avait l'esprit confus à son réveil, et il
ne se rappela l'événement qu'au bout de quelques
minutes. Ce souvenir lui donna un grand coup dans
la poitrine; et il sauta du lit, très ému de nouveau,
prêt à pleurer.

Il monta bien vite à la chambre au-dessus, où
Rosalie dormait encore, dans la même posture que
la veille, n'ayant fait qu'un somme de toute la nuit.
Il la renvoya à son ouvrage, remplaça les bougies
consumées, puis il considéra sa mère en roulant
dans son cerveau ces apparences de pensées profon-
des, ces banalités religieuses et philosophiques qui
hantent les intelligences moyennes en face de la
mort.

Mais comme sa femme l'appelait, il descendit.
Elle avait dressé une liste des choses à faire dans la
matinée, et elle lui remit cette nomenclature dont il
fut épouvanté.

Il lut: 1° Faire la déclaration à la mairie;

2° Demander le médecin des morts;

3° Commander le cercueil;

4° Passer à l'église;

5° Aux pompes funèbres;

6° A l'imprimerie pour les lettres;

7° Chez le notaire;

8° Au télégraphe pour avertir la famille.

Plus une multitude de petites commissions. Alors il prit son chapeau et s'éloigna.

Or, la nouvelle s'étant répandue, les voisines commençaient à arriver et demandaient à voir la morte.

Chez le coiffeur, au rez-de-chaussée, une scène avait même eu lieu à ce sujet entre la femme et le mari pendant qu'il rasait un client.

La femme, tout en tricotant un bas, murmura: «Encore une de moins et une avare, celle-là, comme il n'y en avait pas beaucoup. Je ne l'aimais guère, c'est vrai; il faudra tout de même que j'aille la voir.»

Le mari grogna, tout en savonnant le menton du patient: «En voilà, des fantaisies! Il n'y a que les femmes pour ça. Ce n'est pas assez de vous embêter pendant la vie, elles ne peuvent seulement pas vous laisser tranquille après la mort.» Mais son épouse, sans se déconcerter, reprit: «C'est plus fort que moi; faut que j'y aille. Ça me tient depuis ce matin. Si je ne la voyais pas, il me semble que j'y

penserais toute ma vie. Mais quand je l'aurai bien
regardée pour prendre sa figure, je serai satisfaite
après.»

L'homme au rasoir haussa les épaules et confia
au monsieur dont il grattait la joue: «Je vous
demande un peu quelles idées ça vous a, ces
sacrées femelles! Ce n'est pas moi qui m'amuserais
à voir un mort!» Mais sa femme l'avait entendu, et
elle répondit sans se troubler: «C'est comme ça,
c'est comme ça.» Puis, posant son tricot sur le
comptoir, elle monta au premier étage.

Deux voisines étaient déjà venues et causaient de
l'accident avec Mme Caravan qui racontait les
détails.

On se dirigea vers la chambre mortuaire. Les
quatre femmes entrèrent à pas de loup, aspergèrent
le drap l'une après l'autre avec l'eau salée, s'age-
nouillèrent, firent le signe de la croix en marmot-
tant une prière puis s'étant relevées, les yeux
agrandis, la bouche entrouverte, considérèrent
longuement le cadavre, pendant que la belle-fille de
la morte, un mouchoir sur la figure, simulait un
hoquet désespéré.

Quand elle se retourna pour sortir, elle aperçut,
debout près de la porte, Marie-Louise et Philippe-
Auguste, tous deux en chemise, qui regardaient
curieusement. Alors, oubliant son chagrin de
commande, elle se précipita sur eux, la main levée,

en criant d'une voix rageuse: «Voulez-vous bien filer, bougres de polissons!»

Étant remontée dix minutes plus tard avec une fournée d'autres voisines, après avoir de nouveau secoué le buis sur sa belle-mère, prié, larmoyé, accompli tous ses devoirs, elle retrouva ses deux enfants revenus ensemble derrière elle. Elle les talocha encore par conscience; mais, la fois suivante, elle n'y prit plus garde; et, à chaque retour de visiteurs, les deux mioches suivaient toujours, s'agenouillant aussi dans un coin et répétant invariablement tout ce qu'ils voyaient faire à leur mère.

Au commencement de l'après-midi, la foule des curieuses diminua. Bientôt il ne vint plus personne. Mme Caravan, rentrée chez elle, s'occupait à tout préparer pour la cérémonie funèbre; et la morte resta solitaire.

La fenêtre de la chambre était ouverte. Une chaleur torride entrait avec des bouffées de poussière; les flammes des quatre bougies s'agitaient auprès du corps immobile; et sur le drap, sur la face aux yeux fermés, sur les deux mains allongées, des petites mouches grimpaient, allaient, venaient, se promenaient sans cesse, visitaient la vieille, attendant leur heure prochaine.

Mais Marie-Louise et Philippe-Auguste étaient repartis vagabonder dans l'avenue. Ils furent bientôt entourés de camarades, de petites filles surtout, plus éveillées, flairant plus vite tous les mystères de la

vie. Et elles interrogeaient comme les grandes
personnes. «Ta grand-maman est morte? — Oui,
hier au soir. — Comment c'est, un mort?» Et
Marie-Louise expliquait, racontait les bougies, le
buis, la figure. Alors une grande curiosité s'éveilla
chez tous les enfants; et ils demandèrent aussi à
monter chez la trépassée.

Aussitôt, Marie-Louise organisa un premier
voyage, cinq filles et deux garçons: les plus grands,
les plus hardis. Elle les força à retirer leurs souliers
pour ne point être découverts: la troupe se faufila
dans la maison et monta lestement comme une
armée de souris.

Une fois dans la chambre, la fillette imitant sa
mère régla le cérémonial. Elle guida solennellement
ses camarades, s'agenouilla, fit le signe de la croix,
remua les lèvres, se releva, aspergea le lit, et
pendant que les enfants, en un tas serré, s'approchaient effrayés, curieux et ravis, pour contempler
le visage et les mains, elle se mit soudain à simuler
des sanglots en se cachant les yeux dans son petit
mouchoir. Puis, consolée brusquement en songeant
à ceux qui attendaient devant la porte, elle entraîna,
en courant, tout son monde pour ramener bientôt
un autre groupe, puis un troisième; car tous les
galopins du pays, jusqu'aux petits mendiants en
loques, accouraient à ce plaisir nouveau; et elle
recommençait chaque fois les simagrées maternelles
avec une perfection absolue.

A la longue, elle se fatigua. Un autre jeu entraîna les enfants au loin, et la vieille grand-mère demeura seule, oubliée tout à fait, par tout le monde.

L'ombre emplit la chambre, et sur sa figure sèche et ridée la flamme remuante des lumières faisait danser des clartés.

Vers huit heures, Caravan monta, ferma la fenêtre et renouvela les bougies. Il entrait maintenant d'une façon tranquille, accoutumé déjà à considérer le cadavre comme s'il était là depuis des mois. Il constata même qu'aucune décomposition n'apparaissait encore, et il en fit la remarque à sa femme au moment où ils se mettaient à table pour dîner. Elle répondit: «Tiens, elle est en bois; elle se conserverait un an.»

On mangea le potage sans prononcer une parole. Les enfants laissés libres tout le jour, exténués de fatigue, sommeillaient sur leurs chaises et tout le monde restait silencieux.

Soudain la clarté de la lampe baissa.

Mme Caravan aussitôt remonta la clef; mais l'appareil rendit un son creux, un bruit de gorge prolongé, et la lumière s'éteignit. On avait oublié d'acheter de l'huile! Aller chez l'épicier retarderait le dîner, on chercha des bougies; mais il n'y en avait plus d'autres que celles allumées en haut sur la table de nuit.

Mme Caravan, prompte en ses décisions, envoya bien vite Marie-Louise en prendre deux; et l'on attendait dans l'obscurité.

On entendait distinctement les pas de la fillette qui montait l'escalier. Il y eut ensuite un silence de quelques secondes; puis l'enfant redescendit précipitamment. Elle ouvrit la porte, effarée, plus émue encore que la veille en annonçant la catastrophe, et elle murmura, suffoquant: «Oh! papa, grand-maman s'habille!»

Caravan se dressa avec un tel sursaut que sa chaise alla rouler contre le mur. Il balbutia: «Tu dis?... Qu'est-ce que tu dis là?...»

Mais Marie-Louise, étranglée par l'émotion, répéta: «Grand-... grand-... grand-maman s'habille... elle va descendre.»

Il s'élança dans l'escalier follement, suivi de sa femme abasourdie; mais devant la porte du second il s'arrêta, secoué par l'épouvante, n'osant pas entrer. Qu'allait-il voir? — Mme Caravan, plus hardie, tourna la serrure et pénétra dans la chambre.

La pièce semblait devenue plus sombre; et, au milieu, une grande forme maigre remuait. Elle était debout, la vieille; et en s'éveillant du sommeil léthargique, avant même que la connaissance lui fût en plein revenue, se tournant de côté et se soulevant sur un coude, elle avait soufflé trois des bougies qui brûlaient près du lit mortuaire. Puis, reprenant des forces, elle s'était levée pour chercher ses hardes. Sa commode partie l'avait troublée d'abord, mais peu à peu elle avait retrouvé ses affaires tout au fond du coffre à bois et s'était tranquillement habillée. Ayant ensuite vidé l'assiette remplie d'eau, replacé le buis derrière la glace et remis les chaises à leur place, elle était prête à descendre, quand apparurent devant elle son fils et sa belle-fille.

Caravan se précipita, lui saisit les mains, l'embrassa, les larmes aux yeux; tandis que sa femme, derrière lui, répétait d'un air hypocrite: «Quel bonheur, oh! quel bonheur!»

Mais la vieille, sans s'attendrir, sans même avoir l'air de comprendre, raide comme une statue, et l'œil glacé, demanda seulement: «Le dîner est-il bientôt prêt?» Il balbutia, perdant la tête: «Mais oui, maman, nous t'attendions.» Et, avec un empressement inaccoutumé, il prit son bras, pendant que Mme Caravan la jeune saisissait la bougie, les éclairait, descendant l'escalier devant eux à reculons et marche à marche, comme elle avait fait, la nuit même, devant son mari qui portait le marbre.

En arrivant au premier étage, elle faillit se heurter contre des gens qui montaient. C'était la famille de Charenton, Mme Braux suivie de son époux.

La femme, grande, grosse, avec un ventre d'hydropique qui rejetait le torse en arrière, ouvrait des yeux effarés, prête à fuir. Le mari, un cordonnier socialiste, petit homme poilu jusqu'au nez, tout pareil à un singe, murmura sans s'émouvoir: «Eh bien, quoi? Elle ressuscite!»

Aussitôt que Mme Caravan les eut reconnus, elle leur fit des signes désespérés; puis, tout haut: «Tiens! comment!... vous voilà! Quelle bonne surprise!»

Mais Mme Braux, abasourdie, ne comprenait pas; elle répondit à demi-voix: «C'est votre dépêche qui nous a fait venir; nous croyions que c'était fini.»

Son mari, derrière elle, la pinçait pour la faire taire. Il ajouta avec un rire malin caché dans sa barbe épaisse: «C'est bien aimable à vous de nous avoir invités. Nous sommes venus tout de suite», faisant allusion ainsi à l'hostilité qui régnait depuis longtemps entre les deux ménages. Puis, comme la vieille arrivait aux dernières marches, il s'avança vivement et frotta contre ses joues le poil qui lui couvrait la face, et criant dans son oreille à cause de sa surdité: «Ça va bien, la mère, toujours solide, hein?»

Mme Braux, dans sa stupeur de voir bien vivante celle qu'elle s'attendait à retrouver morte, n'osait pas même l'embrasser; et son ventre énorme encombrait tout le palier, empêchant les autres d'avancer.

La vieille, inquiète et soupçonneuse, mais sans parler jamais, regardait tout ce monde autour d'elle;

et son petit œil gris, scrutateur et dur, se fixait tantôt sur l'un, tantôt sur l'autre, plein de pensées visibles qui gênaient ses enfants.

Caravan dit, pour expliquer: «Elle a été un peu souffrante, mais elle va bien maintenant, tout à fait bien n'est-ce pas, mère?»

Alors la bonne femme, se remettant en marche, répondit de sa voix cassée, comme lointaine: «C'est une syncope; je vous entendais tout le temps.»

Un silence embarrassé suivit. On pénétra dans la salle; puis on s'assit devant un dîner improvisé en quelques minutes.

Seul, M. Braux avait gardé son aplomb. Sa figure de gorille méchant grimaçait; et il lâchait des mots à double sens qui gênaient visiblement tout le monde.

Mais à chaque instant le timbre du vestibule sonnait; et Rosalie éperdue venait chercher Caravan qui s'élançait en jetant sa serviette. Son beau-frère lui demanda même si c'était son jour de réception. Il balbutia: «Non, des commissions, rien du tout.»

Puis, comme on apportait un paquet, il l'ouvrit étourdiment, et des lettres de faire-part, encadrées de noir apparurent. Alors, rougissant jusqu'aux yeux, il referma l'enveloppe et l'engloutit dans son gilet.

Sa mère ne l'avait pas vu, elle regardait obstinément sa pendule dont le bilboquet doré se balançait sur la cheminée. Et l'embarras grandissait au milieu d'un silence glacial.

Alors la vieille, tournant vers sa fille sa face ridée de sorcière, eut dans les yeux un frisson de malice et prononça: «Lundi, tu m'amèneras ta petite, je veux la voir.» Mme Braux, la figure illuminée, cria: «Oui, maman», tandis que Mme Caravan la jeune, devenue pâle, défaillait d'angoisse.

Cependant, les deux hommes, peu à peu, se mirent à causer, et ils entamèrent, à propos de rien, une discussion politique. Braux, soutenant les doctrines révolutionnaires et communistes, se démenait, les yeux allumés dans son visage poilu, criant: «La propriété, monsieur, c'est un vol au travailleur; — la terre appartient à tout le monde — l'héritage est une infamie et une honte!...» Mais il s'arrêta brusquement, confus comme un homme qui vient de dire une sottise, puis, d'un ton plus doux, il ajouta: «Mais ce n'est pas le moment de discuter ces choses-là.»

La porte s'ouvrit, le *docteur* Chenet parut. Il eut une seconde d'effarement, puis il reprit contenance, et s'approchant de la vieille femme: «Ah! ah! la maman! ça va bien aujourd'hui. Oh! je m'en doutais, voyez-vous; et je me disais à moi-même tout à l'heure, en montant l'escalier: Je parie qu'elle sera debout, l'ancienne.» Et lui tapant doucement dans le dos: «Elle est solide comme le Pont-Neuf; elle nous enterrera tous, vous verrez.»

Il s'assit, acceptant le café qu'on lui offrait, et se mêla bientôt à la conversation des deux hommes, approuvant Braux, car il avait été lui-même compromis dans la Commune.

Or, la vieille, se sentant fatiguée, voulut partir. Caravan se précipita. Alors elle le fixa dans les yeux et lui dit: «Toi, tu vas me remonter tout de suite ma commode et ma pendule.» Puis, comme il bégayait: «Oui, maman», elle prit le bras de sa fille et disparut avec elle.

Les deux Caravan demeurèrent effarés, muets, effondrés dans un affreux désastre, tandis que Braux se frottait les mains en sirotant son café.

Soudain Mme Caravan, affolée de colère, s'élança sur lui, hurlant: «Vous êtes un voleur, un gredin, une canaille... Je vous crache à la figure, je vous... je vous...» Elle ne trouvait rien, suffoquant; mais lui, riait, buvant toujours.

Puis, comme sa femme revenait justement, elle s'élança vers sa belle-sœur; et toutes deux, l'une énorme avec son ventre menaçant, l'autre épileptique et maigre, la voix changée, la main tremblante, s'envoyèrent à pleine gueule des hottées d'injures.

Chenet et Braux s'interposèrent, et ce dernier, poussant sa moitié par les épaules, la jeta dehors en criant:

«Va donc, bourrique, tu brais trop!»

Et on les entendit dans la rue qui se chamaillaient en s'éloignant.

M. Chenet prit congé.

Les Caravan restèrent face à face.

Alors l'homme tomba sur une chaise avec une sueur froide aux tempes, et murmura: «Qu'est-ce que je vais dire à mon chef?»

AU PRINTEMPS

Lorsque les premiers beaux jours arrivent, que la terre s'éveille et reverdit, que la tiédeur parfumée de l'air nous caresse la peau, entre dans la poitrine, semble pénétrer au cœur lui-même, il nous vient des désirs vagues de bonheurs indéfinis, des envies de courir, d'aller au hasard, de chercher aventure, de boire du printemps.

L'hiver ayant été fort dur l'an dernier, ce besoin d'épanouissement fut, au mois de mai, comme une ivresse qui m'envahit, une poussée de sève débordante.

Or, en m'éveillant un matin, j'aperçus par ma fenêtre, au-dessus des maisons voisines, la grande nappe bleue du ciel tout enflammée de soleil. Les serins accrochés aux fenêtres s'égosillaient, les bonnes chantaient à tous les étages; une rumeur gaie montait de la rue; et je sortis l'esprit en fête, pour aller je ne sais où.

Les gens qu'on rencontrait souriaient; un souffle de bonheur flottait partout dans la lumière chaude du printemps revenu. On eût dit qu'il y avait sur la ville une brise d'amour épandue; et les jeunes femmes qui passaient en toilette du matin, portant dans les yeux comme une tendresse cachée et une

grâce plus molle dans la démarche, m'emplissaient
le cœur de trouble.

Sans savoir comment, sans savoir pourquoi,
j'arrivai au bord de la Seine. Des bateaux à vapeur
filaient vers Suresnes, et il me vint soudain une
envie démesurée de courir à travers les bois.

Le pont de la *Mouche* était couvert de passagers,
car le premier soleil vous tire, malgré vous, du
logis, et tout le monde remue, va, vient, cause avec
le voisin.

C'était une voisine que j'avais; une petite ouvrière sans doute, avec une grâce toute parisienne,
une mignonne tête blonde sous des cheveux bou-
clés aux tempes; des cheveux qui semblaient une
lumière frisée, descendaient à l'oreille, couraient
jusqu'à la nuque, dansaient au vent, puis deve-
naient, plus bas, un duvet si fin, si léger, si blond,
qu'on le voyait à peine, mais qu'on éprouvait une
irrésistible envie de mettre là une foule de baisers.

Sous l'insistance de mon regard, elle tourna la
tête vers moi, puis baissa brusquement les yeux,
tandis qu'un pli léger, comme un sourire prêt à
naître, enfonçant un peu le coin de sa bouche,
faisait apparaître aussi là ce fin duvet soyeux et
pâle que le soleil dorait un peu.

La rivière calme s'élargissait. Une paix chaude
planait dans l'atmosphère, et un murmure de vie
semblait emplir l'espace. Ma voisine releva les
yeux, et, cette fois, comme je la regardais toujours,

elle sourit décidément. Elle était charmante ainsi, et
dans son regard fuyant mille choses m'apparurent,
mille choses ignorées jusqu'ici. J'y vis des profondeurs inconnues, tout le charme des tendresses,
toute la poésie que nous rêvons, tout le bonheur
que nous cherchons sans fin. Et j'avais un désir fou
d'ouvrir les bras, de l'emporter quelque part pour
lui murmurer à l'oreille la suave musique des
paroles d'amour.

J'allais ouvrir la bouche et l'aborder, quand
quelqu'un me toucha l'épaule. Je me retournai,
surpris, et j'aperçus un homme d'aspect ordinaire,
ni jeune ni vieux, qui me regardait d'un air triste.

«Je voudrais vous parler», dit-il.

Je fis une grimace qu'il vit sans doute, car il
ajouta: «C'est important.»

Je me levai et le suivis à l'autre bout du bateau:
«Monsieur, reprit-il, quand l'hiver approche avec
les froids, la pluie et la neige, votre médecin vous
dit chaque jour: "Tenez-vous les pieds bien chauds,
gardez-vous des refroidissements, des rhumes, des
bronchites, des pleurésies." Alors vous prenez mille
précautions, vous portez de la flanelle, des pardes-
sus épais, des gros souliers, ce qui ne vous empê-
che pas toujours de passer deux mois au lit. Mais
quand revient le printemps avec ses feuilles et ses
fleurs, ses brises chaudes et amollissantes, ses
exhalaisons des champs qui vous apportent des
troubles vagues, des attendrissements sans cause, il

n'est personne qui vienne vous dire: "Monsieur,
prenez garde à l'amour! Il est embusqué partout; il
vous guette à tous les coins, toutes ses ruses sont
tendues, toutes ses armes aiguisées, toutes ses
perfidies préparées! Prenez garde à l'amour!...
Prenez garde à l'amour! Il est plus dangereux que
le rhume, la bronchite ou la pleurésie! Il ne par-
donne pas, et fait commettre à tout le monde des
bêtises irréparables." Oui, monsieur, je dis que,
chaque année, le gouvernement devrait faire mettre
sur les murs de grandes affiches avec ces mots:
*Retour du printemps. Citoyens français, prenez
garde à l'amour;* de même qu'on écrit sur la porte
des maisons: "Prenez garde à la peinture!" Eh bien,
puisque le gouvernement ne le fait pas, moi je le
remplace, et je vous dis: "Prenez garde à l'amour;
il est en train de vous pincer, et j'ai le devoir de
vous prévenir comme on prévient, en Russie, un
passant dont le nez gèle."»

Je demeurais stupéfait devant cet étrange particulier et, prenant un air digne: «Enfin, monsieur, vous
me paraissez vous mêler de ce qui ne vous regarde
guère.»

Il fit un mouvement brusque, et répondit: «Oh!
monsieur! monsieur! si je m'aperçois qu'un homme
va se noyer dans un endroit dangereux, il faut donc
le laisser périr? Tenez, écoutez mon histoire, et

vous comprendrez pourquoi j'ose vous parler ainsi.»

C'était l'an dernier, à pareille époque. Je dois vous dire, d'abord, monsieur, que je suis employé au ministère de la Marine, où nos chefs, les commissaires, prennent au sérieux leurs galons d'officiers plumitifs pour nous traiter comme des gabiers. — Ah! si tous les chefs étaient civils, — mais je passe. — Donc j'apercevais de mon bureau un petit bout de ciel tout bleu où volaient des hirondelles; et il me venait des envies de danser au milieu de mes cartons noirs.

Mon désir de liberté grandit tellement, que, malgré ma répugnance, j'allai trouver mon singe. C'était un petit grincheux toujours en colère. Je me dis malade. Il me regarda dans le nez et cria: «Je n'en crois rien monsieur. Enfin, allez-vous-en! Pensez-vous qu'un bureau peut marcher avec des employés pareils?»

Mais je filai, je gagnai la Seine. Il faisait un temps comme aujourd'hui; et je pris la *Mouche* pour faire un tour à Saint-Cloud.

Ah! monsieur! comme mon chef aurait dû m'en refuser la permission!

Il me sembla que je me dilatais sous le soleil. J'aimais tout, le bateau, la rivière, les arbres, les maisons, mes voisins, tout. J'avais envie d'embrasser quelque chose, n'importe quoi: c'était l'amour qui préparait son piège.

Tout à coup, au Trocadéro, une jeune fille monta avec un petit paquet à la main, et elle s'assit en face de moi.

Elle était jolie, oui, monsieur, mais c'est étonnant comme les femmes vous semblent mieux quand il fait beau, au premier printemps: elles ont un capiteux, un charme, un je ne sais quoi tout particulier. C'est absolument comme du vin qu'on boit après le fromage.

Je la regardais, et elle aussi elle me regardait, — mais seulement de temps en temps, comme la vôtre tout à l'heure. Enfin, à force de nous considérer, il me sembla que nous nous connaissions assez pour entamer conversation, et je lui parlai. Elle répondit. Elle était gentille comme tout, décidément. Elle me grisait, mon cher monsieur!

A Saint-Cloud, elle descendit — je la suivis. — Elle allait livrer une commande. Quand elle reparut, le bateau venait de partir. Je me mis à marcher à côté d'elle, et la douceur de l'air nous arrachait des soupirs à tous les deux.

«Il ferait bien bon dans les bois», lui dis-je.

Elle répondit: «Oh! oui!

— Si nous allions y faire un tour, voulez-vous, mademoiselle?»

Elle me guetta en-dessous d'un coup d'œil rapide comme pour bien apprécier ce que je valais, puis, après avoir hésité quelque temps, elle accepta. Et nous voilà côte à côte au milieu des arbres. Sous le feuillage un peu grêle encore, l'herbe, haute, drue, d'un vert luisant, comme vernie, était inondée de soleil et pleine de petites bêtes qui s'aimaient aussi. On entendait partout des chants d'oiseaux. Alors ma compagne se mit à courir en gambadant, enivrée d'air et d'effluves champêtres. Et moi je courais derrière en sautant comme elle. Est-on bête, monsieur, par moments!

Puis elle chanta éperdument mille choses, des airs d'opéra, la chanson de Musette! La chanson de Musette! comme elle me sembla poétique alors!... Je pleurais presque. Oh! ce sont toutes ces balivernes-là qui nous troublent la tête; ne prenez jamais, croyez-moi, une femme qui chante à la campagne, surtout si elle chante la chanson de Musette!

Elle fut bientôt fatiguée et s'assit sur un talus vert. Moi, je me mis à ses pieds, et je lui saisis les mains; ses petites mains poivrées de coups d'aiguille, et cela m'attendrit. Je me disais: «Voici les saintes marques du travail.» — Oh! monsieur, monsieur, savez-vous ce qu'elles signifient, les saintes marques du travail? Elles veulent dire tous les commérages de l'atelier, les polissonneries chuchotées, l'esprit souillé par toutes les ordures racontées, la chasteté perdue, toute la sottise des bavardages, toute la misère des habitudes quotidiennes, toute l'étroitesse des idées propres aux femmes du commun, installées souverainement dans celle qui porte au bout des doigts les saintes marques du travail.

Puis nous nous sommes regardés dans les yeux longuement.

Oh! cet œil de la femme, quelle puissance il a! Comme il trouble, envahit, possède, domine! Comme il semble profond, plein de promesses, d'infini! On appelle cela se regarder dans l'âme! Oh! monsieur, quelle blague! Si l'on y voyait, dans l'âme, on serait plus sage, allez.

Enfin, j'étais emballé, fou. Je voulus la prendre dans mes bras. Elle me dit: «A bas les pattes!»

Alors je m'agenouillai près d'elle et j'ouvris mon cœur; je versai sur ses genoux toutes les tendresses qui m'étouffaient. Elle parut étonnée de mon changement d'allure, et me considéra d'un regard oblique comme si elle se fût dit: «Ah! c'est comme ça qu'on joue de toi, mon bon; eh bien! nous allons voir.»

En amour, monsieur, nous sommes toujours des naïfs, et les femmes des commerçantes.

J'aurais pu la posséder, sans doute; j'ai compris plus tard ma sottise, mais ce que je cherchais, moi, ce n'était pas un corps; c'était de la tendresse, de l'idéal. J'ai fait du sentiment quand j'aurais dû mieux employer mon temps.

Dès qu'elle en eut assez de mes déclarations, elle se leva; et nous revînmes à Saint-Cloud. Je ne la quittai qu'à Paris. Elle avait l'air si triste depuis notre retour que je l'interrogeai. Elle répondit: «Je pense que voilà des journées comme on n'en a pas beaucoup dans sa vie.» Mon cœur battait à me défoncer la poitrine.

Je la revis le dimanche suivant, et encore le dimanche d'après, et tous les autres dimanches. Je l'emmenai à Bougival, Saint-Germain, Maisons-Laffitte, Poissy; partout où se déroulent les amours de banlieue.

La petite coquine, à son tour, me «la faisait à la passion».

Je perdis enfin tout à fait la tête, et, trois mois après, je l'épousai.

Que voulez-vous, monsieur, on est employé, seul, sans famille, sans conseils! On se dit que la vie serait douce avec une femme! Et on l'épouse, cette femme!

Alors, elle vous injurie du matin au soir, ne comprend rien, ne sait rien, jacasse sans fin, chante à tue-tête la chanson de Musette (oh! la chanson de Musette, quelle scie!), se bat avec le charbonnier, raconte à la concierge les intimités de son ménage, confie à la bonne du voisin tous les secrets de l'alcôve, débine son mari chez les fournisseurs, et a la tête farcie d'histoires si stupides, de croyances si idiotes, d'opinions si grotesques, de préjugés si prodigieux, que je pleure de découragement, monsieur, toutes les fois que je cause avec elle.

Il se tut, un peu essoufflé et très ému. Je le regardais, pris de pitié pour ce pauvre diable naïf, et j'allais lui répondre quelque chose, quand le bateau s'arrêta. On arrivait à Saint-Cloud.

La petite femme qui m'avait troublé se leva pour descendre. Elle passa près de moi en me jetant un coup d'œil de côté avec un sourire furtif, un de ces sourires qui vous affolent; puis elle sauta sur le ponton.

Je m'élançai pour la suivre, mais mon voisin me saisit par la manche. Je me dégageai d'un mouvement brusque; il m'empoigna par les pans de ma redingote, et il me tirait en arrière en répétant: «Vous n'irez pas! vous n'irez pas!» d'une voix si haute, que tout le monde se retourna.

Un rire courut autour de nous, et je demeurai immobile, furieux, mais sans audace devant le ridicule et le scandale.

Et le bateau repartit.

La petite femme, restée sur le ponton, me regardait m'éloigner d'un air désappointé, tandis que mon persécuteur me soufflait dans l'oreille en se frottant les mains:

«Je vous ai rendu là un rude service, allez.»

LA FEMME DE PAUL

Le restaurant Grillon, ce phalanstère des canotiers, se vidait lentement. C'était, devant la porte, un tumulte de cris, d'appels; et les grands gaillards en maillot blanc gesticulaient avec des avirons sur l'épaule.

Les femmes, en claire toilette de printemps, embarquaient avec précaution dans les yoles, et, s'asseyant à la barre, disposaient leurs robes, tandis que le maître de l'établissement, un fort garçon à barbe rousse, d'une vigueur célèbre, donnait la main aux belles-petites en maintenant d'aplomb les frêles embarcations.

Les rameurs prenaient place à leur tour, bras nus et la poitrine bombée, posant pour la galerie, une galerie composée de bourgeois endimanchés, d'ouvriers et de soldats accoudés sur la balustrade du pont et très attentifs à ce spectacle.

Les bateaux, un à un, se détachaient du ponton. Les tireurs se penchaient en avant, puis se renversaient d'un mouvement régulier; et, sous l'impulsion des longues rames recourbées, les yoles rapides glissaient sur la rivière, s'éloignaient, diminuaient, disparaissaient enfin sous l'autre pont, celui du chemin de fer, en descendant vers la *Grenouillère*.

Un couple seul était resté. Le jeune homme, presque imberbe encore, mince, le visage pâle, tenait par la taille sa maîtresse, une petite brune maigre avec des allures de sauterelle; et ils se regardaient parfois au fond des yeux.

Le patron cria: «Allons, monsieur Paul, dépêchez-vous.» Et ils s'approchèrent.

De tous les clients de la maison, M. Paul était le plus aimé et le plus respecté. Il payait bien et régulièrement tandis que les autres se faisaient longtemps tirer l'oreille, à moins qu'ils ne disparussent, insolvables. Puis il constituait pour l'établissement une sorte de réclame vivante car son père était sénateur. Et quand un étranger demandait: «Qui est-ce donc ce petit-là, qui en tient si fort pour sa donzelle?» quelque habitué répondait à mi-voix, d'un air important et mystérieux: «C'est Paul Baron, vous savez? le fils du sénateur.» Et l'autre, invariablement, ne pouvait s'empêcher de dire: «Le pauvre diable! il n'est pas à moitié pincé.»

La mère Grillon, une brave femme, entendue au commerce, appelait le jeune homme et sa compagne: «ses deux tourtereaux», et semblait tout attendrie par cet amour avantageux pour sa maison.

Le couple s'en venait à petits pas; la yole *Madeleine* était prête; mais, au moment de monter dedans, ils s'embrassèrent, ce qui fit rire le public amassé sur le pont. Et M. Paul, prenant ses rames, partit aussi pour la Grenouillère.

Quand ils arrivèrent, il allait être trois heures, et le grand café flottant regorgeait de monde.

L'immense radeau, couvert d'un toit goudronné que supportent des colonnes de bois, est relié à l'île charmante de Croissy par deux passerelles dont l'une pénètre au milieu de cet établissement aquatique, tandis que l'autre en fait communiquer l'extrémité avec un îlot minuscule planté d'un arbre et surnommé le «Pot-à-Fleurs», et, de là, gagne la terre auprès du bureau des bains.

M. Paul attacha son embarcation le long de l'établissement, il escalada la balustrade du café, puis, prenant les mains de sa maîtresse, il l'enleva, et tous deux s'assirent au bout d'une table, face à face.

De l'autre côté du fleuve, sur le chemin de halage, une longue file d'équipages s'alignait. Les fiacres alternaient avec de fines voitures de gommeux: les uns lourds, au ventre énorme écrasant les ressorts, attelés d'une rosse au cou tombant, aux genoux cassés; les autres sveltes, élancées sur des roues minces, avec des chevaux aux jambes grêles et tendues, au cou dressé, au mors neigeux d'écume, tandis que le cocher, gourmé dans sa livrée, la tête raide en son grand col, demeurait les reins inflexibles et le fouet sur un genou.

La berge était couverte de gens qui s'en venaient par familles, ou par bandes, ou deux par deux, ou

solitaires. Ils arrachaient des brins d'herbe, descendaient jusqu'à l'eau, remontaient sur le chemin, et
tous, arrivés au même endroit, s'arrêtaient, attendant le passeur. Le lourd bachot allait sans fin
d'une rive à l'autre, déchargeant dans l'île ses
voyageurs.

Le bras de la rivière (qu'on appelle le bras
mort), sur lequel donne ce ponton à consommations, semblait dormir, tant le courant était faible.
Des flottes de yoles, de skifs, de périssoires, de
podoscaphes, de gigs, d'embarcations de toute
forme et de toute nature, filaient sur l'onde immobile, se croisant, se mêlant, s'abordant, s'arrêtant
brusquement d'une secousse des bras pour s'élancer
de nouveau sous une brusque tension des muscles,
et glisser vivement comme de longs poissons
jaunes ou rouges.

Il en arrivait d'autres sans cesse: les unes de
Chatou, en amont; les autres de Bougival, en aval;
et des rires allaient sur l'eau d'une barque à l'autre,
des appels, des interpellations ou des engueulades.
Les canotiers exposaient à l'ardeur du jour la chair
brunie et bosselée de leurs biceps; et, pareilles à
des fleurs étranges, à des fleurs qui nageraient, les
ombrelles de soie rouge, verte, bleue ou jaune des
barreuses s'épanouissaient à l'arrière des canots.

Un soleil de juillet flambait au milieu du ciel;
l'air semblait plein d'une gaieté brûlante; aucun

frisson de brise ne remuait les feuilles des saules et
des peupliers.

Là-bas, en face, l'inévitable Mont-Valérien
étageait dans la lumière crue ses talus fortifiés;
tandis qu'à droite, l'adorable coteau de Louve-
ciennes, tournant avec le fleuve, s'arrondissait en
demi-cercle, laissant passer par place, à travers la
verdure puissante et sombre des grands jardins, les
blanches murailles des maisons de campagne.

Aux abords de la Grenouillère, une foule de
promeneurs circulait sous les arbres géants qui font
de ce coin d'île le plus délicieux parc du monde.
Des femmes, des filles aux cheveux jaunes, aux
seins démesurément rebondis, à la croupe exagérée,
au teint plâtré de fard, aux yeux charbonnés, aux
lèvres sanguinolentes, lacées, sanglées en des robes
extravagantes, traînaient sur les frais gazons le
mauvais goût criard de leurs toilettes; tandis qu'à
côté d'elles des jeunes gens posaient en leurs
accoutrements de gravures de mode, avec des gants
clairs, des bottes vernies, des badines grosses
comme un fil et des monocles ponctuant la niaise-
rie de leur sourire.

L'île est étranglée juste à la Grenouillère, et sur
l'autre bord, où un bac aussi fonctionne amenant
sans cesse les gens de Croissy, le bras rapide, plein
de tourbillons, de remous, d'écume, roule avec des
allures de torrent. Un détachement de pontonniers,
en uniforme d'artilleurs, est campé sur cette berge,

et les soldats, assis en ligne sur une longue poutre, regardaient couler l'eau.

Dans l'établissement flottant, c'était une cohue furieuse et hurlante. Les tables de bois, où les consommations répandues faisaient de minces ruisseaux poisseux, étaient couvertes de verres à moitié vides et entourées de gens à moitié gris. Toute cette foule criait, chantait, braillait. Les hommes, le chapeau en arrière, la face rougie, avec des yeux luisants d'ivrognes, s'agitaient en vociférant par un besoin de tapage naturel aux brutes. Les femmes, cherchant une proie pour le soir, se faisaient payer à boire en attendant; et, dans l'espace libre entre les tables, dominait le public ordinaire du lieu, un bataillon de canotiers *chahuteurs* avec leurs compagnes en courte jupe de flanelle.

Un d'eux se démenait au piano et semblait jouer des pieds et des mains; quatre couples bondissaient un quadrille; et des jeunes gens les regardaient, élégants, corrects, qui auraient semblé comme il faut si la tare, malgré tout, n'eût apparu.

Car on sent là, à pleines narines, toute l'écume du monde, toute la crapulerie distinguée, toute la moisissure de la société parisienne: mélange de calicots, de cabotins, d'infimes journalistes, de gentilshommes en curatelle, de boursicotiers véreux, de noceurs tarés, de vieux viveurs pourris; cohue interlope de tous les êtres suspects, à moitié connus, à moitié perdus, à moitié salués, à moitié déshonorés, filous, fripons, procureurs de femmes, chevaliers d'industrie à l'allure digne, à l'air matamore qui semble dire: «Le premier qui me traite de gredin, je le crève.»

Ce lieu sue la bêtise, pue la canaillerie et la galanterie de bazar. Mâles et femelles s'y valent. Il y flotte une odeur d'amour, et l'on s'y bat pour un oui ou pour un non, afin de soutenir des réputations vermoulues que les coups d'épée et les balles de pistolet ne font que crever davantage.

Quelques habitants des environs y passent en curieux chaque dimanche; quelques jeunes gens, très jeunes, y apparaissent chaque année, apprenant à vivre. Des promeneurs, flânant, s'y montrent; quelques naïfs s'y égarent.

C'est, avec raison, nommé la *Grenouillère*. A côté du radeau couvert où l'on boit, et tout près du «Pot-à-Fleurs», on se baigne. Celles des femmes dont les rondeurs sont suffisantes viennent là montrer à nu leur étalage et faire le client. Les autres, dédaigneuses, bien qu'amplifiées par le coton, étayées de ressorts, redressées par-ci, modifiées par-là, regardent d'un air méprisant barboter leurs sœurs.

Sur une petite plate-forme, les nageurs se pressent pour piquer leur tête. Ils sont longs comme des échalas, ronds comme des citrouilles, noueux comme des branches d'olivier, courbés en avant ou rejetés en arrière par l'ampleur du ventre, et,

invariablement laids, ils sautent dans l'eau qui
rejaillit jusque sur les buveurs du café.

Malgré les arbres immenses penchés sur la
maison flottante et malgré le voisinage de l'eau,
une chaleur suffocante emplissait ce lieu. Les
émanations des liqueurs répandues se mêlaient à
l'odeur des corps et à celle des parfums violents
dont la peau des marchandes d'amour est pénétrée
et qui s'évaporaient dans cette fournaise. Mais sous
toutes ces senteurs diverses flottait un arôme léger
de poudre de riz qui parfois disparaissait, reparais-
sait, qu'on retrouvait toujours, comme si quelque
main cachée eût secoué dans l'air une houppe
invisible.

Le spectacle était sur le fleuve, où le va-et-vient
incessant des barques tirait les yeux. Les canotières
s'étalaient dans leur fauteuil en face de leurs mâles
aux forts poignets, et elles considéraient avec
mépris les quêteuses de dîners rôdant par l'île.

Quelquefois, quand une équipe lancée passait à
toute vitesse, les amis descendus à terre poussaient
des cris, et tout le public, subitement pris de folie,
se mettait à hurler.

Au coude de la rivière, vers Chatou, se montraient sans cesse des barques nouvelles. Elles
approchaient, grandissaient, et, à mesure qu'on
reconnaissait les visages, d'autres vociférations
partaient.

Un canot couvert d'une tente et monté par quatre femmes descendait lentement le courant. Celle qui ramait était petite, maigre, fanée, vêtue d'un costume de mousse avec ses cheveux relevés sous un chapeau ciré. En face d'elle, une grosse blondasse habillée en homme, avec un veston de flanelle blanche, se tenait couchée sur le dos au fond du bateau, les jambes en l'air sur le banc des deux côtés de la rameuse, et elle fumait une cigarette, tandis qu'à chaque effort des avirons sa poitrine et son ventre frémissaient, ballottés par la secousse. Tout à l'arrière, sous la tente, deux belles filles grandes et minces, l'une brune et l'autre blonde, se tenaient par la taille en regardant sans cesse leurs compagnes.

Un cri partit de la Grenouillère: «V'là Lesbos!» et, tout à coup, ce fut une clameur furieuse; une bousculade effrayante eut lieu; les verres tombaient; on montait sur les tables; tous, dans un délire de bruit, vociféraient: «Lesbos! Lesbos! Lesbos!» Le cri roulait, devenait indistinct, ne formait plus qu'une sorte de hurlement effroyable, puis, soudain, il semblait s'élancer de nouveau, monter par l'espace, couvrir la plaine, emplir le feuillage épais des grands arbres, s'étendre aux lointains coteaux, aller jusqu'au soleil.

La rameuse, devant cette ovation, s'était arrêtée tranquillement. La grosse blonde étendue au fond du canot tourna la tête d'un air nonchalant, se soulevant sur les coudes; et les deux belles filles, à l'arrière, se mirent à rire en saluant la foule.

Alors la vocifération redoubla, faisant trembler l'établissement flottant. Les hommes levaient leurs chapeaux, les femmes agitaient leurs mouchoirs, et toutes les voix, aiguës ou graves, criaient ensemble: «Lesbos!» On eût dit que ce peuple, ce ramassis de corrompus, saluait un chef, comme ces escadres qui tirent le canon quand un amiral passe sur leur front.

La flotte nombreuse des barques acclamait aussi le canot des femmes, qui repartit de son allure somnolente pour aborder un peu plus loin.

M. Paul, au contraire des autres, avait tiré une clef de sa poche, et, de toute sa force, il sifflait. Sa maîtresse, nerveuse, pâlie encore, lui tenait le bras pour le faire taire et elle le regardait cette fois avec une rage dans les yeux. Mais lui, semblait exaspéré, comme soulevé par une jalousie d'homme, par une fureur profonde, instinctive, désordonnée. Il balbutia, les lèvres tremblantes d'indignation:

«C'est honteux! on devrait les noyer comme des chiennes, avec une pierre au cou.»

Mais Madeleine, brusquement, s'emporta; sa petite voix aigre devint sifflante, et elle parlait avec volubilité, comme pour plaider sa propre cause:

«Est-ce que ça te regarde, toi? Sont-elles pas libres de faire ce qu'elles veulent, puisqu'elles ne doivent rien à personne? Fiche-nous la paix avec tes manières et mêle-toi de tes affaires...»

Mais il lui coupa la parole.

«C'est la police que ça regarde, et je les ferai flanquer à Saint-Lazare, moi!»

Elle eut un soubresaut!

«Toi!

— Oui, moi! Et, en attendant je te défends de leur parler, tu entends, je te le défends.»

Alors elle haussa les épaules, et calmée tout à coup:

«Mon petit, je ferai ce qui me plaira; si tu n'es pas content, file, et tout de suite. Je ne suis pas ta femme, n'est-ce pas? Alors tais-toi.»

Il ne répondit pas et ils restèrent face à face, avec la bouche crispée et la respiration rapide.

A l'autre bout du grand café de bois, les quatre femmes faisaient leur entrée. Les deux costumées en hommes marchaient devant: l'une maigre, pareille à un garçonnet vieillot, avec des teintes jaunes sur les tempes; l'autre, emplissant de sa graisse ses vêtements de flanelle blanche, bombant de sa croupe le large pantalon, se balançait comme une oie grasse, ayant les cuisses énormes et les genoux rentrés. Leurs deux amies les suivaient et la foule des canotiers venait leur serrer les mains.

Elles avaient loué toutes les quatre un petit chalet au bord de l'eau, et elles vivaient là, comme auraient vécu deux ménages.

Leur vice était public, officiel, patent. On en parlait comme d'une chose naturelle, qui les rendait

presque sympathiques, et l'on chuchotait tout bas
des histoires étranges, des drames nés de furieuses
jalousies féminines, et des visites secrètes de
femmes connues, d'actrices, à la petite maison du
bord de l'eau.

Un voisin, révolté de ces bruits scandaleux, avait
prévenu la gendarmerie, et le brigadier, suivi d'un
homme, était venu faire une enquête. La mission
était délicate; on ne pouvait, en somme, rien
reprocher à ces femmes, qui ne se livraient point à
la prostitution. Le brigadier, fort perplexe, ignorant
même à peu près la nature des délits soupçonnés,
avait interrogé à l'aventure, et fait un rapport
monumental concluant à l'innocence.

On en avait ri jusqu'à Saint-Germain.

Elles traversaient à petits pas, comme des reines,
l'établissement de la Grenouillère; et elles semblaient fières de leur célébrité, heureuses des
regards fixés sur elles, supérieures à cette foule, à
cette tourbe, à cette plèbe.

Madeleine et son amant les regardaient venir, et
dans l'œil de la fille une flamme s'allumait.

Lorsque les deux premières furent au bout de la
table, Madeleine cria: «Pauline!» La grosse se
retourna, s'arrêta, tenant toujours le bras de son
moussaillon femelle:

«Tiens! Madeleine... Viens donc me parler, ma
chérie.»

Paul crispa ses doigts sur le poignet de sa maîtresse; mais elle lui dit d'un tel air: «Tu sais, mon p'tit, tu peux filer», qu'il se tut et resta seul.

Alors elles causèrent tout bas, debout, toutes les trois. Des gaietés heureuses passaient sur leurs lèvres, elles parlaient vite; et Pauline, par instants, regardait Paul à la dérobée avec un sourire narquois et méchant.

A la fin, n'y tenant plus, il se leva soudain et fut près d'elle d'un élan, tremblant de tous ses membres. Il saisit Madeleine par les épaules: «Viens, je le veux, dit-il, je t'ai défendu de parler à ces gueuses.»

Mais Pauline éleva la voix et se mit à l'engueuler avec son répertoire de poissarde. On riait alentour; on s'approchait; on se haussait sur le bout des pieds afin de mieux voir. Et lui restait interdit sous cette pluie d'injures fangeuses; il lui semblait que les mots sortant de cette bouche et tombant sur lui le salissaient comme des ordures, et, devant le scandale qui commençait, il recula, retourna sur ses pas, et s'accouda sur la balustrade vers le fleuve, le dos tourné aux trois femmes victorieuses.

Il resta là, regardant l'eau, et parfois, avec un geste rapide, comme s'il l'eût arrachée, il enlevait d'un doigt nerveux une larme formée au coin de son œil.

C'est qu'il aimait éperdument, sans savoir pourquoi, malgré ses instincts délicats, malgré sa

raison, malgré sa volonté même. Il était tombé dans
cet amour comme on tombe dans un trou bourbeux.
D'une nature attendrie et fine, il avait rêvé des
liaisons exquises, idéales et passionnées; et voilà
que ce petit criquet de femme bête, comme toutes
les filles, d'une bêtise exaspérante, pas jolie même,
maigre et rageuse, l'avait pris, captivé, possédé des
pieds à la tête, corps et âme. Il subissait cet ensor-
cellement féminin, mystérieux et tout-puissant, cette
force inconnue, cette domination prodigieuse, venue
on ne sait d'où, du démon de la chair, et qui jette
l'homme le plus sensé aux pieds d'une fille quelconque sans que rien en elle explique son pouvoir
fatal et souverain.

Et là, derrière son dos, il sentait qu'une chose
infâme s'apprêtait. Des rires lui entraient au cœur.
Que faire? Il le savait bien, mais ne le pouvait pas.

Il regardait fixement, sur la berge en face, un
pêcheur à la ligne immobile.

Soudain le bonhomme enleva brusquement du
fleuve un petit poisson d'argent qui frétillait au
bout du fil. Puis il essaya de retirer son hameçon,
le tordit, le tourna, mais en vain; alors, pris d'impa-
tience, il se mit à tirer, et tout le gosier saignant de
la bête sortit avec un paquet d'entrailles. Et Paul
frémit, déchiré lui-même jusqu'au cœur; il lui
sembla que cet hameçon c'était son amour et que,
s'il fallait l'arracher, tout ce qu'il avait dans la
poitrine sortirait ainsi au bout d'un fer recourbé,

accroché au fond de lui, et dont Madeleine tenait le fil.

Une main se posa sur son épaule; il eut un sursaut, se tourna; sa maîtresse était à son côté. Ils ne se parlèrent pas; et elle s'accouda comme lui à la balustrade, les yeux fixés sur la rivière.

Il cherchait ce qu'il devait dire, et ne trouvait rien. Il ne parvenait même pas à démêler ce qui se passait en lui, tout ce qu'il éprouvait, c'était une joie de la sentir là, près de lui, revenue, et une lâcheté honteuse, un besoin de pardonner tout, de tout permettre pourvu qu'elle ne le quittât point.

Enfin, au bout de quelques minutes, il lui demanda d'une voix très douce: «Veux-tu que nous nous en allions? il ferait meilleur dans le bateau.»

Elle répondit: «Oui, mon chat.»

Et il l'aida à descendre dans la yole, la soutenant, lui serrant les mains, tout attendri, avec quelques larmes encore dans les yeux. Alors elle le regarda en souriant et ils s'embrassèrent de nouveau.

Ils remontèrent le fleuve tout doucement, longeant la rive plantée de saules, couverte d'herbes, baignée et tranquille dans la tiédeur de l'après-midi.

Lorsqu'ils furent revenus au restaurant Grillon, il était à peine six heures; alors, laissant leur yole, ils partirent à pied dans l'île, vers Bezons, à travers les prairies, le long des hauts peupliers qui bordent le fleuve.

Les grands foins, prêts à être fauchés, étaient
remplis de fleurs. Le soleil qui baissait étalait
dessus une nappe de lumière rousse, et, dans la
chaleur adoucie du jour finissant, les flottantes
exhalaisons de l'herbe se mêlaient aux humides
senteurs du fleuve, imprégnaient l'air d'une lan-
gueur tendre, d'un bonheur léger, comme d'une
vapeur de bien-être.

Une molle défaillance venait aux cœurs, et une
espèce de communion avec cette splendeur calme
du soir, avec ce vague et mystérieux frisson de vie
épandue, avec cette poésie pénétrante, mélancolique, qui semblait sortir des plantes, des choses,
s'épanouir, révélée aux sens en cette heure douce et
recueillie.

Il sentait tout cela, lui; mais elle ne le comprenait pas, elle. Ils marchaient côte à côte; et soudain,
lasse de se taire, elle chanta. Elle chanta de sa voix
aigrelette et fausse quelque chose qui courait les
rues, un air traînant dans les mémoires, qui déchira
brusquement la profonde et sereine harmonie du
soir.

Alors il la regarda, et il sentit entre eux un
infranchissable abîme. Elle battait les herbes de son
ombrelle, la tête un peu baissée, contemplant ses
pieds, et chantant, filant des sons, essayant des
roulades, osant des trilles.

Son petit front, étroit, qu'il aimait tant, était
donc vide, vide! Il n'y avait là-dedans que cette

musique de serinette; et les pensées qui s'y formaient par hasard étaient pareilles à cette musique.
Elle ne comprenait rien de lui; ils étaient plus
séparés que s'ils ne vivaient pas ensemble. Ses
baisers n'allaient donc jamais plus loin que les
lèvres?

Alors elle releva les yeux vers lui et sourit
encore. Il fut remué jusqu'aux moelles, et, ouvrant
les bras, dans un redoublement d'amour, il l'étreignit passionnément.

Comme il chiffonnait sa robe, elle finit par se
dégager, en murmurant par compensation: «Va, je
t'aime bien, mon chat.»

Mais il la saisit par la taille, et, pris de folie,
l'entraîna en courant; et il l'embrassait sur la joue,
sur la tempe, sur le cou, tout en sautant d'allégresse. Ils s'abattirent, haletants, au pied d'un
buisson incendié par les rayons du soleil couchant,
et, avant d'avoir repris haleine, ils s'unirent, sans
qu'elle comprît son exaltation.

Ils revenaient en se tenant les deux mains, quand
soudain, à travers les arbres, ils aperçurent sur la
rivière le canot monté par les quatre femmes. La
grosse Pauline aussi les vit, car elle se redressa,
envoyant à Madeleine des baisers. Puis elle cria:
«A ce soir!»

Madeleine répondit: «A ce soir!»

Paul crut sentir soudain son cœur enveloppé de
glace.

Et ils rentrèrent pour dîner.

Ils s'installèrent sous une des tonnelles au bord de l'eau et se mirent à manger en silence. Quand la nuit fut venue, on apporta une bougie, enfermée dans un globe de verre, qui les éclairait d'une lueur faible et vacillante, et l'on entendait à tout moment les explosions de cris des canotiers dans la grande salle du premier.

Vers le dessert, Paul, prenant tendrement la main de Madeleine, lui dit: «Je me sens très fatigué, ma mignonne; si tu veux, nous nous coucherons de bonne heure.»

Mais elle avait compris la ruse, et elle lui lança ce regard énigmatique, ce regard à perfidies qui apparaît si vite au fond de l'œil de la femme. Puis, après avoir réfléchi, elle répondit: «Tu te coucheras si tu veux, moi j'ai promis d'aller au bal de la Grenouillère.»

Il eut un sourire lamentable, un de ces sourires dont on voile les plus horribles souffrances, mais il répondit d'un ton caressant et navré: «Si tu étais bien gentille nous resterions tous les deux.» Elle fit «non» de la tête sans ouvrir la bouche. Il insista: «T'en prie! ma bichette.» Alors elle rompit brusquement: «Tu sais ce que je t'ai dit. Si tu n'es pas content, la porte est ouverte. On ne te retient pas. Quant à moi, j'ai promis: j'irai.»

Il posa ses deux coudes sur la table, enferma son front dans ses mains, et resta là, rêvant douloureusement.

Les canotiers redescendirent en braillant toujours. Ils repartaient dans leurs yoles pour le bal de la Grenouillère.

Madeleine dit à Paul: «Si tu ne viens pas, décide-toi, je demanderai à un de ces messieurs de me conduire.»

Paul se leva: «Allons!» murmura-t-il.

Et ils partirent.

La nuit était noire, pleine d'astres, parcourue par une haleine embrasée, par un souffle pesant, chargé d'ardeurs de fermentations, de germes vifs qui, mêlés à la brise, l'alentissaient. Elle promenait sur les visages une caresse chaude, faisait respirer plus vite, haleter un peu, tant elle semblait épaissie et lourde.

Les yoles se mettaient en route, portant à l'avant une lanterne vénitienne. On ne distinguait point les embarcations, mais seulement ces petits falots de couleur, rapides et dansants, pareils à des lucioles en délire; et des voix couraient dans l'ombre de tous côtés.

La yole des deux jeunes gens glissait doucement. Parfois, quand un bateau lancé passait près d'eux, ils apercevaient soudain le dos blanc du canotier éclairé par sa lanterne.

Lorsqu'ils eurent tourné le coude de la rivière, la Grenouillère leur apparut dans le lointain. L'établissement en fête était orné de girandoles, de guirlandes en veilleuses de couleur, de grappes de lumières. Sur la Seine circulaient lentement quelques gros bachots représentant des dômes, des pyramides, des monuments compliqués en feux de toutes nuances. Des festons enflammés traînaient jusqu'à l'eau, et quelquefois un falot rouge ou bleu, au bout d'une immense canne à pêche invisible, semblait une grosse étoile balancée.

Toute cette illumination répandait une lueur alentour du café, éclairait de bas en haut les grands arbres de la berge dont le tronc se détachait en gris pâle, et les feuilles en vert laiteux, sur le noir profond des champs et du ciel.

L'orchestre, composé de cinq artistes de banlieue, jetait au loin sa musique de bastringue, maigre et sautillante, qui fit de nouveau chanter Madeleine.

Elle voulut tout de suite entrer. Paul désirait auparavant faire un tour dans l'île; mais il dut céder.

L'assistance s'était épurée. Les canotiers presque seuls restaient avec quelques bourgeois clairsemés et quelques jeunes gens flanqués de filles. Le directeur et organisateur de ce cancan, majestueux dans un habit noir fatigué, promenait en tous sens sa tête ravagée de vieux marchand de plaisirs publics à bon marché.

La grosse Pauline et ses compagnes n'étaient pas là; et Paul respira.

On dansait: les couples face à face cabriolaient éperdument, jetaient leurs jambes en l'air jusqu'au nez des vis-à-vis.

Les femelles, désarticulées des cuisses, bondissaient dans un envolement de jupes révélant leurs dessous. Leurs pieds s'élevaient au-dessus de leurs têtes avec une facilité surprenante, et elles balançaient leurs ventres, frétillaient de la croupe, secouaient leurs seins, répandant autour d'elles une senteur énergique de femmes en sueur.

Les mâles s'accroupissaient comme des crapauds avec des gestes obscènes, se contorsionnaient, grimaçants et hideux, faisaient la roue sur les mains, ou bien, s'efforçant d'être drôles, esquissaient des manières avec une grâce ridicule.

Une grosse bonne et deux garçons servaient les consommations.

Ce café-bateau, couvert seulement d'un toit, n'ayant aucune cloison qui le séparât du dehors, la danse échevelée s'étalait en face de la nuit pacifique et du firmament poudré d'astres.

Tout à coup le Mont-Valérien, là-bas, en face, sembla s'éclairer comme si un incendie se fût allumé derrière. La lueur s'étendit, s'accentua, envahissant peu à peu le ciel, décrivant un grand

cercle lumineux, d'une lumière pâle et blanche.
Puis quelque chose de rouge apparut, grandit, d'un
rouge ardent comme un métal sur l'enclume. Cela
se développait lentement en rond, semblait sortir de
terre; et la lune, se détachant bientôt de l'horizon,
monta doucement dans l'espace. A mesure qu'elle
s'élevait, sa nuance pourpre s'atténuait, devenait
jaune, d'un jaune clair, éclatant; et l'astre paraissait
diminuer à mesure qu'il s'éloignait.

Paul le regardait depuis longtemps, perdu dans
cette contemplation, oubliant sa maîtresse. Quand
il se retourna, elle avait disparu.

Il la chercha, mais ne la trouva pas. Il parcourait
les tables d'un œil anxieux, allant et revenant sans
cesse, interrogeant l'un et l'autre. Personne ne
l'avait vue.

Il errait ainsi, martyrisé d'inquiétude, quand un
des garçons lui dit: «C'est Mme Madeleine que
vous cherchez. Elle vient de partir tout à l'heure
en compagnie de Mme Pauline.» Et, au même
moment, Paul apercevait debout à l'autre extrémité
du café, le mousse et les deux belles filles, toutes
trois liées par la taille, et qui le guettaient en
chuchotant.

Il comprit, et, comme un fou, s'élança dans l'île.

Il courut d'abord vers Chatou; mais, devant la
plaine, il retourna sur ses pas. Alors il se mit à
fouiller l'épaisseur des taillis, à vagabonder éperdument, s'arrêtant parfois pour écouter.

Les crapauds, par tout l'horizon, lançaient leur note métallique et courte.

Vers Bougival, un oiseau inconnu modulait quelques sons qui arrivaient affaiblis par la distance. Sur les larges gazons la lune versait une molle clarté, comme une poussière de ouate; elle pénétrait les feuillages, faisait couler sa lumière sur l'écorce argentée des peupliers, criblait de sa pluie brillante les sommets frémissants des grands arbres. La grisante poésie de cette soirée d'été entrait dans Paul malgré lui, traversait son angoisse affolée, remuait son cœur avec une ironie féroce, développant jusqu'à la rage en son âme douce et contemplative des besoins d'idéale tendresse, d'épanchements passionnés dans le sein d'une femme adorée et fidèle.

Il fut contraint de s'arrêter, étranglé par des sanglots précipités, déchirants.

La crise passée, il repartit.

Soudain il reçut comme un coup de couteau; on s'embrassait, là, derrière ce buisson. Il y courut; c'était un couple amoureux, dont les deux silhouettes s'éloignèrent vivement à son approche, enlacées, unies dans un baiser sans fin.

Il n'osait pas appeler, sachant bien qu'Elle ne répondrait point; et il avait aussi une peur affreuse de les découvrir tout à coup.

Les ritournelles des quadrilles avec les solos déchirants du piston, les rires faux de la flûte, les

rages aiguës du violon lui tiraillaient le cœur,
exaspérant sa souffrance. La musique enragée,
boitillante, courait sous les arbres, tantôt affaiblie,
tantôt grossie dans un souffle passager de brise.

Tout à coup il se dit qu'Elle était revenue peut-
être? Oui! elle était revenue! pourquoi pas? Il avait
perdu la tête sans raison, stupidement, emporté par
ses terreurs, par les soupçons désordonnés qui
l'envahissaient depuis quelque temps.

Et, saisi par une de ces accalmies singulières qui
traversent parfois les plus grands désespoirs, il
retourna vers le bal.

D'un coup d'œil il parcourut la salle. Elle n'était
pas là. Il fit le tour des tables, et brusquement se
trouva de nouveau face à face avec les trois
femmes. Il avait apparemment une figure désespérée et drôle, car toutes trois ensemble éclatèrent de
gaieté.

Il se sauva, repartit dans l'île, se rua à travers les
taillis, haletant. — Puis il écouta de nouveau, — il
écouta longtemps, car ses oreilles bourdonnaient;
mais, enfin, il crut entendre un peu plus loin un
petit rire perçant qu'il connaissait bien; et il avança
tout doucement, rampant, écartant les branches, la
poitrine tellement secouée par son cœur qu'il ne
pouvait respirer.

Deux voix murmuraient des paroles qu'il n'entendait pas encore. Puis elles se turent.

Alors il eut une envie immense de fuir, de ne pas voir, de ne pas savoir, de se sauver pour toujours, loin de cette passion furieuse qui le ravageait. Il allait retourner à Chatou, prendre le train, et ne reviendrait plus, ne la reverrait plus jamais. Mais son image brusquement l'envahit, et il l'aperçut en sa pensée quand elle s'éveillait au matin, dans leur lit tiède, se pressait câline contre lui, jetant ses bras à son cou, avec ses cheveux répandus, un peu mêlés sur le front, avec ses yeux fermés encore et ses lèvres ouvertes pour le premier baiser; et le souvenir subit de cette caresse matinale l'emplit d'un regret frénétique et d'un désir forcené.

On parlait de nouveau; et il s'approcha, courbé en deux. Puis un léger cri courut sous les branches tout près de lui. Un cri! Un de ces cris d'amour qu'il avait appris à connaître aux heures éperdues de leur tendresse. Ii avançait encore, toujours, comme malgré lui, attiré invinciblement, sans avoir conscience de rien... et il les vit.

Oh! si c'eût été un homme, l'autre! mais cela! cela! Il se sentait enchaîné par leur infamie même. Et il restait là, anéanti, bouleversé, comme s'il eût découvert tout à coup un cadavre cher et mutilé, un crime contre nature, monstrueux, une immonde profanation.

Alors, dans un éclair de pensée involontaire, il songea au petit poisson dont il avait vu arracher les entrailles... Mais Madeleine murmura: «Pauline!» du même ton passionné qu'elle disait: «Paul!» et il fut traversé d'une telle douleur qu'il s'enfuit de toutes ses forces.

Il heurta deux arbres, tomba sur une racine, repartit, et se trouva soudain devant le fleuve, devant le bras rapide éclairé par la lune. Le courant torrentueux faisait de grands tourbillons où se jouait la lumière. La berge haute dominait l'eau comme une falaise, laissant à son pied une large bande obscure où les remous s'entendaient dans l'ombre.

Sur l'autre rive, les maisons de campagne de Croissy s'étageaient en pleine clarté.

Paul vit tout cela comme dans un songe, comme à travers un souvenir; il ne songeait à rien, ne comprenait rien, et toutes les choses, son existence même, lui apparaissaient vaguement, lointaines, oubliées, finies.

Le fleuve était là. Comprit-il ce qu'il faisait? Voulut-il mourir? Il était fou. Il se retourna cependant vers l'île, vers Elle; et, dans l'air calme de la nuit où dansaient toujours les refrains affaiblis et obstinés du bastringue, il lança d'une voix désespérée, suraiguë, surhumaine, un effroyable cri: «Madeleine!»

Son appel déchirant traversa le large silence du ciel, courut par tout l'horizon.

Puis, d'un bond formidable, d'un bond de bête, il sauta dans la rivière. L'eau jaillit, se referma, et, de la place où il avait disparu, une succession de grands cercles partit, élargissant jusqu'à l'autre berge leurs ondulations brillantes.

Les deux femmes avaient entendu. Madeleine se dressa: «C'est Paul.» Un soupçon surgit en son âme. «Il s'est noyé», dit-elle. Et elle s'élança vers la rive, où la grosse Pauline la rejoignit.

Un lourd bachot monté par deux hommes tournait et retournait sur place. Un des bateliers ramait, l'autre enfonçait dans l'eau un grand bâton et semblait chercher quelque chose. Pauline cria: «Que faites-vous? Qu'y a-t-il?» Une voix inconnue répondit: «C'est un homme qui vient de se noyer.»

Les deux femmes, pressées l'une contre l'autre, hagardes, suivaient les évolutions de la barque. La musique de la Grenouillère folâtrait toujours au loin, semblait accompagner en cadence les mouvements des sombres pêcheurs; et la rivière, qui cachait maintenant un cadavre, tournoyait, illuminée.

Les recherches se prolongeaient. L'attente horrible faisait grelotter Madeleine. Enfin, après une demi-heure au moins, un des hommes annonça: «Je le tiens!» Et il fit remonter sa longue gaffe doucement, tout doucement. Puis quelque chose de gros apparut à la surface de l'eau. L'autre marinier quitta ses rames, et tous deux unissant leurs forces, halant sur la masse inerte, la firent culbuter dans leur bateau.

Ensuite ils gagnèrent la terre, en cherchant une place éclairée et basse. Au moment où ils abordaient, les femmes arrivaient aussi.

Dès qu'elle le vit, Madeleine recula d'horreur. Sous la lumière de la lune, il semblait vert déjà, avec sa bouche, ses yeux, son nez, ses habits pleins de vase. Ses doigts fermés et raidis étaient affreux. Une espèce d'enduit noirâtre et liquide couvrait tout son corps. La figure paraissait enflée, et de ses cheveux collés par le limon une eau sale coulait sans cesse.

Les deux hommes l'examinèrent.

«Tu le connais?» dit l'un.

L'autre, le passeur de Croissy, hésitait: «Oui, il me semble bien que j'ai vu cette tête-là; mais tu sais, comme ça, on ne reconnaît pas bien.» Puis, soudain: «Mais c'est M. Paul!

— Qui ça, M. Paul?» demanda son camarade.

Le premier reprit:

«Mais M. Paul Baron, le fils du sénateur, ce p'tit qu'était si amoureux.»

L'autre ajouta philosophiquement:

«Eh bien, il a fini de rigoler maintenant; c'est dommage tout de même quand on est riche!»

Madeleine sanglotait, tombée par terre. Pauline s'approcha du corps et demanda: «Est-ce qu'il est bien mort? — tout à fait?»

Les hommes haussèrent les épaules: «Oh! après ce temps-là! pour sûr.»

Puis l'un d'eux interrogea: «C'est chez Grillon qu'il logeait?

— Oui, reprit l'autre; faut le reconduire, y aura de la braise.»

Ils remontèrent dans leur bateau et repartirent, s'éloignant lentement à cause du courant rapide, et longtemps encore après qu'on ne les vit plus de la place où les femmes étaient restées, on entendit tomber dans l'eau les coups réguliers des avirons.

Alors Pauline prit dans ses bras la pauvre Madeleine éplorée, la câlina, l'embrassa longtemps, la consola: «Que veux-tu, ce n'est point ta faute, n'est-ce pas? On ne peut pourtant pas empêcher les hommes de faire des bêtises. Il l'a voulu, tant pis pour lui, après tout!» Puis, la relevant: «Allons, ma chérie, viens-t'en coucher à la maison, tu ne peux pas rentrer chez Grillon ce soir.» Elle l'embrassa de nouveau: «Va, nous te guérirons», dit-elle.

Madeleine se releva, et, pleurant toujours, mais avec des sanglots affaiblis, la tête sur l'épaule de Pauline, comme réfugiée dans une tendresse plus intime et plus sûre, plus familière et plus confiante, elle partit à tout petits pas.

HISTOIRE D'UN CHIEN

Toute la Presse a répondu dernièrement à l'appel de la Société protectrice des animaux, qui veut fonder un *Asile* pour les bêtes. Ce serait là une espèce d'hospice, et un refuge où les pauvres chiens sans maître trouveraient la nourriture et l'abri, au lieu du nœud coulant que leur réserve l'administration.

Les journaux, à ce propos, ont rappelé la fidélité des bêtes, leur intelligence, leur dévouement. Ils ont cité des traits de sagacité étonnante. Je veux à mon tour raconter l'histoire d'un chien perdu, mais d'un chien du commun, laid, d'allure vulgaire. Cette histoire, toute simple, est vraie de tout point.

*

Dans la banlieue de Paris, sur les bords de la Seine, vit une famille de bourgeois riches. Ils ont un hôtel élégant, grand jardin, chevaux et voitures, et de nombreux domestiques. Le cocher s'appelle François. C'est un gars de la campagne, à moitié dégourdi seulement, un peu lourdaud, épais, obtus, et bon garçon.

Comme il rentrait un soir chez ses maîtres, un chien se mit à le suivre. Il n'y prit point garde

d'abord; mais l'obstination de la bête à marcher sur
ses talons le fit bientôt se retourner. Il regarda s'il
connaissait ce chien: mais non, il ne l'avait jamais
vu.

C'était une chienne d'une maigreur affreuse,
avec de grandes mamelles pendantes. Elle trottinait
derrière l'homme d'un air lamentable et affamé, la
queue serrée entre les pattes, les oreilles collées
contre la tête; et, quand il s'arrêtait, elle s'arrêtait,
repartant quand il repartait.

Il voulut chasser ce squelette de bête, et cria:
«Va-t'en, veux-tu te sauver, houe! houe!» Elle
s'éloigna de deux ou trois pas, et se planta sur son
derrière, attendant; puis, dès que le cocher se remit
en marche, elle repartit derrière lui.

Il fit semblant de ramasser des pierres. L'animal
s'enfuit un peu plus loin, avec un grand ballotte-
ment de ses mamelles flasques; mais il revint
aussitôt que l'homme eut le dos tourné. Alors le
cocher François l'appela. La chienne s'approcha
timidement, l'échine pliée comme un cercle et
toutes les côtes soulevant la peau. Il caressa ces os
saillants, et, pris de pitié pour cette misère de bête:
«Allons, viens!» dit-il. Aussitôt elle remua la
queue, se sentant accueillie, adoptée, et au lieu de
rester dans les mollets du maître qu'elle avait
choisi, elle commença à courir devant lui.

Il l'installa sur la paille de l'écurie, puis courut
à la cuisine chercher du pain. Quand elle eut mangé
tout son soûl, elle s'endormit, couchée en rond.

Le lendemain, les maîtres, avertis par le cocher,
permirent qu'il gardât l'animal. Cependant la
présence de cette bête dans la maison devint bientôt
une cause d'ennuis incessants. Elle était assurément
la plus dévergondée des chiennes; et, d'un bout à
l'autre de l'année, les prétendants à quatre pattes
firent le siège de sa demeure. Ils rôdaient sur la
route, devant la porte, se faufilaient par toutes les
issues de la haie vive qui clôturait le jardin, dévas-
taient les plates-bandes, arrachant les fleurs, faisant
des trous dans les corbeilles, exaspéraient le jardinier. Jour et nuit c'était un concert de hurlements
et des batailles sans fin.

Les maîtres trouvaient jusque dans l'escalier,
tantôt de petits roquets à queue empanachée, des
chiens jaunes, rôdeurs de bornes, vivant d'ordures,
tantôt des terre-neuve énormes à poils frisés, des
caniches moustachus, tous les échantillons de la
race aboyante.

La chienne, que François avait, sans malice,
appelée «Cocote» (et elle méritait son nom), rece-
vait tous ces hommages; et elle produisait, avec une
fécondité vraiment phénoménale, des multitudes de
petits chiens de toutes les espèces connues. Tous
les quatre mois, le cocher allait à la rivière noyer

une demi-douzaine d'êtres grouillants, qui piau-
laient déjà et ressemblaient à des crapauds.

Cocote était maintenant devenue énorme. Autant
elle avait été maigre, autant elle était obèse, avec
un ventre gonflé sous lequel traînaient toujours ses
longues mamelles ballottantes. Elle avait engraissé
tout d'un coup, en quelques jours; et elle marchait
avec peine, les pattes écartées, à la façon des gens
trop gros, la gueule ouverte pour souffler, et exté-
nuée aussitôt qu'elle s'était promenée dix minutes.

Le cocher François disait d'elle: «C'est une
bonne bête pour sûr, mais qu'est, ma foi, bien
déréglée.»

Le jardinier se plaignait tous les jours. La cuisi-
nière en fit autant. Elle trouvait des chiens sous son
fourneau, sous les chaises, dans la soupente au
charbon; et ils volaient tout ce qui traînait.

Le maître ordonna à François de se débarrasser
de Cocote. Le domestique désespéré pleura, mais il
dut obéir. Il offrit la chienne à tout le monde.
Personne n'en voulut. Il essaya de la perdre; elle
revint. Un voyageur de commerce la mit dans le
coffre de sa voiture pour la lâcher dans une ville
éloignée. La chienne retrouva sa route, et, malgré
sa bedaine tombante, sans manger sans doute, en
un jour, elle fut de retour; et elle rentra tranquillement se coucher dans son écurie.

Cette fois, le maître se fâcha et, ayant appelé François, lui dit avec colère: «Si vous ne me flanquez pas cette bête à l'eau avant demain, je vous fiche à la porte, entendez-vous!»

L'homme fut atterré, il adorait Cocote. Il remonta dans sa chambre, s'assit sur son lit, puis fit sa malle pour partir. Mais il réfléchit qu'une place nouvelle serait impossible à trouver, car personne ne voudrait de lui tant qu'il traînerait sur ses talons cette chienne, toujours suivie d'un régiment de chiens. Donc il fallait s'en défaire. Il ne pouvait la placer; il ne pouvait la perdre; la rivière était le seul moyen. Alors il pensa à donner vingt sous à quelqu'un pour accomplir l'exécution. Mais à cette pensée, un chagrin aigu lui vint; il réfléchit qu'un autre peut-être la ferait souffrir, la battrait en route, lui rendrait durs les derniers moments, lui laisserait comprendre qu'on voulait la tuer, car elle comprenait tout, cette bête! Et il se décida à faire la chose lui-même.

Il ne dormit pas. Dès l'aube, il fut debout, et, s'emparant d'une forte corde, il alla chercher Cocote. Elle se leva lentement, se secoua, étira ses membres et vint fêter son maître.

Alors il s'assit et, la prenant sur ses genoux, la caressa longtemps, l'embrassa sur le museau; puis, se levant, il dit: «Viens.» Et elle remua la queue, comprenant qu'on allait sortir.

Ils gagnèrent la berge, et il choisit une place où l'eau semblait profonde.

Alors il noua un bout de la corde au cou de la bête, et, ramassant une grosse pierre, l'attacha à l'autre bout. Après quoi, il saisit sa chienne en ses bras et la baisa furieusement, comme une personne qu'on va quitter. Il la tenait serrée sur sa poitrine, la berçait; et elle se laissait faire; en grognant de satisfaction.

Dix fois, il la voulut jeter; chaque fois, la force lui manqua. Mais tout à coup il se décida et, de toute sa force, il la lança le plus loin possible. Elle flotta une seconde, se débattant, essayant de nager comme lorsqu'on la baignait: mais la pierre l'entraînait au fond; elle eut un regard d'angoisse; et sa tête disparut la première, pendant que ses pattes de derrière, sortant de l'eau, s'agitaient encore. Puis quelques bulles d'air apparurent à la surface. François croyait voir sa chienne se tordant dans la vase du fleuve.

Il faillit devenir idiot, et pendant un mois il fut malade, hanté par le souvenir de Cocote qu'il entendait aboyer sans cesse.

Il l'avait noyée vers la fin d'avril. Il ne reprit sa tranquillité que longtemps après. Enfin il n'y pensait plus guère, quand, vers le milieu de juin, ses maîtres partirent et l'emmenèrent aux environs de Rouen où ils allaient passer l'été.

Un matin, comme il faisait très chaud, François sortit pour se baigner dans la Seine. Au moment d'entrer dans l'eau, une odeur nauséabonde le fit regarder autour de lui, et il aperçut dans les roseaux une charogne, un corps de chien en putréfaction. Il s'approcha, surpris par la couleur du poil. Une corde pourrie serrait encore le cou. C'était sa chienne, Cocote, portée par le courant à soixante lieues de Paris.

Il restait debout avec de l'eau jusqu'aux genoux, effaré, bouleversé comme devant un miracle, en face d'une apparition vengeresse. Il se rhabilla tout de suite et pris d'une peur folle, se mit à marcher au hasard devant lui, la tête perdue. Il erra tout le jour ainsi et, le soir venu, demanda sa route, qu'il ne retrouvait plus. Jamais depuis il n'a osé toucher un chien.

*

Cette histoire n'a qu'un mérite: elle est vraie, entièrement vraie. Sans la rencontre étrange du chien mort, au bout de six semaines et à soixante lieues plus loin, je ne l'eusse point remarquée, sans doute; car combien en voit-on, tous les jours, de ces pauvres bêtes sans abri!

Si le projet de la Société protectrice des animaux réussit, nous rencontrerons peut-être moins de ces

cadavres à quatre pattes échoués sur les berges du
fleuve.

UN PARRICIDE

L'avocat avait plaidé la folie. Comment expliquer autrement ce crime étrange?

On avait retrouvé un matin, dans les roseaux, près de Chatou, deux cadavres enlacés, la femme et l'homme, deux mondains connus, riches, plus tout jeunes, et mariés seulement de l'année précédente, la femme n'étant veuve que depuis trois ans.

On ne leur connaissait point d'ennemis, ils n'avaient pas été volés. Il semblait qu'on les eût jetés de la berge dans la rivière, après les avoir frappés, l'un après l'autre, avec une longue pointe de fer.

L'enquête ne faisait rien découvrir. Les mariniers interrogés ne savaient rien; on allait abandonner l'affaire, quand un jeune menuisier d'un village voisin, nommé Georges Louis, dit Le Bourgeois, vint se constituer prisonnier.

A toutes les interrogations, il ne répondit que ceci:

«Je connaissais l'homme depuis deux ans, la femme depuis six mois. Ils venaient souvent me faire réparer des meubles anciens, parce que je suis habile dans le métier.»

Et quand on lui demandait:

«Pourquoi les avez-vous tués?»

Il répondait obstinément:

«Je les ai tués parce que j'ai voulu les tuer.»

On n'en put tirer autre chose.

Cet homme était un enfant naturel sans doute, mis autrefois en nourrice dans le pays, puis abandonné. Il n'avait pas d'autre nom que Georges Louis, mais comme, en grandissant, il devint singulièrement intelligent, avec des goûts et des délicatesses natives que n'avaient point ses camarades, on le surnomma: «le bourgeois», et on ne l'appelait plus autrement. Il passait pour remarquablement adroit dans le métier de menuisier qu'il avait adopté. Il faisait même un peu de sculpture sur bois. On le disait aussi fort exalté, partisan des doctrines communistes et même nihilistes, grand liseur de romans d'aventures, de romans à drames sanglants, électeur influent et orateur habile dans les réunions publiques d'ouvriers ou de paysans.

L'avocat avait plaidé la folie.

Comment pouvait-on admettre, en effet, que cet ouvrier eût tué ses meilleurs clients, des clients riches et généreux (il le reconnaissait), qui lui avaient fait faire depuis deux ans, pour trois mille francs de travail (ses livres en faisaient foi). Une seule explication se présentait: la folie, l'idée fixe du déclassé qui se venge sur deux bourgeois de tous les bourgeois et l'avocat fit une allusion habile à ce surnom de LE BOURGEOIS, donné par le pays à cet abandonné; il s'écriait:

«N'est-ce pas une ironie, et une ironie capable d'exalter encore ce malheureux garçon qui n'a ni père ni mère? C'est un ardent républicain. Que dis-je? Il appartient même à ce parti politique que la République fusillait et déportait naguère, qu'elle accueille aujourd'hui à bras ouverts, à ce parti pour qui l'incendie est un principe et le meurtre un moyen tout simple.

»Ces tristes doctrines, acclamées maintenant dans les réunions publiques, ont perdu cet homme. Il a entendu des républicains, des femmes même, oui des femmes! demander le sang de M. Gambetta, le sang de M. Grévy; son esprit malade a chaviré; il a voulu du sang, du sang de bourgeois!

»Ce n'est pas lui qu'il faut condamner, messieurs,c'est la Commune!»

Des murmures d'approbation coururent. On sentait bien que la cause était gagnée pour l'avocat. Le ministère public ne répliqua pas.

Alors le président posa au prévenu la question d'usage:

«Accusé, n'avez-vous rien à ajouter pour votre défense?»

L'homme se leva:

Il était de petite taille, d'un blond de lin, avec des yeux gris, fixes et clairs. Une voix forte, franche et sonore sortait de ce frêle garçon et chan-

geait brusquement, aux premiers mots, l'opinion
qu'on s'était faite de lui.

Il parla hautement, d'un ton déclamatoire, mais
si net que ses moindres paroles se faisaient entendre jusqu'au fond de la grande salle:

«Mon président, comme je ne veux pas aller
dans une maison de fous, et que je préfère même la
guillotine, je vais tout vous dire.

»J'ai tué cet homme et cette femme parce qu'ils
étaient mes parents.

»Maintenant, écoutez-moi et jugez-moi.»

*

Une femme, ayant accouché d'un fils, l'envoya
quelque part en nourrice. Sut-elle seulement en quel
pays son complice porta le petit être innocent, mais
condamné à la misère éternelle, à la honte d'une
naissance illégitime, plus que cela: à la mort,
puisqu'on l'abandonna, puisque la nourrice, ne
recevant plus la pension mensuelle pouvait, comme
elles font souvent, le laisser dépérir, souffrir de
faim, mourir de délaissement.

La femme qui m'allaita fut honnête, plus honnête, plus femme, plus grande, plus mère que ma
mère. Elle m'éleva. Elle eut tort en faisant son
devoir. Il vaut mieux laisser périr ces misérables
jetés aux villages des banlieues, comme on jette
une ordure aux bornes.

Je grandis avec l'impression vague que je portais un déshonneur. Les autres enfants m'appelèrent un jour «bâtard». Ils ne savaient pas ce que signifiait ce mot, entendu par l'un d'eux chez ses parents. Je l'ignorais aussi, mais je le sentis.

J'étais, je puis le dire, un des plus intelligents de l'école. J'aurais été un honnête homme, mon président, peut-être un homme supérieur, si mes parents n'avaient pas commis le crime de m'abandonner.

Ce crime, c'est contre moi qu'ils l'ont commis. Je fus la victime, eux furent les coupables. J'étais sans défense, ils furent sans pitié. Ils devaient m'aimer: ils m'ont rejeté.

Moi, je leur devais la vie — mais la vie est-elle un présent? La mienne, en tous cas, n'était qu'un malheur. Après leur honteux abandon, je ne leur devais plus que la vengeance. Ils ont accompli contre moi l'acte le plus inhumain, le plus infâme, le plus monstrueux qu'on puisse accomplir contre un être.

Un homme injurié frappe; un homme volé reprend son bien par la force. Un homme trompé, joué, martyrisé, tue; un homme souffleté tue; un homme déshonoré tue. J'ai été plus volé, trompé, martyrisé, souffleté moralement, déshonoré, que tous ceux dont vous absolvez la colère.

Je me suis vengé, j'ai tué. C'était mon droit légitime. J'ai pris leur vie heureuse en échange de la vie horrible qu'ils m'avaient imposée.

Vous allez parler de parricide! Etaient-ils mes parents ces gens pour qui je fus un fardeau abominable, une terreur, une tache d'infamie; pour qui ma naissance fut une calamité et ma vie une menace de honte? Ils cherchaient un plaisir égoïste, ils ont eu un enfant imprévu. Ils ont supprimé l'enfant. Mon tour est venu d'en faire autant pour eux.

Et pourtant, dernièrement encore, j'étais prêt à les aimer.

Voici deux ans, je vous l'ai dit, que l'homme, mon père, entra chez moi pour la première fois. Je ne soupçonnais rien. Il me commanda deux meubles. Il avait pris, je le sus plus tard, des renseignements auprès du curé, sous le sceau du secret, bien entendu.

Il revint souvent; il me faisait travailler et payait bien. Parfois même il causait un peu de choses et d'autres. Je me sentais de l'affection pour lui.

Au commencement de cette année il amena sa femme, ma mère. Quand elle entra, elle tremblait si fort que je la crus atteinte d'une maladie nerveuse. Puis elle demanda un siège et un verre d'eau. Elle ne dit rien; elle regarda mes meubles d'un air fou, et elle ne répondait que oui et non, à tort et à

travers, à toutes les questions qu'il lui posait!
Quand elle fut partie, je la crus un peu toquée.

Elle revint le mois suivant. Elle était calme,
maîtresse d'elle. Ils restèrent, ce jour-là, assez
longtemps à bavarder, et ils me firent une grosse
commande. Je la revis encore trois fois, sans rien
deviner; mais un jour voilà qu'elle se mit à me
parler de ma vie, de mon enfance, de mes parents.
Je répondis: «Mes parents madame, étaient des
misérables qui m'ont abandonné.» Alors elle porta
la main sur son cœur, et tomba sans connaissance.
Je pensai tout de suite: «C'est ma mère!» mais je
me gardai bien de laisser rien voir. Je voulais la
regarder venir.

Par exemple, je pris de mon côté mes renseignements. J'appris qu'ils n'étaient mariés que du
mois de juillet précédent, ma mère n'étant devenue
veuve que depuis trois ans. On avait bien chuchoté
qu'ils s'étaient aimés du vivant du premier mari,
mais on n'en avait aucune preuve. C'était moi la
preuve, la preuve qu'on avait cachée d'abord,
espéré détruire ensuite.

J'attendis. Elle reparut un soir, toujours accom-
pagnée de mon père. Ce jour-là, elle semblait fort
émue, je ne sais pourquoi. Puis, au moment de s'en
aller, elle me dit: «Je vous veux du bien, parce que
vous m'avez l'air d'un honnête garçon et d'un
travailleur; vous penserez sans doute à vous marier
quelque jour; je viens vous aider à choisir libre-

ment la femme qui vous conviendra. Moi j'ai été mariée contre mon cœur une fois, et je sais comme on en souffre. Maintenant, je suis riche, sans enfants, libre, maîtresse de ma fortune. Voici votre dot.

Elle me tendit une grande enveloppe cachetée.

Je la regardai fixement, puis je lui dis: «Vous êtes ma mère?»

Elle recula de trois pas et se cacha les yeux de la main pour ne plus me voir. Lui, l'homme, mon père, la soutint dans ses bras et il me cria: «Mais vous êtes fou!»

Je répondis: «Pas du tout. Je sais bien que vous êtes mes parents. On ne me trompe pas ainsi. Avouez-le et je vous garderai le secret; je ne vous en voudrai pas; je resterai ce que je suis, un menuisier.»

Il reculait vers la sortie en soutenant toujours sa femme qui commençait à sangloter. Je courus fermer la porte, je mis la clef dans ma poche, et je repris: «Regardez-la donc et niez encore qu'elle soit ma mère.»

Alors il s'emporta, devenu très pâle, épouvanté par la pensée que le scandale évité jusqu'ici pouvait éclater soudain; que leur situation, leur renom, leur honneur seraient perdus d'un seul coup; il balbutiait: «Vous êtes une canaille qui voulez nous tirer de l'argent. Faites donc du bien au peuple, à ces manants-là, aidez-les, secourez-les!»

Ma mère, éperdue, répétait coup sur coup: «Allons-nous-en, allons-nous-en.»

Alors, comme la porte était fermée, il cria: «Si vous ne m'ouvrez pas tout de suite, je vous fais flanquer en prison pour chantage et violence!»

J'étais resté maître de moi; j'ouvris la porte et je les vis s'enfoncer dans l'ombre.

Alors il me sembla tout à coup que je venais d'être fait orphelin, d'être abandonné, poussé au ruisseau. Une tristesse épouvantable, mêlée de colère, de haine, de dégoût, m'envahit; j'avais comme un soulèvement de tout mon être, un soulèvement de la justice, de la droiture, de l'honneur, de l'affection rejetée. Je me mis à courir pour les rejoindre le long de la Seine qu'il leur fallait suivre pour gagner la gare de Chatou.

Je les rattrapai bientôt. La nuit était venue toute noire. J'allais à pas de loup sur l'herbe, de sorte qu'ils ne m'entendirent pas. Ma mère pleurait toujours. Mon père disait: «C'est votre faute. Pourquoi avez-vous tenu à le voir! C'était une folie dans notre position. On aurait pu lui faire du bien de loin, sans se montrer. Puisque nous ne pouvons le reconnaître, à quoi servaient ces visites dangereuses?»

Alors, je m'élançai devant eux, suppliant. Je balbutiai: «Vous voyez bien que vous êtes mes parents. Vous m'avez déjà rejeté une fois, me repousserez-vous encore?»

Alors, mon président, il leva la main sur moi, je vous le jure sur l'honneur, sur la loi, sur la République. Il me frappa, et comme je le saisissais au collet, il tira de sa poche un revolver.

J'ai vu rouge, je ne sais plus, j'avais mon compas dans ma poche; je l'ai frappé, frappé tant que j'ai pu.

Alors elle s'est mise à crier: «Au secours! à l'assassin!» en m'arrachant la barbe. Il paraît que je l'ai tuée aussi. Est-ce que je sais, moi, ce que j'ai fait, à ce moment-là?

Puis, quand je les ai vus tous deux par terre, je les ai jetés à la Seine, sans réfléchir.

Voilà. — Maintenant, jugez-moi.

*

L'accusé se rassit. Devant cette révélation, l'affaire a été reportée à la session suivante. Elle passera bientôt. Si nous étions jurés, que ferions-nous de ce parricide?

L'ÂNE

A Louis Le Poittevin

Aucun souffle d'air ne passait dans la brume épaisse endormie sur le fleuve. C'était comme un nuage de coton terne posé sur l'eau. Les berges elles-mêmes restaient indistinctes, disparues sous de bizarres vapeurs festonnées comme des montagnes. Mais le jour étant près d'éclore le coteau commençait à devenir visible. A son pied, dans les lueurs naissantes de l'aurore, apparaissaient peu à peu les grandes taches blanches des maisons cuirassées de plâtre. Des coqs chantaient dans les poulaillers.

Là-bas, de l'autre côté de la rivière, ensevelie sous le brouillard, juste en face de la Frette, un bruit léger troublait par moments le grand silence du ciel sans brise. C'était tantôt un vague clapotis, comme la marche prudente d'une barque, tantôt un coup sec, comme un choc d'aviron sur un bordage, tantôt comme la chute d'un objet mou dans l'eau. Puis, plus rien.

Et parfois des paroles basses, venues on ne sait d'où, peut-être de très loin, peut-être de très près, errantes dans ces brumes opaques, nées sur la terre ou sur le fleuve, glissaient, timides aussi, passaient, comme ces oiseaux sauvages qui ont dormi dans

les joncs et qui partent aux premières pâleurs du
ciel, pour fuir encore, pour fuir toujours, et qu'on
aperçoit une seconde traversant la brume à tire-
d'aile en poussant un cri doux et craintif qui
réveille leurs frères le long des berges.

Soudain, près de la rive, contre le village, une
ombre apparut sur l'eau, à peine indiquée d'abord;
puis elle grandit, s'accentua, et, sortant du rideau
nébuleux jeté sur la rivière, un bateau plat, monté
par deux hommes, vint s'échouer contre l'herbe.

Celui qui ramait se leva et prit au fond de
l'embarcation un seau plein de poissons; puis il jeta
sur son épaule l'épervier encore ruisselant. Son
compagnon, qui n'avait pas remué, prononça:

«Apporte ton fusil, nous allons dégoter quéque
lapin dans les berges, hein, Mailloche?»

L'autre répondit:

«Ça me va. Attends-moi, je te rejoins.»

Et il s'éloigna pour mettre à l'abri leur pêche.

L'homme resté dans la barque bourra lentement
sa pipe et l'alluma.

Il s'appelait Labouise dit Chicot, et était associé
avec son compère Maillochon, vulgairement appelé
Mailloche, pour exercer la profession louche et
vague de ravageurs.

Mariniers de bas étage, ils ne naviguaient régulièrement que dans les mois de famine. Le reste du
temps ils ravageaient. Rôdant jour et nuit sur le
fleuve, guettant toute proie morte ou vivante,

braconniers d'eau, chasseurs nocturnes, sortes d'écumeurs d'égouts, tantôt à l'affût des chevreuils de la forêt de Saint-Germain, tantôt à la recherche des noyés filant entre deux eaux et dont ils soulageaient les poches, ramasseurs de loques flottantes, de bouteilles vides qui vont au courant la gueule en l'air avec un balancement d'ivrognes, de morceaux de bois partis à la dérive, Labouise et Maillochon se la coulaient douce.

Par moments, ils partaient à pied, vers midi, et s'en allaient en flânant devant eux. Ils dînaient dans quelque auberge de la rive et repartaient encore côte à côte. Ils demeuraient absents un jour ou deux; puis un matin on les revoyait rôdant dans l'ordure qui leur servait de bateau.

Là-bas, à Joinville, à Nogent, des canotiers désolés cherchaient leur embarcation disparue une nuit, détachée et partie, volée sans doute; tandis qu'à vingt ou trente lieues de là, sur l'Oise, un bourgeois propriétaire se frottait les mains en admirant le canot acheté d'occasion la veille, pour cinquante francs, à deux hommes qui le lui avaient vendu, comme ça, en passant, le lui ayant offert spontanément sur la mine.

Maillochon reparut avec son fusil enveloppé dans une loque. C'était un homme de quarante ou cinquante ans, grand, maigre, avec cet œil vif qu'ont les gens tracassés par des inquiétudes légitimes, et les bêtes souvent traquées. Sa chemise

ouverte laissait voir sa poitrine velue d'une toison
grise. Mais il semblait n'avoir jamais eu d'autre
barbe qu'une brosse de courtes moustaches et une
pincée de poils raides sous la lèvre inférieure. Il
était chauve des tempes.

Quand il enlevait la galette de crasse qui lui
servait de casquette, la peau de sa tête semblait
couverte d'un duvet vaporeux, d'une ombre de
cheveux, comme le corps d'un poulet plumé qu'on
va flamber.

Chicot, au contraire, rouge et bourgeonneux,
gros, court et poilu, avait l'air d'un bifteck cru
caché dans un bonnet de sapeur. Il tenait sans cesse
fermé l'œil gauche comme s'il visait quelque chose
ou quelqu'un, et quand on le plaisantait sur ce tic,
en lui criant: «Ouvre l'œil, Labouise», il répondait
d'un ton tranquille: «Aie pas peur, ma sœur, je
l'ouvre à l'occase.» Il avait d'ailleurs cette habitude
d'appeler tout le monde «ma sœur», même son
compagnon ravageur.

Il reprit à son tour les avirons; et la barque de
nouveau s'enfonça dans la brume immobile sur le
fleuve, mais qui devenait blanche comme du lait
dans le ciel éclairé de lueurs roses.

Labouise demanda:

«Qué plomb qu' t'as pris, Maillochon?»

Maillochon répondit:

«Du tout p'tit, du neuf, c'est c' qui faut pour le
lapin.»

Ils approchaient de l'autre berge si lentement, si doucement, qu'aucun bruit ne les révélait. Cette berge appartient à la forêt de Saint-Germain et limite les tirés aux lapins. Elle est couverte de terriers cachés sous les racines d'arbres; et les bêtes, à l'aurore, gambadent là-dedans, vont, viennent, entrent et sortent.

Maillochon, à genoux à l'avant, guettait, le fusil caché sur le plancher de la barque. Soudain il le saisit, visa, et la détonation roula longtemps par la calme campagne.

Labouise, en deux coups de rame, toucha la berge, et son compagnon, sautant à terre, ramassa un petit lapin gris, tout palpitant encore.

Puis le bateau s'enfonça de nouveau dans le brouillard pour regagner l'autre rive et se mettre à l'abri des gardes.

Les deux hommes semblaient maintenant se promener doucement sur l'eau. L'arme avait disparu sous la planche qui servait de cachette, et le lapin dans la chemise bouffante de Chicot.

Au bout d'un quart d'heure, Labouise demanda:

«Allons, ma sœur, encore un.»

Maillochon répondit:

«Ça me va, en route.»

Et la barque repartit, descendant vivement le courant. Les brumes qui couvraient le fleuve commençaient à se lever. On apercevait, comme à travers un voile, les arbres des rives; et le brouillard déchiré s'en allait au fil de l'eau, par petits nuages.

Quand ils approchèrent de l'île dont la pointe est devant Herblay, les deux hommes ralentirent leur marche et recommencèrent à guetter. Puis bientôt un second lapin fut tué.

Ils continuèrent ensuite à descendre jusqu'à mi-route de Conflans; puis ils s'arrêtèrent, amarrèrent leur bateau contre un arbre, et, se couchant au fond, s'endormirent.

De temps en temps, Labouise se soulevait et, de son œil ouvert, parcourait l'horizon. Les dernières vapeurs du matin s'étaient évaporées et le grand soleil d'été montait, rayonnant, dans le ciel bleu.

Là-bas, de l'autre côté de la rivière, le coteau planté de vignes s'arrondissait en demi-cercle. Une seule maison se dressait au faîte, dans un bouquet d'arbres. Tout était silencieux.

Mais sur le chemin de halage quelque chose remuait doucement, avançant à peine. C'était une femme traînant un âne. La bête, ankylosée, raide et rétive, allongeait une jambe de temps en temps, cédant aux efforts de sa compagne quand elle ne pouvait plus s'y refuser; et elle allait ainsi le cou tendu, les oreilles couchées, si lentement qu'on ne pouvait prévoir quand elle serait hors de vue.

La femme tirait, courbée en deux, et se retournait parfois pour frapper l'âne avec une branche.

Labouise, l'ayant aperçue, prononça:

«Ohé! Mailloche?»

Mailloche répondit:

«Qué qu'y a?

— Veux-tu rigoler?

— Tout de même.

— Allons, secoue-toi, ma sœur, j'allons rire.»

Et Chicot prit les avirons

Quand il eut traversé le fleuve et qu'il fut en face du groupe, il cria:

«Ohé, ma sœur!»

La femme cessa de traîner sa bourrique et regarda. Labouise reprit:

«Vas-tu à la foire aux locomotives?»

La femme ne répondit rien. Chicot continua:

«Ohé! dis, il a été primé à la course, ton bourri. Oùsque tu l'conduis, de c'te vitesse?»

La femme, enfin, répondit:

«Je vais chez Macquart, aux Champioux, pour l'faire abattre. Il ne vaut pus rien.»

Labouise répondit:

«J'te crois. Et combien qu'y t'en donnera Macquart?»

La femme, qui s'essuyait le front du revers de la main, hésita:

«J'sais ti? P't-être trois francs, p't-être quatre?»

Chicot s'écria:

«J' t'en donne cent sous, et v'là ta course faite, c'est pas peu.»

La femme, après une courte réflexion, prononça:

«C'est dit.»

Et les ravageurs abordèrent.

Labouise saisit la bride de l'animal. Maillochon, surpris, demanda:

«Qué que tu veux faire de c'te peau ?»

Chicot, cette fois, ouvrit son autre œil pour exprimer sa gaieté. Toute sa figure rouge grimaçait de joie; il gloussa:

«Aie pas peur, ma sœur, j'ai mon truc.»

Il donna cent sous à la femme, qui s'assit sur le fossé pour voir ce qui allait arriver.

Alors Labouise, en belle humeur, alla chercher le fusil, et le tendant à Maillochon

«Chacun son coup, ma vieille; nous allons chasser le gros gibier, ma sœur, pas si près que ça, nom d'un nom, tu vas l' tuer du premier. Faut faire durer l' plaisir un peu.»

Et il plaça son compagnon à quarante pas de la victime. L'âne, se sentant libre, essayait de brouter l'herbe haute de la berge, mais il était tellement exténué qu'il vacillait sur ses jambes comme s'il allait tomber.

Maillochon l'ajusta lentement et dit:

«Un coup de sel aux oreilles, attention, Chicot.»

Et il tira.

Le plomb menu cribla les longues oreilles de l'âne, qui se mit à les secouer vivement, les agitant tantôt l'une après l'autre, tantôt ensemble, pour se débarrasser de ce picotement.

Les deux hommes riaient à se tordre, courbés, tapant du pied. Mais la femme indignée s'élança, ne voulant pas qu'on martyrisât son bourri, offrant de rendre les cent sous, furieuse et geignante.

Labouise la menaça d'une tripotée et fit mine de relever ses manches. Il avait payé, n'est-ce pas? Alors zut. Il allait lui en tirer un dans les jupes, pour lui montrer qu'on ne sentait rien.

Et elle s'en alla en les menaçant des gendarmes. Longtemps ils l'entendirent qui criait des injures plus violentes à mesure qu'elle s'éloignait.

Maillochon tendit le fusil à son camarade.

«A toi, Chicot.»

Labouise ajusta et fit feu. L'âne reçut la charge dans les cuisses, mais le plomb était si petit et tiré de si loin qu'il se crut sans doute piqué des taons. Car il se mit à s'émoucher de sa queue avec force, se battant les jambes et le dos.

Labouise s'assit pour rire à son aise, tandis que Maillochon rechargeait l'arme, si joyeux qu'il semblait éternuer dans le canon.

Il s'approcha de quelques pas et, visant le même endroit que son camarade, il tira de nouveau. La bête, cette fois, fit un soubresaut, essaya de ruer, tourna la tête. Un peu de sang coulait enfin. Elle avait été touchée profondément, et une souffrance aiguë se déclara, car elle se mit à fuir sur la berge, d'un galop lent, boiteux et saccadé.

Les deux hommes s'élancèrent à sa poursuite, Maillochon à grandes enjambées, Labouise à pas pressés, courant d'un trot essoufflé de petit homme.

Mais l'âne, à bout de force, s'était arrêté, et il regardait, d'un œil éperdu, venir ses meurtriers. Puis, tout à coup il tendit la tête et se mit à braire

Labouise, haletant, avait pris le fusil. Cette fois, il s'approcha tout près, n'ayant pas envie de recommencer la course.

Quand le baudet eut fini de pousser sa plainte lamentable, comme un appel de secours, un dernier cri d'impuissance, l'homme, qui avait son idée, cria: «Mailloche ohé! ma sœur, amène-toi, je vas lui faire prendre médecine.» Et, tandis que l'autre ouvrait de force la bouche serrée de l'animal, Chicot lui introduisait au fond du gosier le canon de son fusil, comme s'il eût voulu lui faire boire un médicament; puis il dit:

«Ohé! ma sœur, attention, je verse la purge.»

Et il appuya sur la gâchette. L'âne recula de trois pas, tomba sur le derrière, tenta de se relever et s'abattit à la fin sur le flanc en fermant les yeux. Tout son vieux corps pelé palpitait; ses jambes s'agitaient comme s'il eût voulu courir. Un flot de sang lui coulait entre les dents. Bientôt il ne remua plus. Il était mort.

Les deux hommes ne riaient pas, ça avait été fini trop vite, ils étaient volés.

Maillochon demanda:

«Eh bien, qué que j'en faisons à c't'heure?»

Labouise répondit:

«Aie pas peur, ma sœur, embarquons-le, j'allons rigoler à la nuit tombée.»

Et ils allèrent chercher la barque. Le cadavre de l'animal fut couché dans le fond, couvert d'herbes fraîches et les deux rôdeurs, s'étendant dessus, se rendormirent.

Vers midi, Labouise tira des coffres secrets de leur bateau vermoulu et boueux un litre de vin, un pain, du beurre et des oignons crus, et ils se mirent à manger.

Quand leur repas fut terminé, ils se couchèrent de nouveau sur l'âne mort et recommencèrent à dormir. A la nuit tombante, Labouise se réveilla et, secouant son camarade, qui ronflait comme un orgue, il commanda:

«Allons, ma sœur, en route.»

Et Maillochon se mit à ramer. Ils remontaient la Seine tout doucement, ayant du temps devant eux. Ils longeaient les berges couvertes de lis d'eau fleuris, parfumées par les aubépines penchant sur le courant leurs touffes blanches, et la lourde barque, couleur de vase, glissait sur les grandes feuilles plates des nénuphars, dont elle courbait les fleurs pâles, rondes et fendues comme des grelots, qui se redressaient ensuite.

Lorsqu'ils furent au mur de l'Éperon, qui sépare la forêt de Saint-Germain du parc de Maisons-

Laffitte, Labouise arrêta son camarade et lui exposa son projet, qui agita Maillochon d'un rire silencieux et prolongé.

Ils jetèrent à l'eau les herbes étendues sur le cadavre, prirent la bête par les pieds, la débarquèrent et s'en furent la cacher dans un fourré.

Puis ils remontèrent dans leur barque et gagnèrent Maisons-Laffitte.

La nuit était tout à fait noire quand ils entrèrent chez le père Jules, traiteur et marchand de vins. Dès qu'il les aperçut, le commerçant s'approcha, leur serra les mains et prit place à leur table, puis on causa de choses et d'autres.

Vers onze heures, le dernier consommateur étant parti, le père Jules, clignant de l'œil, dit à Labouise:

«Hein, y en a-t-il?»

Labouise fit un mouvement de tête et prononça:

«Y en a et y en a pas, c'est possible.»

Le restaurateur insistait:

«Des gris, rien que des gris, peut-être?»

Alors, Chicot, plongeant la main dans sa chemise de laine, tira les oreilles d'un lapin et déclara:

«Ça vaut trois francs la paire.»

Alors, une longue discussion commença sur le prix. On convint de deux francs soixante-cinq. Et les deux lapins furent livrés.

Comme les maraudeurs se levaient, le père Jules qui les guettait, prononça:

«Vous avez autre chose, mais vous ne voulez pas le dire.»

Labouise riposta:

«C'est possible, mais pas pour toi, t'es trop chien.»

L'homme, allumé, le pressait.

«Hein, du gros, allons, dis quoi, on pourra s'entendre.»

Labouise, qui semblait perplexe, fit mine de consulter Maillochon de l'œil, puis il répondit d'une voix lente:

«V'là l'affaire. J'étions embusqué à l'Éperon quand quéque chose nous passe dans le premier buisson à gauche, au bout du mur.

»Mailloche y lâche un coup, ça tombe. Et je filons, vu les gardes. Je peux pas te dire ce que c'est, vu que je l'ignore. Pour gros, c'est gros. Mais quoi? si je te le disais, je te tromperais, et tu sais, ma sœur, entre nous, cœur sur la main.»

L'homme, palpitant, demanda:

«C'est-i pas un chevreuil?»

Labouise reprit:

«Ça s'peut bien, ça ou autre chose? Un chevreuil?... Oui... C'est p't-être pus gros? Comme qui dirait une biche. Oh! j' te dis pas qu' c'est une biche, vu que j' l'ignore, mais ça s' peut!»

Le gargotier insistait:

«P't-être un cerf?»

Labouise étendit la main:

«Ça non! Pour un cerf, c'est pas un cerf, j' te trompe pas, c'est pas un cerf. J' l'aurais vu, attendu les bois. Non, pour un cerf, c'est pas un cerf.

— Pourquoi que vous l'avez pas pris? demanda l'homme.

— Pourquoi, ma sœur, parce que je vendons sur place désormais. J'ai preneur. Tu comprends, on va flâner par là, on trouve la chose, on s'en empare. Pas de risques pour Bibi. Voilà.»

Le fricotier, soupçonneux, prononça:

«S'il n'y était pus, maintenant.»

Mais Labouise leva de nouveau la main:

«Pour y être, il y est, je te l' promets, je te l'jure. Dans le premier buisson à gauche. Pour ce que c'est, je l'ignore. J' sais que c'est pas un cerf, ça, non, j'en suis sûr. Pour le reste, à toi d'y aller voir. C'est vingt francs sur place, ça te va-t-il ?»

L'homme hésitait encore:

«Tu ne pourrais pas me l'apporter?»

Maillochon prit la parole:

«Alors pus de jeu. Si c'est un chevreuil, cinquante francs; si c'est une biche, soixante-dix; voilà nos prix.»

Le gargotier se décida:

«Ça va pour vingt francs. C'est dit.» Et on se tapa dans la main.

Puis il sortit de son comptoir quatre grosses pièces de cent sous que les deux amis empochèrent.

Labouise se leva, vida son verre et sortit; au moment d'entrer dans l'ombre, il se retourna pour spécifier:

«C'est pas un cerf, pour sûr. Mais, quoi?... Pour y être, il y est. Je te rendrai l'argent si tu ne trouves rien.»

Et il s'enfonça dans la nuit.

Maillochon, qui le suivait, lui tapait dans le dos de grands coups de poing pour témoigner son allégresse.

REGRET

A Léon Dierx

M. Saval, qu'on appelle dans Mantes «le père Saval» vient de se lever. Il pleut. C'est un triste jour d'automne, les feuilles tombent. Elles tombent lentement dans la pluie, comme une autre pluie plus épaisse et plus lente. M. Saval n'est pas gai. Il va de sa cheminée à sa fenêtre et de sa fenêtre à sa cheminée. La vie a des jours sombres. Elle n'aura plus que des jours sombres pour lui maintenant, car il a soixante-deux ans! Il est seul, vieux garçon, sans personne autour de lui. Comme c'est triste de mourir ainsi, tout seul, sans une affection dévouée!

Il songe à son existence si nue, si vide. Il se rappelle dans l'ancien passé, dans le passé de son enfance, la maison, la maison avec les parents; puis le collège, les sorties, le temps de son droit à Paris. Puis la maladie du père, sa mort.

Il est revenu habiter avec sa mère. Ils ont vécu tous les deux, le jeune homme et la vieille femme, paisiblement, sans rien désirer de plus. Elle est morte aussi. Que c'est triste, la vie!

Il est resté seul. Et maintenant il mourra bientôt à son tour. Il disparaîtra, lui, et ce sera fini. Il n'y aura plus de M. Paul Saval sur la terre. Quelle affreuse chose! D'autres gens vivront, s'aimeront, riront. Oui, on s'amusera et il n'existera plus, lui! Est-ce étrange qu'on puisse rire, s'amuser, être joyeux sous cette éternelle certitude de la mort. Si elle était seulement probable, cette mort, on pourrait encore espérer; mais non, elle est inévitable, aussi inévitable que la nuit après le jour.

Si encore sa vie avait été remplie! S'il avait fait quelque chose; s'il avait eu des aventures, de grands plaisirs, des succès, des satisfactions de toute sorte. Mais non, rien. Il n'avait rien fait, jamais rien que se lever, manger, aux mêmes heures, et se coucher. Et il était arrivé comme cela à l'âge de soixante-deux ans. Il ne s'était même pas marié, comme les autres hommes. Pourquoi? Oui, pourquoi ne s'était-il pas marié? Il l'aurait pu car il possédait quelque fortune. Est-ce l'occasion qui lui avait manqué? Peut-être! Mais on les fait naître, ces occasions! Il était nonchalant, voilà. La nonchalance avait été son grand mal, son défaut, son vice. Combien de gens ratent leur vie par nonchalance. Il est si difficile à certaines natures de se lever, de remuer, de faire des démarches, de parler, d'étudier des questions.

Il n'avait même pas été aimé. Aucune femme n'avait dormi sur sa poitrine dans un complet abandon d'amour. Il ne connaissait pas les angoisses délicieuses de l'attente, le divin frisson de la main pressée, l'extase de la passion triomphante.

Quel bonheur surhumain devait vous inonder le
cœur quand les lèvres se rencontrent pour la première fois, quand l'étreinte de quatre bras fait un
seul être, un être souverainement heureux, de deux
êtres affolés l'un par l'autre.

M. Saval s'était assis, les pieds au feu, en robe
de chambre.

Certes, sa vie était ratée, tout à fait ratée. Pourtant il avait aimé, lui. Il avait aimé secrètement,
douloureusement et nonchalamment, comme il
faisait tout. Oui, il avait aimé sa vieille amie
Mme Sandres, la femme de son vieux camarade
Sandres. Ah! s'il l'avait connue jeune fille! Mais il
l'avait rencontrée trop tard; elle était déjà mariée.
Certes, il l'aurait demandée, celle-là! Comme il
l'avait aimée pourtant, sans répit, depuis le premier
jour!

Il se rappelait son émotion toutes les fois qu'il la
revoyait, ses tristesses en la quittant, les nuits où il
ne pouvait pas s'endormir parce qu'il pensait à elle.

Le matin, il se réveillait toujours un peu moins
amoureux que le soir. Pourquoi?

Comme elle était jolie, autrefois, et mignonne,
blonde, frisée, rieuse! Sandres n'était pas l'homme
qu'il lui aurait fallu. Maintenant, elle avait cinquante-huit ans. Elle semblait heureuse. Ah! si elle
l'avait aimé, celle-là, jadis; si elle l'avait aimé! Et
pourquoi ne l'aurait-elle pas aimé, lui, Saval,
puisqu'il l'aimait bien, elle, Mme Sandres?

Si seulement elle avait deviné quelque chose...
N'avait-elle rien deviné, n'avait-elle rien vu, rien
compris jamais? Alors qu'aurait-elle pensé? S'il
avait parlé, qu'aurait-elle répondu?

Et Saval se demandait mille autres choses. Il
revivait sa vie, cherchait à ressaisir une foule de
détails.

Il se rappelait toutes les longues soirées d'écarté
chez Sandres, quand sa femme était jeune et si
charmante.

Il se rappelait des choses qu'elle lui avait dites,
des intonations qu'elle avait autrefois, des petits
sourires muets qui signifiaient tant de pensées.

Il se rappelait leurs promenades, à trois, le long
de la Seine, leurs déjeuners sur l'herbe, le dimanche, car Sandres était employé à la sous-préfecture.
Et soudain le souvenir net lui revint d'un après-
midi passé avec elle dans un petit bois le long de
la rivière.

Ils étaient partis le matin, emportant leurs provisions dans des paquets. C'était par une vive journée
de printemps, une de ces journées qui grisent. Tout
sent bon, tout semble heureux. Les oiseaux ont des
cris plus gais et des coups d'ailes plus rapides. On
avait mangé sur l'herbe, sous des saules, tout près
de l'eau engourdie par le soleil. L'air était tiède,
plein d'odeurs de sève; on le buvait avec délices.
Qu'il faisait bon, ce jour-là!

Après le déjeuner, Sandres s'était endormi sur le dos: «Le meilleur somme de sa vie», disait-il en se réveillant.

Mme Sandres avait pris le bras de Saval, et ils étaient partis tous les deux le long de la rive.

Elle s'appuyait sur lui. Elle riait, elle disait: «Je suis grise, mon ami, tout à fait grise.» Il la regardait, frémissant jusqu'au cœur, se sentant pâlir, redoutant que ses yeux ne fussent trop hardis, qu'un tremblement de sa main ne révélât son secret.

Elle s'était fait une couronne avec de grandes herbes et des lis d'eau, et lui avait demandé: «M'aimez-vous, comme ça?»

Comme il ne répondait rien, — car il n'avait rien trouvé à répondre, il serait plutôt tombé à genoux, — elle s'était mise à rire, d'un rire mécontent, en lui jetant par la figure: «Gros bête, va! On parle, au moins!»

Il avait failli pleurer sans trouver encore un seul mot.

Tout cela lui revenait maintenant, précis comme au premier jour. Pourquoi lui avait-elle dit cela: «Gros bête, va! On parle, au moins!»

Et il se rappela comme elle s'appuyait tendrement sur lui. En passant sous un arbre penché, il avait senti son oreille, à elle, contre sa joue, à lui, et il s'était reculé brusquement, dans la crainte qu'elle ne crût volontaire ce contact.

Quand il avait dit: «Ne serait-il pas temps de revenir?» elle lui avait lancé un regard singulier. Certes, elle l'avait regardé d'une curieuse façon. Il n'y avait pas songé, alors; et voilà qu'il s'en souvenait maintenant.

«Comme vous voudrez, mon ami. Si vous êtes fatigué, retournons.»

Et il avait répondu:

«Ce n'est pas que je sois fatigué; mais Sandres est peut-être réveillé maintenant.»

Et elle avait dit, en haussant les épaules:

«Si vous craignez que mon mari soit réveillé, c'est autre chose, retournons!»

En revenant, elle demeura silencieuse; et elle ne s'appuyait plus sur son bras. Pourquoi?

Ce «pourquoi»-là, il ne se l'était point encore posé. Maintenant il lui semblait apercevoir quelque chose qu'il n'avait jamais compris.

Est-ce que...?

M. Saval se sentit rougir, et il se leva bouleversé comme si, de trente ans plus jeune, il avait entendu Mme Sandres lui dire: «Je vous aime!»

Était-ce possible? Ce soupçon qui venait de lui entrer dans l'âme le torturait! Était-ce possible qu'il n'eût pas vu, pas deviné?

Oh! si cela était vrai, s'il avait passé contre ce bonheur sans le saisir!

Il se dit: «Je veux savoir. Je ne peux rester dans ce doute. Je veux savoir!»

Et il s'habilla vite, se vêtant à la hâte. Il pensait:
«J'ai soixante-deux ans, elle en a cinquante-huit; je
peux bien lui demander cela.»

Et il sortit.

La maison de Sandres se trouvait de l'autre côté
de la rue, presque en face de la sienne. Il s'y
rendit. La petite servante vint ouvrir au coup de
marteau.

Elle fut étonnée de le voir si tôt:

«Vous déjà, monsieur Saval; est-il arrivé quelque
accident?»

Saval répondit:

«Non, ma fille, mais va dire à ta maîtresse que
je voudrais lui parler tout de suite.

— C'est que Madame fait sa provision de
confitures de poires pour l'hiver; et elle est dans
son fourneau; et pas habillée, vous comprenez.

— Oui, mais dis-lui que c'est pour une chose
très importante.»

La petite bonne s'en alla, et Saval se mit à
marcher dans le salon, à grands pas nerveux. Il ne
se sentait pas embarrassé cependant. Oh! il allait lui
demander cela comme il lui aurait demandé une
recette de cuisine. C'est qu'il avait soixante-deux
ans!

La porte s'ouvrit, elle parut. C'était maintenant
une grosse femme large et ronde, aux joues pleines,
au rire sonore. Elle marchait les mains loin du

corps et les manches relevées sur ses bras nus,
poissés de jus sucré. Elle demanda, inquiète:

«Qu'est-ce que vous avez, mon ami; vous n'êtes
pas malade?»

Il reprit:

«Non, ma chère amie, mais je veux vous demander une chose qui a pour moi beaucoup d'importance, et qui me torture le cœur. Me promettez-
-vous de me répondre franchement?»

Elle sourit.

«Je suis toujours franche. Dites.

— Voilà. Je vous ai aimée du jour où je vous ai
vue. Vous en étiez-vous doutée?»

Elle répondit en riant, avec quelque chose de
l'intonation d'autrefois:

«Gros bête, va! Je l'ai bien vu du premier jour!»

Saval se mit à trembler; il balbutia:

«Vous le saviez?... Alors...»

Et il se tut.

Elle demanda:

«Alors?... Quoi?»

Il reprit:

«Alors... que pensiez-vous?... que... que...
Qu'auriez-vous répondu?»

Elle rit plus fort. Des gouttes de sirop lui
coulaient au bout des doigts et tombaient sur le
parquet.

«Moi?... Mais vous ne m'avez rien demandé. Ce
n'était pas à moi de vous faire une déclaration!»

Alors il fit un pas vers elle:

«Dites-moi... dites-moi... Vous rappelez-vous ce jour où Sandres s'est endormi sur l'herbe après déjeuner... où nous avons été ensemble, jusqu'au tournant, là-bas...»

Il attendit. Elle avait cessé de rire et le regardait dans les yeux:

«Mais certainement, je me le rappelle.»

Il reprit en frissonnant:

«Eh bien... ce jour-là... si j'avais été... si j'avais été... entreprenant... qu'est-ce que vous auriez fait?»

Elle se mit à sourire en femme heureuse qui ne regrette rien, et elle répondit franchement, d'une voix claire où pointait une ironie:

«J'aurais cédé, mon ami.»

Puis elle tourna ses talons et s'enfuit vers ses confitures.

Saval ressortit dans la rue, atterré comme après un désastre. Il filait à grands pas sous la pluie, droit devant lui, descendant vers la rivière, sans songer où il allait. Quand il arriva sur la berge, il tourna à droite et la suivit. Il marcha longtemps, comme poussé par un instinct. Ses vêtements ruisselaient d'eau, son chapeau déformé, mou comme une loque, dégouttait à la façon d'un toit. Il allait toujours, toujours devant lui. Et il se trouva sur la place où ils avaient déjeuné au jour lointain dont le souvenir lui torturait le cœur.

Alors il s'assit sous les arbres dénudés, et il pleura.

LE PÈRE

Comme il habitait les Batignolles, étant employé au ministère de l'Instruction publique, il prenait chaque matin l'omnibus, pour se rendre à son bureau. Et chaque matin il voyageait jusqu'au centre de Paris, en face d'une jeune fille dont il devint amoureux.

Elle allait à son magasin, tous les jours, à la même heure. C'était une petite brunette, de ces brunes dont les yeux sont si noirs qu'ils ont l'air de taches, et dont le teint a des reflets d'ivoire. Il la voyait apparaître toujours au coin de la même rue; et elle se mettait à courir pour rattraper la lourde voiture. Elle courait d'un petit air pressé, souple et gracieux; et elle sautait sur le marchepied avant que les chevaux fussent tout à fait arrêtés. Puis elle pénétrait dans l'intérieur en soufflant un peu, et, s'étant assise, jetait un regard autour d'elle.

La première fois qu'il la vit, François Tessier sentit que cette figure-là lui plaisait infiniment. On rencontre parfois de ces femmes qu'on a envie de serrer éperdument dans ses bras, tout de suite, sans les connaître. Elle répondait, cette jeune fille, à ses désirs intimes, à ses attentes secrètes, à cette sorte d'idéal d'amour qu'on porte, sans le savoir, au fond du cœur.

Il la regardait obstinément, malgré lui. Gênée par cette contemplation, elle rougit. Il s'en aperçut et voulut détourner les yeux; mais il les ramenait à tout moment sur elle, quoiqu'il s'efforçât de les fixer ailleurs.

Au bout de quelques jours, ils se connurent sans s'être parlé. Il lui cédait sa place quand la voiture était pleine et montait sur l'impériale, bien que cela le désolât. Elle le saluait maintenant d'un petit sourire; et, quoiqu'elle baissât toujours les yeux sous son regard qu'elle sentait trop vif, elle ne semblait plus fâchée d'être contemplée ainsi.

Ils finirent par causer. Une sorte d'intimité rapide s'établit entre eux, une intimité d'une demi-heure par jour. Et c'était là, certes, la plus charmante demi-heure de sa vie à lui. Il pensait à elle tout le reste du temps, la revoyait sans cesse pendant les longues séances du bureau, hanté, possédé, envahi par cette image flottante et tenace qu'un visage de femme aimée laisse en nous. Il lui semblait que la possession entière de cette petite personne serait pour lui un bonheur fou, presque au-dessus des réalisations humaines.

Chaque matin maintenant elle lui donnait une poignée de main, et il gardait jusqu'au soir la sensation de ce contact, le souvenir dans sa chair de la faible pression de ces petits doigts; il lui semblait qu'il en avait conservé l'empreinte sur sa peau.

Il attendait anxieusement pendant tout le reste du temps ce court voyage en omnibus. Et les dimanches lui semblaient navrants.

Elle aussi l'aimait, sans doute, car elle accepta, un samedi de printemps, d'aller déjeuner avec lui, à Maisons-Laffitte, le lendemain.

Elle était la première à l'attendre à la gare. Il fut surpris; mais elle lui dit:

«Avant de partir, j'ai à vous parler. Nous avons vingt minutes: c'est plus qu'il ne faut.»

Elle tremblait, appuyée à son bras, les yeux baissés et les joues pâles. Elle reprit:

«Il ne faut pas que vous vous trompiez sur moi. Je suis une honnête fille, et je n'irai là-bas avec vous que si vous me promettez, si vous me jurez de ne rien... de ne rien faire... qui soit... qui ne soit pas... convenable...»

Elle était devenue soudain plus rouge qu'un coquelicot. Elle se tut. Il ne savait que répondre, heureux et désappointé en même temps. Au fond du cœur, il préférait peut-être que ce fût ainsi; et pourtant... pourtant il s'était laissé bercer, cette nuit, par des rêves qui lui avaient mis le feu dans les veines. Il l'aimerait moins assurément s'il la savait de conduite légère; mais alors ce serait si charmant, si délicieux pour lui! Et tous les calculs égoïstes des hommes en matière d'amour lui travaillaient l'esprit.

Comme il ne disait rien, elle se remit à parler d'une voix émue, avec des larmes au coin des paupières:

«Si vous ne me promettez pas de me respecter tout à fait, je m'en retourne à la maison.»

Il lui serra le bras tendrement et répondit:

«Je vous le promets; vous ne ferez que ce que vous voudrez.»

Elle parut soulagée et demanda en souriant:

«C'est bien vrai, ça?»

Il la regarda au fond des yeux.

«Je vous le jure!

— Prenons les billets», dit-elle.

Ils ne purent guère parler en route, le wagon étant au complet.

Arrivés à Maisons-Laffitte, ils se dirigèrent vers la Seine.

L'air tiède amollissait la chair et l'âme. Le soleil tombant en plein sur le fleuve, sur les feuilles et les gazons, jetait mille reflets de gaieté dans les corps et dans les esprits. Ils allaient, la main dans la main, le long de la berge, en regardant les petits poissons qui glissaient, par troupes, entre deux eaux. Ils allaient, inondés de bonheur, comme soulevés de terre dans une félicité éperdue.

Elle dit enfin:

«Comme vous devez me trouver folle.»

Il demanda:

«Pourquoi ça?»

Elle reprit:

«N'est-ce pas une folie de venir comme ça toute seule avec vous?

— Mais non! c'est bien naturel.

— Non! non! ce n'est pas naturel — pour moi, parce que je ne veux pas fauter, et c'est comme ça qu'on faute, cependant. Mais si vous saviez! c'est si triste, tous les jours, la même chose, tous les jours du mois et tous les mois de l'année. Je suis toute seule avec maman. Et comme elle a eu bien des chagrins, elle n'est pas gaie. Moi, je fais comme je peux. Je tâche de rire quand même; mais je ne réussis pas toujours. C'est égal, c'est mal d'être venue. Vous ne m'en voudrez pas, au moins?»

Pour répondre, il l'embrassa vivement dans l'oreille. Mais elle se sépara de lui, d'un mouvement brusque; et, fâchée soudain:

«Oh! monsieur François! après ce que vous m'avez juré.»

Et ils revinrent vers Maisons-Laffitte.

Ils déjeunèrent au Petit-Havre, maison basse, ensevelie sous quatre peupliers énormes, au bord de l'eau.

Le grand air, la chaleur, le petit vin blanc et le trouble de se sentir l'un près de l'autre les rendaient rouges, oppressés et silencieux.

Mais après le café une joie brusque les envahit, et, ayant traversé la Seine, ils repartirent le long de la rive, vers le village de La Frette.

Tout à coup il demanda:

«Comment vous appelez-vous?

— Louise.»

Il répéta: Louise; et il ne dit plus rien.

La rivière, décrivant une longue courbe, allait baigner au loin une rangée de maisons blanches qui se miraient dans l'eau, la tête en bas. La jeune fille cueillait des marguerites, faisait une grosse gerbe champêtre, et lui, il chantait à pleine bouche, gris comme un jeune cheval qu'on vient de mettre à l'herbe.

A leur gauche, un coteau planté de vignes suivait la rivière. Mais François soudain s'arrêta et demeurant immobile d'étonnement:

«Oh! regardez», dit-il.

Les vignes avaient cessé, et toute la côte maintenant était couverte de lilas en fleurs. C'était un bois violet! une sorte de grand tapis étendu sur la terre, allant jusqu'au village, là-bas, à deux ou trois kilomètres.

Elle restait aussi saisie, émue. Elle murmura

«Oh! que c'est joli!»

Et, traversant un champ, ils allèrent, en courant, vers cette étrange colline, qui fournit, chaque année, tous les lilas traînés, à travers Paris, dans les petites voitures des marchandes ambulantes.

Un étroit sentier se perdait sous les arbustes. Ils le prirent et, ayant rencontré une petite clairière, ils s'assirent.

Des légions de mouches bourdonnaient au-dessus d'eux, jetaient dans l'air un ronflement doux et continu. Et le soleil, le grand soleil d'un jour sans brise, s'abattait sur le long coteau épanoui, faisait sortir de ce bois de bouquets un arôme puissant, un immense souffle de parfums, cette sueur des fleurs.

Une cloche d'église sonnait au loin.

Et, tout doucement, ils s'embrassèrent, puis s'étreignirent, étendus sur l'herbe, sans conscience de rien que de leur baiser. Elle avait fermé les yeux et le tenait à pleins bras, le serrant éperdument, sans une pensée, la raison perdue, engourdie de la tête aux pieds dans une attente passionnée. Et elle se donna tout entière sans savoir ce qu'elle faisait, sans comprendre même qu'elle s'était livrée à lui.

Elle se réveilla dans l'affolement des grands malheurs et elle se mit à pleurer, gémissant de douleur, la figure cachée sous ses mains.

Il essayait de la consoler. Mais elle voulut repartir, revenir, rentrer tout de suite. Elle répétait sans cesse, en marchant à grands pas:

«Mon Dieu! mon Dieu!»

Il lui disait:

«Louise! Louise! restons, je vous en prie.»

Elle avait maintenant les pommettes rouges et les yeux caves. Dès qu'ils furent dans la gare de Paris, elle le quitta sans même lui dire adieu.

Quand il la rencontra le lendemain, dans l'omnibus, elle lui parut changée, amaigrie. Elle lui dit:

«Il faut que je vous parle; nous allons descendre au boulevard.»

Dès qu'ils furent seuls sur le trottoir:

«Il faut nous dire adieu, dit-elle. Je ne peux pas vous revoir après ce qui s'est passé.»

Il balbutia:

«Mais, pourquoi?

— Parce que je ne peux pas. J'ai été coupable. Je ne le serai plus.»

Alors il l'implora, la supplia, torturé de désirs, affolé du besoin de l'avoir tout entière, dans l'abandon absolu des nuits d'amour.

Elle répondait obstinément:

«Non, je ne peux pas. Non, je ne peux pas.»

Mais il s'animait, s'excitait davantage. Il promit de l'épouser. Elle dit encore:

«Non.»

Et le quitta.

Pendant huit jours, il ne la vit pas. Il ne la put rencontrer, et, comme il ne savait point son adresse, il la croyait perdue pour toujours.

Le neuvième, au soir, on sonna chez lui. Il alla ouvrir. C'était elle. Elle se jeta dans ses bras, et ne résista plus.

Pendant trois mois, elle fut sa maîtresse. Il commençait à se lasser d'elle, quand elle lui apprit qu'elle était grosse. Alors, il n'eut plus qu'une idée en tête: rompre à tout prix.

Comme il n'y pouvait parvenir, ne sachant s'y prendre, ne sachant que dire, affolé d'inquiétudes, avec la peur de cet enfant qui grandissait, il prit un parti suprême. Il déménagea, une nuit, et disparut.

Le coup fut si rude qu'elle ne chercha pas celui qui l'avait ainsi abandonnée. Elle se jeta aux genoux de sa mère en lui confessant son malheur; et, quelques mois plus tard, elle accoucha d'un garçon.

Des années s'écoulèrent. François Tessier vieillissait sans qu'aucun changement se fît en sa vie. Il menait l'existence monotone et morne des bureaucrates, sans espoirs et sans attentes. Chaque jour, il se levait à la même heure, suivait les mêmes rues, passait par la même porte devant le même concierge, entrait dans le même bureau, s'asseyait sur le même siège, et accomplissait la même besogne. Il était seul au monde, seul, le jour, au milieu de ses collègues indifférents, seul, la nuit, dans son logement de garçon. Il économisait cent francs par mois pour la vieillesse.

Chaque dimanche, il faisait un tour aux Champs-
Elysées, afin de regarder passer le monde élégant,
les équipages et les jolies femmes.

Il disait le lendemain, à son compagnon de
peine:

«Le retour du Bois était fort brillant, hier.»

Or, un dimanche, par hasard, ayant suivi des
rues nouvelles, il entra au parc Monceau. C'était
par un clair matin d'été.

Les bonnes et les mamans, assises le long des
allées, regardaient les enfants jouer devant elles.

Mais soudain François Tessier frissonna. Une
femme passait, tenant par la main deux enfants: un
petit garçon d'environ dix ans, et une petite fille de
quatre ans. C'était elle.

Il fit encore une centaine de pas, puis s'affaissa
sur une chaise, suffoqué par l'émotion. Elle ne
l'avait pas reconnu. Alors il revint, cherchant à la
voir encore. Elle s'était assise, maintenant. Le
garçon demeurait très sage, à son côté, tandis que
la fillette faisait des pâtés de terre. C'était elle,
c'était bien elle. Elle avait un air sérieux de dame,
une toilette simple, une allure assurée et digne. Il la
regardait de loin, n'osant pas approcher. Le petit
garçon leva la tête. François Tessier se sentit
trembler. C'était son fils, sans doute. Et il le considéra, et il crut se reconnaître lui-même tel qu'il
était sur une photographie faite autrefois.

Et il demeura caché derrière un arbre, attendant qu'elle s'en allât, pour la suivre.

Il n'en dormit pas la nuit suivante. L'idée de l'enfant surtout le harcelait. Son fils! Oh! s'il avait pu savoir, être sûr? Mais qu'aurait-il fait?

Il avait vu sa maison; il s'informa. Il apprit qu'elle avait été épousée par un voisin, un honnête homme de mœurs graves, touché par sa détresse. Cet homme, sachant la faute et la pardonnant, avait même reconnu l'enfant, son enfant à lui, François Tessier.

Il revint au parc Monceau chaque dimanche. Chaque dimanche il la voyait, et chaque fois une envie folle, irrésistible, l'envahissait, de prendre son fils dans ses bras, de le couvrir de baisers, de l'emporter, de le voler.

Il souffrait affreusement dans son isolement misérable de vieux garçon sans affections; il souffrait une torture atroce, déchiré par une tendresse paternelle faite de remords, d'envie, de jalousie, et de ce besoin d'aimer ses petits que la nature a mis aux entrailles des êtres.

Il voulut enfin faire une tentative désespérée, et, s'approchant d'elle, un jour, comme elle entrait au parc, il lui dit, planté au milieu du chemin, livide, les lèvres secouées de frissons:

«Vous ne me reconnaissez pas?»

Elle leva les yeux, le regarda, poussa un cri d'effroi, un cri d'horreur, et, saisissant par les mains ses deux enfants, elle s'enfuit, en les traînant derrière elle.

Il rentra chez lui pour pleurer.

Des mois encore passèrent. Il ne la voyait plus. Mais il souffrait jour et nuit, rongé, dévoré par sa tendresse de père.

Pour embrasser son fils il serait mort, il aurait tué, il aurait accompli toutes les besognes, bravé tous les dangers, tenté toutes les audaces.

Il lui écrivit à elle. Elle ne répondit pas. Après vingt lettres, il comprit qu'il ne devait point espérer la fléchir. Alors il prit une résolution désespérée, et prêt à recevoir dans le cœur une balle de revolver s'il le fallait. Il adressa à son mari un billet de quelques mots:

> Monsieur,
> Mon nom doit être pour vous un sujet d'horreur. Mais je suis si misérable, si torturé par le chagrin, que je n'ai plus d'espoir qu'en vous.
> Je viens vous demander seulement un entretien de dix minutes.
> J'ai l'honneur, etc.

Il reçut le lendemain la réponse:

> Monsieur,
> Je vous attends mardi à cinq heures.

En gravissant l'escalier, François Tessier s'arrêtait de marche en marche, tant son cœur battait.

C'était dans sa poitrine un bruit précipité, comme un galop de bête, un bruit sourd et violent. Et il ne respirait plus qu'avec effort, tenant la rampe pour ne pas tomber.

Au troisième étage, il sonna. Une bonne vint ouvrir. Il demanda:

«Monsieur Flamel.

— C'est ici, monsieur. Entrez.»

Et il pénétra dans un salon bourgeois. Il était seul; il attendit éperdu, comme au milieu d'une catastrophe.

Une porte s'ouvrit. Un homme parut. Il était grand, grave, un peu gros, en redingote noire. Il montra un siège de la main.

François Tessier s'assit, puis, d'une voix haletante:

«Monsieur... monsieur... je ne sais pas si vous connaissez mon nom... si vous savez...»

M. Flamel l'interrompit:

«C'est inutile, monsieur, je sais. Ma femme m'a parlé de vous.»

Il avait le ton digne d'un homme bon qui veut être sévère, et une majesté bourgeoise d'honnête homme. François Tessier reprit:

«Eh bien, monsieur, voilà. Je meurs de chagrin, de remords, de honte. Et je voudrais une fois, rien qu'une fois, embrasser... l'enfant...»

M. Flamel se leva, s'approcha de la cheminée, sonna. La bonne parut. Il lui dit:

«Allez me chercher Louis.»

Elle sortit. Ils restèrent face à face, muets, n'ayant plus rien à se dire, attendant.

Et, tout à coup, un petit garçon de dix ans se précipita dans le salon, et courut à celui qu'il croyait son père. Mais il s'arrêta, confus, en apercevant un étranger.

M. Flamel le baisa sur le front, puis lui dit:

«Maintenant, embrasse monsieur, mon chéri.»

Et l'enfant s'en vint gentiment, en regardant cet inconnu.

François Tessier s'était levé. Il laissa tomber son chapeau, prêt à choir lui-même. Et il contemplait son fils.

M. Flamel, par délicatesse, s'était détourné, et il regardait par la fenêtre, dans la rue.

L'enfant attendait, tout surpris. Il ramassa le chapeau et le rendit à l'étranger. Alors François, saisissant le petit dans ses bras, se mit à l'embrasser follement à travers tout son visage, sur les yeux, sur les joues, sur la bouche, sur les cheveux.

Le gamin, effaré par cette grêle de baisers, cherchait à les éviter, détournait la tête, écartait de ses petites mains les lèvres goulues de cet homme.

Mais François Tessier, brusquement, le remit à terre. Il cria:

«Adieu! adieu!»

Et il s'enfuit comme un voleur.

LETTRE TROUVÉE SUR UN NOYÉ

Vous me demandez, Madame, si je me moque de vous? Vous ne pouvez croire qu'un homme n'ait jamais été frappé par l'amour? Eh bien, non, je n'ai jamais aimé, jamais!

D'où vient cela? Je n'en sais rien. Jamais je ne me suis trouvé dans cette espèce d'ivresse du cœur qu'on nomme l'amour! Jamais je n'ai vécu dans ce rêve, dans cette exaltation, dans cette folie où nous jette l'image d'une femme. Je n'ai jamais été poursuivi, hanté, enfiévré, emparadisé par l'attente ou la possession d'un être devenu tout à coup pour moi plus désirable que tous les bonheurs, plus beau que toutes les créatures, plus important que tous les univers! Je n'ai jamais pleuré, je n'ai jamais souffert par aucune de vous. Je n'ai point passé les nuits les yeux ouverts en pensant à elle. Je ne connais pas les réveils qu'illuminent sa pensée et son souvenir. Je ne connais pas l'énervement affolant de l'espérance quand elle va venir, et la divine mélancolie du regret, quand elle s'est enfuie en laissant dans la chambre une odeur légère de violette et de chair.

Je n'ai jamais aimé.

Moi aussi je me suis demandé souvent pourquoi cela. Et vraiment, je ne sais trop. J'ai trouvé des raisons cependant; mais elles touchent à la métaphysique et vous ne les goûterez peut-être point.

Je crois que je juge trop les femmes pour subir beaucoup leur charme. Je vous demande pardon de cette parole. Je l'explique. Il y a dans toute créature, l'être moral et l'être physique. Pour aimer, il me faudrait rencontrer entre ces deux êtres une harmonie que je n'ai jamais trouvée. Toujours l'un des deux l'emporte trop sur l'autre, tantôt le moral, tantôt le physique.

L'intelligence que nous avons le droit d'exiger d'une femme, pour l'aimer, n'a rien de l'intelligence virile. C'est plus et c'est moins. Il faut qu'une femme ait l'esprit ouvert, délicat, sensible, fin, impressionnable. Elle n'a besoin ni de puissance, ni d'initiative dans la pensée, mais il est nécessaire qu'elle ait de la bonté, de l'élégance, de la tendresse, de la coquetterie, et cette faculté d'assimilation qui la fait pareille, en peu de temps, à celui qui partage sa vie. Sa plus grande qualité doit être le tact, ce sens subtil qui est pour l'esprit ce qu'est le toucher pour le corps. Il lui révèle mille choses menues, les contours, les angles et les formes dans l'ordre intellectuel.

Les jolies femmes, le plus souvent, n'ont point une intelligence en rapport avec leur personne. Or, le moindre défaut de concordance me frappe et me blesse du premier coup. Dans l'amitié, cela n'a point d'importance. L'amitié est un pacte, où l'on fait la part des défauts et des qualités. On peut juger un ami et une amie, tenir compte de ce qu'ils ont de bon, négliger ce qu'ils ont de mauvais et apprécier exactement leur valeur, tout en s'abandonnant à une sympathie intime, profonde et charmante.

Pour aimer il faut être aveugle, se livrer entièrement, ne rien voir, ne rien raisonner, ne rien comprendre. Il faut pouvoir adorer les faiblesses autant que les beautés, renoncer à tout jugement, à toute réflexion, à toute perspicacité.

Je suis incapable de cet aveuglement, et rebelle à la séduction irraisonnée.

Ce n'est pas tout. J'ai de l'harmonie une idée tellement haute et subtile que rien, jamais, ne réalisera mon idéal. Mais vous allez me traiter de fou! Écoutez-moi. Une femme, à mon avis, peut avoir une âme délicieuse et un corps charmant sans que ce corps et cette âme concordent parfaitement ensemble. Je veux dire que les gens qui ont le nez fait d'une certaine façon ne doivent pas penser d'une certaine manière. Les gras n'ont pas le droit de se servir des mêmes mots et des mêmes phrases que les maigres. Vous, qui avez les yeux bleus, Madame, vous ne pouvez pas envisager l'existence, juger les choses et les événements comme si vous aviez les yeux noirs. Les nuances de votre regard doivent correspondre fatalement aux nuances de

votre pensée. J'ai pour sentir cela, un flair de
limier. Riez si vous voulez. C'est ainsi.

J'ai cru aimer, pourtant, pendant une heure, un
jour. J'avais subi niaisement l'influence des circonstances environnantes. Je m'étais laissé séduire
par le mirage d'une aurore. Voulez-vous que je
vous raconte cette courte histoire?

J'avais rencontré, un soir, une jolie petite
personne exaltée qui voulut, par une fantaisie
poétique, passer une nuit avec moi, dans un bateau,
sur une rivière. J'aurais préféré une chambre et un
lit; j'acceptai cependant le fleuve et le canot.

C'était au mois de juin. Mon amie choisit une
nuit de lune afin de pouvoir se mieux monter la
tête.

Nous avons dîné dans une auberge, sur la rive,
puis vers dix heures on s'embarqua. Je trouvais
l'aventure fort bête, mais comme ma compagne me
plaisait, je ne me fâchai pas trop. Je m'assis sur le
banc, en face d'elle, je pris les rames et nous
partîmes.

Je ne pouvais nier que le spectacle ne fût charmant. Nous suivions une île boisée, pleine de
rossignols; et le courant nous emportait vite sur la
rivière couverte de frissons d'argent. Les crapauds
jetaient leur cri monotone et clair, les grenouilles
s'égosillaient dans les herbes des bords, et le
glissement de l'eau qui coule faisait autour de nous

une sorte de bruit confus, presque insaisissable, inquiétant, et nous donnait une vague sensation de peur mystérieuse.

Le charme doux des nuits tièdes et des fleuves luisants sous la lune nous pénétrait. Il faisait bon vivre et flotter ainsi et rêver et sentir près de soi une jeune femme attendrie et belle.

J'étais un peu ému, un peu troublé, un peu grisé par la clarté pâle du soir et par la pensée de ma voisine.

« Asseyez-vous près de moi», dit-elle. J'obéis. Elle reprit: «Dites-moi des vers.» Je trouvai que c'était trop; je refusai; elle insista. Elle voulait décidément le grand jeu, tout l'orchestre du sentiment, depuis la Lune jusqu'à la Rime. Je finis par céder et je lui récitai, par moquerie, une délicieuse pièce de Louis Bouilhet, dont voici les dernières strophes:

Je déteste surtout ce barde à l'œil humide
Qui regarde une étoile en murmurant un nom
Et pour qui la nature immense serait vide,
S'il ne portait en croupe ou Lisette ou Ninon.

Ces gens-là sont charmants qui se donnent la peine,
Afin qu'on s'intéresse à ce pauvre univers,
D'attacher les jupons aux arbres de la plaine
Et la cornette blanche au front des coteaux verts.

Certes ils n'ont pas compris les musiques divines,
Éternelle nature aux frémissantes voix,
Ceux qui ne vont pas seuls par les creuses ravines
Et rêvent d'une femme au bruit que font les bois.

Je m'attendais à des reproches. Pas du tout. Elle murmura: «Comme c'est vrai.» Je demeurai stupéfait. Avait-elle compris?

Notre barque, peu à peu, s'était approchée de la berge et engagée sous un saule qui l'arrêta. J'enlaçai la taille de ma compagne et, tout doucement, j'approchai mes lèvres de son cou. Mais elle me repoussa d'un mouvement brusque et irrité: «Finissez donc! Etes-vous grossier!»

J'essayais de l'attirer. Elle se débattit, saisit l'arbre et faillit nous jeter à l'eau. Je jugeai prudent de cesser mes poursuites. Elle dit: «Je vous ferai plutôt chavirer. Je suis si bien. Je rêve. C'est si bon.» Puis elle ajouta avec une malice dans l'accent: «Avez-vous donc oublié déjà les vers que vous venez de me réciter?» — C'était juste. Je me tus.

Elle reprit: «Allons, ramez.» Et je m'emparai de nouveau des avirons.

Je commençais à trouver longue la nuit et ridicule mon attitude. Ma compagne me demanda: «Voulez-vous me faire une promesse?

— Oui. — Laquelle?

— Celle de demeurer tranquille, convenable et discret si je vous permets...

— Quoi? dites.

— Voilà. Je voudrais rester couchée sur le dos, au fond de la barque, à côté de vous, en regardant les étoiles.»

Je m'écriai: «J'en suis.»

Elle reprit: «Vous ne me comprenez pas. Nous allons nous étendre côte à côte. Mais je vous défends de me toucher, de m'embrasser, enfin de... de... me... caresser.»

Je promis. Elle annonça: «Si vous remuez, je chavire.»

Et nous voici couchés côte à côte, les yeux au ciel, allant au fil de l'eau. Les vagues mouvements du canot nous berçaient. Les légers bruits de la nuit nous arrivaient maintenant plus distincts dans le fond de l'embarcation, nous faisaient parfois tressaillir. Et je sentais grandir en moi une étrange et poignante émotion, un attendrissement infini, quelque chose comme un besoin d'ouvrir mes bras pour étreindre et d'ouvrir mon cœur pour aimer, de me donner, de donner mes pensées, mon corps, ma vie, tout mon être à quelqu'un!

Ma compagne murmura, comme dans un songe: «Où sommes-nous? Où allons-nous? Il me semble que je quitte la terre? Comme c'est doux! Oh! si vous m'aimiez... un peu?!!»

Mon cœur se mit à battre. Je ne pus rien répondre; il me sembla que je l'aimais. Je n'avais plus aucun désir violent. J'étais bien ainsi, à côté d'elle, et cela me suffisait.

Et nous sommes restés longtemps, longtemps sans bouger. Nous nous étions pris la main; une force délicieuse nous immobilisait: une force inconnue, supérieure, une Alliance, chaste, intime, absolue de nos êtres voisins qui s'appartenaient, sans se toucher! Qu'était cela? Le sais-je? L'amour, peut-être?

Le jour naissait peu à peu. Il était trois heures du matin. Lentement une grande clarté envahissait le ciel. Le canot heurta quelque chose. Je me dressai. Nous avions abordé un petit îlot.

Mais je demeurai ravi, en extase. En face de nous toute l'étendue du firmament s'illuminait rouge, rose, violette, tachetée de nuages embrasés pareils à des fumées d'or. Le fleuve était de pourpre et trois maisons sur une côte semblaient brûler.

Je me penchai vers ma compagne. J'allais lui dire: «Regardez donc.» Mais je me tus, éperdu, et je ne vis plus qu'elle. Elle aussi était rose, d'un rose de chair sur qui aurait coulé un peu de la couleur du ciel. Ses cheveux étaient roses, ses yeux roses, ses dents roses, sa robe, ses dentelles, son sourire, tout était rose. Et je crus vraiment, tant je fus affolé, que j'avais l'aurore devant moi.

Elle se relevait tout doucement me tendant ses lèvres; et j'allais vers elles frémissant, délirant, sentant bien que j'allais baiser le ciel, baiser le bonheur, baiser le rêve devenu femme, baiser l'idéal descendu dans la chair humaine.

Elle me dit: «Vous avez une chenille dans les cheveux!» C'était pour cela qu'elle souriait!

Il me sembla que je recevais un coup de massue sur la tête. Et je me sentis triste soudain comme si j'avais perdu tout espoir dans la vie.

C'est tout, Madame. C'est puéril, niais, stupide. Mais je crois depuis ce jour que je n'aimerai jamais. Pourtant... qui sait?

. . . .

Le jeune homme sur qui cette lettre fut trouvée a été repêché hier dans la Seine, entre Bougival et Marly. Un marinier obligeant, qui l'avait fouillé pour savoir son nom, apporta au journal ce papier et le remit à

MAUFRIGNEUSE

SOUVENIR

Comme il m'en vient des souvenirs de jeunesse sous la douce caresse du premier soleil! Il est un âge où tout est bon, gai, charmant, grisant. Qu'ils sont exquis les souvenirs des anciens printemps!

Vous rappelez-vous, vieux amis, mes frères, ces années de joie où la vie n'était qu'un triomphe et qu'un rire? Vous rappelez-vous les jours de vagabondage autour de Paris, notre radieuse pauvreté, nos promenades dans les bois reverdis, nos ivresses d'air bleu dans les cabarets au bord de la Seine, et nos aventures d'amour si banales et si délicieuses?

J'en veux dire une de ces aventures. Elle date de douze ans et me paraît déjà si vieille, si vieille, qu'elle me semble maintenant à l'autre bout de ma vie, avant le tournant, ce vilain tournant d'où j'ai aperçu tout à coup la fin du voyage.

J'avais alors vingt-cinq ans. Je venais d'arriver à Paris; j'étais employé dans un ministère, et les dimanches m'apparaissaient comme des fêtes extraordinaires, pleines d'un bonheur exubérant, bien qu'il ne se passât jamais rien d'étonnant.

C'est tous les jours dimanche, aujourd'hui. Mais je regrette le temps où je n'en avais qu'un par semaine. Qu'il était bon! J'avais six francs à dépenser!

Je m'éveillai tôt, ce matin-là, avec cette sensation de liberté que connaissent si bien les employés, cette sensation de délivrance, de repos, de tranquillité, d'indépendance.

J'ouvris ma fenêtre. Il faisait un temps admirable. Le ciel tout bleu s'étalait sur la ville, plein de soleil et d'hirondelles.

Je m'habillai bien vite et je partis, voulant passer la journée dans les bois, à respirer les feuilles; car je suis d'origine campagnarde, ayant été élevé dans l'herbe et sous les arbres.

Paris s'éveillait, joyeux, dans la chaleur et la lumière. Les façades des maisons brillaient; les serins des concierges s'égosillaient dans leurs cages, et une gaieté courait la rue, éclairait les visages, mettait un rire partout, comme un contentement mystérieux des êtres et des choses sous le clair soleil levant.

Je gagnai la Seine pour prendre *L'Hirondelle* qui me déposerait à Saint-Cloud.

Comme j'aimais cette attente du bateau sur le ponton. Il me semblait que j'allais partir pour le bout du monde, pour des pays nouveaux et merveilleux. Je le voyais apparaître, ce bateau, là-bas, là-bas, sous l'arche du second pont, tout petit, avec son panache de fumée, puis plus gros, plus gros, grandissant toujours; et il prenait en mon esprit des allures de paquebot.

Il accostait et je montais.

Des gens endimanchés étaient déjà dessus, avec des toilettes voyantes, des rubans éclatants et de grosses figures écarlates. Je me plaçais tout à l'avant, debout, regardant fuir les quais, les arbres, les maisons, les ponts. Et soudain j'apercevais le grand viaduc du Point-du-Jour qui barrait le fleuve. C'était la fin de Paris, le commencement de la campagne, et la Seine soudain, derrière la double ligne des arches, s'élargissait comme si on lui eût rendu l'espace et la liberté, devenait tout à coup le beau fleuve paisible qui va couler à travers les plaines, au pied des collines boisées, au milieu des champs, au bord des forêts.

Après avoir passé entre deux îles, *L'Hirondelle* suivit un coteau tournant dont la verdure était pleine de maisons blanches. Une voix annonça: «Bas-Meudon», puis plus loin: «Sèvres», et, plus loin encore: «Saint-Cloud».

Je descendis. Et je suivis à pas pressés, à travers la petite ville, la route qui gagne les bois. J'avais emporté une carte des environs de Paris pour ne point me perdre dans les chemins qui traversent en tous sens ces petites forêts où se promènent les Parisiens.

Dès que je fus à l'ombre, j'étudiai mon itinéraire qui me parut d'ailleurs d'une simplicité parfaite. J'allais tourner à droite, puis à gauche, puis encore à gauche et j'arriverais à Versailles à la nuit, pour dîner.

Et je me mis à marcher lentement, sous les
feuilles nouvelles, buvant cet air savoureux que
parfument les bourgeons et les sèves. J'allais à
petits pas, oublieux des paperasses, du bureau, du
chef, des collègues, des dossiers, et songeant à des
choses heureuses qui ne pouvaient manquer de
m'arriver, à tout l'inconnu voilé de l'avenir. J'étais
traversé par mille souvenirs d'enfance que ces
senteurs de campagne réveillaient en moi, et j'allais, tout imprégné du charme odorant, du charme
vivant, du charme palpitant des bois attiédis par le
grand soleil de juin.

Parfois, je m'asseyais pour regarder, le long d'un
talus, toutes sortes de petites fleurs dont je savais
les noms depuis longtemps. Je les reconnaissais
toutes comme si elles eussent été justement celles
mêmes vues autrefois au pays. Elles étaient jaunes,
rouges, violettes, fines, mignonnes, montées sur de
longues tiges ou collées contre terre. Des insectes
de toutes couleurs et de toutes formes, trapus,
allongés, extraordinaires de construction, des
monstres effroyables et microscopiques, faisaient
paisiblement des ascensions de brins d'herbe qui
ployaient sous leur poids.

Puis je dormis quelques heures dans un fossé et
je repartis reposé, fortifié par ce somme.

Devant moi, s'ouvrit une ravissante allée, dont le
feuillage un peu grêle laissait pleuvoir partout sur
le sol des gouttes de soleil qui illuminaient des

marguerites blanches. Elle s'allongeait interminablement, vide et calme. Seul, un gros frelon solitaire et bourdonnant la suivait, s'arrêtant parfois
pour boire une fleur qui se penchait sous lui, et
repartant presque aussitôt pour se reposer encore un
peu plus loin. Son corps énorme semblait en
velours brun rayé de jaune, porté par des ailes
transparentes et démesurément petites.

Mais tout à coup j'aperçus au bout de l'allée
deux personnes, un homme et une femme, qui
venaient vers moi. Ennuyé d'être troublé dans ma
promenade tranquille, j'allais m'enfoncer dans les
taillis quand il me sembla qu'on m'appelait. La
femme en effet agitait son ombrelle, et l'homme,
en manches de chemise, la redingote sur un bras,
élevait l'autre en signe de détresse.

J'allai vers eux. Ils marchaient d'une allure
pressée, très rouges tous deux, elle à petits pas
rapides, lui à longues enjambées. On voyait sur leur
visage de la mauvaise humeur et de la fatigue.

La femme aussitôt me demanda:

«Monsieur, pouvez-vous me dire où nous
sommes? mon imbécile de mari nous a perdus en
prétendant connaître parfaitement ce pays.»

Je répondis avec assurance:

«Madame, vous allez vers Saint-Cloud et vous
tournez le dos à Versailles.»

Elle reprit, avec un regard de pitié irritée pour
son époux:

«Comment! nous tournons le dos à Versailles? Mais c'est justement là que nous voulons dîner.

— Moi aussi, madame, j'y vais.»

Elle prononça plusieurs fois, en haussant les épaules:

«Mon Dieu, mon Dieu, mon Dieu!» avec ce ton de souverain mépris qu'ont les femmes pour exprimer leur exaspération.

Elle était toute jeune, jolie, brune, avec une ombre de moustache sur les lèvres.

Quant à lui, il suait et s'essuyait le front. C'était assurément un ménage de petits bourgeois parisiens. L'homme semblait atterré, éreinté et désolé.

Il murmura:

«Mais, ma bonne amie... c'est toi...»

Elle ne le laissa pas achever:

«C'est moi!... Ah! c'est moi maintenant. Est-ce moi qui ai voulu partir sans renseignements en prétendant que je me retrouverais toujours? Est-ce moi qui ai voulu prendre à droite au haut de la côte, en affirmant que je reconnaissais le chemin? Est-ce moi qui me suis chargée de Cachou...»

Elle n'avait point achevé de parler, que son mari, comme s'il eût été pris de folie, poussa un cri perçant, un long cri de sauvage qui ne pourrait s'écrire en aucune langue, mais qui ressemblait à tiiitiiit.

La jeune femme ne parut ni s'étonner, ni s'émouvoir, et reprit:

«Non, vraiment, il y a des gens trop stupides, qui prétendent toujours tout savoir. Est-ce moi qui ai pris l'année dernière, le train de Dieppe, au lieu de prendre celui du Havre, dis, est-ce moi? Est-ce moi qui ai parié que M. Letourneur demeurait rue des Martyrs?... Est-ce moi qui ne voulais pas croire que Céleste était une voleuse?...»

Et elle continuait avec furie, avec une vélocité de langue surprenante, accumulant les accusations les plus diverses, les plus inattendues et les plus accablantes, fournies par toutes les situations intimes de l'existence commune, reprochant à son mari tous ses actes, toutes ses idées, toutes ses allures, toutes ses tentatives, tous ses efforts, sa vie depuis leur mariage jusqu'à l'heure présente.

Il essayait de l'arrêter, de la calmer et bégayait:

«Mais, ma chère amie... c'est inutile... devant monsieur... Nous nous donnons en spectacle... Cela n'intéresse pas monsieur...»

Et il tournait des yeux lamentables vers les taillis, comme s'il eût voulu en sonder la profondeur mystérieuse et paisible, pour s'élancer dedans, fuir, se cacher à tous les regards; et, de temps en temps, il poussait un nouveau cri, un tiiitiiit prolongé, suraigu. Je pris cette habitude pour une maladie nerveuse.

La jeune femme, tout à coup, se tournant vers moi, et changeant de ton avec une très singulière rapidité, prononça:

«Si monsieur veut bien le permettre, nous ferons route avec lui pour ne pas nous égarer de nouveau et nous exposer à coucher dans le bois.»

Je m'inclinai; elle prit mon bras et elle se mit à parler de mille choses, d'elle, de sa vie, de sa famille, de son commerce. Ils étaient gantiers rue Saint-Lazare.

Son mari marchait à côté d'elle, jetant toujours des regards de fou dans l'épaisseur des arbres, et criant tiiitiiit de moment en moment.

A la fin, je lui demandai:

«Pourquoi criez-vous comme ça?»

Il répondit d'un air consterné, désespéré:

«C'est mon pauvre chien que j'ai perdu.

— Comment? Vous avez perdu votre chien?

— Oui. Il avait à peine un an. Il n'était jamais sorti de la boutique. J'ai voulu le prendre pour le promener dans les bois. Il n'avait jamais vu d'herbes ni de feuilles; et il est devenu comme fou. Il s'est mis à courir en aboyant et il a disparu dans la forêt. Il faut dire aussi qu'il avait eu très peur du chemin de fer, cela avait pu lui faire perdre le sens. J'ai eu beau l'appeler, il n'est pas revenu. Il va mourir de faim là-dedans.»

La jeune femme, sans se tourner vers son mari, articula:

«Si tu lui avais laissé son attache, cela ne serait pas arrivé. Quand on est bête comme toi, on n'a pas de chien.»

Il murmura timidement:

«Mais, ma chère amie, c'est toi...»

Elle s'arrêta net; et, le regardant dans les yeux comme si elle allait les lui arracher, elle recommença à lui jeter au visage des reproches sans nombre.

Le soir tombait. Le voile de brume qui couvre la campagne au crépuscule se déployait lentement; et une poésie flottait, faite de cette sensation de fraîcheur particulière et charmante qui emplit les bois à l'approche de la nuit.

Tout à coup, le jeune homme s'arrêta, et se tâtant le corps fiévreusement:

«Oh! je crois que j'ai...»

Elle le regardait:

«Eh bien quoi?

— Je n'ai pas fait attention que j'avais ma redingote sur mon bras.

— Eh bien?

— J'ai perdu mon portefeuille... mon argent était dedans.»

Elle frémit de colère, et suffoqua d'indignation.

«Il ne manquait plus que cela. Que tu es stupide! Mais que tu es stupide! Est-ce possible d'avoir épousé un idiot pareil! Eh bien va le chercher, et fais en sorte de le retrouver. Moi je vais gagner Versailles avec monsieur. Je n'ai pas envie de coucher dans le bois.»

Il répondit doucement:

«Oui, mon amie, où vous retrouverai-je?»

On m'avait recommandé un restaurant. Je l'indiquai.

Le mari se retourna, et, courbé vers la terre que son œil anxieux parcourait, criant: Tiiitiiit à tout moment, il s'éloigna.

Il fut longtemps à disparaître; l'ombre, plus épaisse, l'effaçait dans le lointain de l'allée. On ne distingua bientôt plus la silhouette de son corps; mais on entendit longtemps son tiiit tiiit, tiiit tiiit lamentable, plus aigu à mesure que la nuit se faisait plus noire.

Moi, j'allais d'un pas vif, d'un pas heureux dans la douceur du crépuscule, avec cette petite femme inconnue qui s'appuyait sur mon bras.

Je cherchais des mots galants sans en trouver. Je demeurais muet, troublé, ravi.

Mais une grand-route soudain coupa notre allée. J'aperçus à droite, dans un vallon, toute une ville.

Qu'était donc ce pays?

Un homme passait. Je l'interrogeai. Il répondit: «Bougival.»

Je demeurai interdit:

«Comment Bougival? Vous êtes sûr?

— Parbleu, j'en suis!»

La petite femme riait comme une folle.

Je proposai de prendre une voiture pour gagner Versailles. Elle répondit:

«Ma foi non. C'est trop drôle, et j'ai trop faim. Je suis bien tranquille au fond; mon mari se retrouvera toujours bien, lui. C'est tout bénéfice pour moi d'en être soulagée pendant quelques heures.»

Nous entrâmes donc dans un restaurant au bord de l'eau, et j'osai prendre un cabinet particulier.

Elle se grisa, ma foi, fort bien, chanta, but du champagne, fit toutes sortes de folies... et même la plus grande de toutes.

Ce fut mon premier adultère.

LA PEUR

Le train filait, à toute vapeur, dans les ténèbres.

Je me trouvais seul, en face d'un vieux monsieur qui regardait par la portière. On sentait fortement le phénol dans ce wagon du P.-L.-M., venu sans doute de Marseille.

C'était par une nuit sans lune, sans air, brûlante. On ne voyait point d'étoiles, et le souffle du train lancé nous jetait quelque chose de chaud, de mou, d'accablant, d'irrespirable.

Partis de Paris depuis trois heures, nous allions vers le centre de la France sans rien voir des pays traversés.

Ce fut tout à coup comme une apparition fantastique. Autour d'un grand feu, dans un bois, deux hommes étaient debout.

Nous vîmes cela pendant une seconde: c'était, nous sembla-t-il, deux misérables, en haillons, rouges dans la lueur éclatante du foyer, avec leurs faces barbues tournées vers nous, et autour d'eux, comme un décor de drame, les arbres verts, d'un vert clair et luisant, les troncs frappés par le vif reflet de la flamme, le feuillage traversé, pénétré, mouillé par la lumière qui coulait dedans.

Puis tout redevint noir de nouveau.

Certes, ce fut une vision fort étrange! Que faisaient-ils dans cette forêt, ces deux rôdeurs? Pourquoi ce feu dans cette nuit étouffante?

Mon voisin tira sa montre et me dit:

«Il est juste minuit, monsieur, nous venons de voir une singulière chose.»

J'en convins et nous commençâmes à causer, à chercher ce que pouvaient être ces personnages: des malfaiteurs qui brûlaient des preuves ou des sorciers qui préparaient un philtre? On n'allume pas un feu pareil, à minuit, en plein été, dans une forêt, pour cuire la soupe? Que faisaient-ils donc? Nous ne pûmes rien imaginer de vraisemblable.

Et mon voisin se mit à parler... C'était un vieil homme, dont je ne parvins point à déterminer la profession. Un original assurément, fort instruit, et qui semblait peut-être un peu détraqué.

Mais sait-on quels sont les sages et quels sont les fous, dans cette vie où la raison devrait souvent s'appeler sottise et la folie s'appeler génie?

Il disait:

*

Je suis content d'avoir vu cela. J'ai éprouvé pendant quelques minutes une sensation disparue!

Comme la terre devait être troublante autrefois, quand elle était si mystérieuse!

A mesure qu'on lève les voiles de l'inconnu, on dépeuple l'imagination des hommes. Vous ne trouvez pas, monsieur, que la nuit est bien vide et d'un noir bien vulgaire depuis qu'elle n'a plus d'apparitions.

On se dit: «Plus de fantastique, plus de croyances étranges, tout l'inexpliqué est explicable. Le surnaturel baisse comme un lac qu'un canal épuise; la science, de jour en jour, recule les limites du merveilleux.»

Eh bien, moi, monsieur, j'appartiens à la vieille race, qui aime à croire. J'appartiens à la vieille race naïve accoutumée à ne pas comprendre, à ne pas chercher, à ne pas savoir, faite aux mystères environnants et qui se refuse à la simple et nette vérité.

Oui, monsieur, on a dépeuplé l'imagination en supprimant l'invisible. Notre terre m'apparaît aujourd'hui comme un monde abandonné, vide et nu. Les croyances sont parties qui la rendaient poétique.

Quand je sors la nuit, comme je voudrais frissonner de cette angoisse qui fait se signer les vieilles femmes le long des murs des cimetières et se sauver les derniers superstitieux devant les vapeurs étranges des marais et les fantasques feux follets! Comme je voudrais croire à ce quelque chose de vague et de terrifiant qu'on s'imaginait sentir passer dans l'ombre.

Comme l'obscurité des soirs devait être sombre, terrible, autrefois, quand elle était pleine d'êtres fabuleux, inconnus, rôdeurs méchants, dont on ne pouvait deviner les formes, dont l'appréhension glaçait le cœur, dont la puissance occulte passait les bornes de notre pensée, et dont l'atteinte était inévitable?

Avec le surnaturel, la vraie peur a disparu de la terre, car on n'a vraiment peur que de ce qu'on ne comprend pas. Les dangers visibles peuvent émouvoir, troubler, effrayer! Qu'est cela auprès de la convulsion que donne à l'âme la pensée qu'on va rencontrer un spectre errant, qu'on va subir l'étreinte d'un mort, qu'on va voir accourir une de ces bêtes effroyables qu'inventa l'épouvante des hommes? Les ténèbres me semblent claires depuis qu'elles ne sont plus hantées.

Et la preuve de cela, c'est que si nous nous trouvions seuls tout à coup dans ce bois, nous serions poursuivis par l'image des deux êtres singuliers qui viennent de nous apparaître dans l'éclair de leur foyer, bien plus que par l'appréhension d'un danger quelconque et réel.

*

Il répéta: «On n'a vraiment peur que de ce qu'on ne comprend pas.»

Et tout à coup un souvenir me vint, le souvenir d'une histoire que nous conta Tourgueneff, un dimanche, chez Gustave Flaubert.

L'a-t-il écrite quelque part, je n'en sais rien.

Personne plus que le grand romancier russe ne sut faire passer dans l'âme ce frisson de l'inconnu voilé, et, dans la demi-lumière d'un conte étrange, laisser entrevoir tout un monde de choses inquiétantes, incertaines, menaçantes.

Avec lui, on la sent bien, la peur vague de l'Invisible, la peur de l'inconnu qui est derrière le mur, derrière la porte, derrière la vie apparente. Avec lui, nous sommes brusquement traversés par des lumières douteuses qui éclairent seulement assez pour augmenter notre angoisse.

Il semble nous montrer parfois la signification de coïncidences bizarres, de rapprochements inattendus, de circonstances en apparence fortuites, mais que guiderait une volonté cachée et sournoise. On croit sentir, avec lui, un fil imperceptible qui nous guide d'une façon mystérieuse à travers la vie, comme à travers un rêve nébuleux dont le sens nous échappe sans cesse.

Il n'entre point hardiment dans le surnaturel, comme Edgar Poe ou Hoffmann; il raconte des histoires simples où se mêle seulement quelque chose d'un peu vague et d'un peu troublant.

Il nous dit aussi, ce jour-là: «On n'a vraiment peur que de ce qu'on ne comprend point.»

Il était assis, ou plutôt affaissé dans un grand fauteuil, les bras pendants, les jambes allongées et molles, la tête toute blanche, noyé dans ce grand flot de barbe et de cheveux d'argent qui lui donnait l'aspect d'un Père éternel ou d'un Fleuve d'Ovide.

Il parlait lentement, avec une certaine paresse qui donnait du charme aux phrases et une certaine hésitation de la langue un peu lourde qui soulignait la justesse colorée des mots. Son œil pâle, grand ouvert, reflétait, comme un œil d'enfant, toutes les émotions de sa pensée.

Il nous raconta ceci:

Il chassait, étant jeune homme, dans une forêt de Russie. Il avait marché tout le jour et il arriva, vers la fin de l'après-midi, sur le bord d'une calme rivière.

Elle coulait sous les arbres, dans les arbres, pleine d'herbes flottantes, profonde, froide et claire.

Un besoin impérieux saisit le chasseur de se jeter dans cette eau transparente. Il se dévêtit et s'élança dans le courant. C'était un très grand et très fort garçon, vigoureux et hardi nageur.

Il se laissait flotter doucement, l'âme tranquille, frôlé par les herbes et les racines, heureux de sentir contre sa chair le glissement léger des lianes.

Tout à coup une main se posa sur son épaule.

Il se retourna d'une secousse et il aperçut un être effroyable qui le regardait avidement.

Cela ressemblait à une femme ou à une guenon. Elle avait une figure énorme, plissée, grimaçante et qui riait. Deux choses innommables, deux mamelles sans doute, flottaient devant elle, et des cheveux démesurés, mêlés, roussis par le soleil, entouraient son visage et flottaient sur son dos.

Tourgueneff se sentit traversé par la peur hideuse, la peur glaciale des choses surnaturelles.

Sans réfléchir, sans songer, sans comprendre il se mit à nager éperdument vers la rive. Mais le monstre nageait plus vite encore et il lui touchait le cou, le dos, les jambes avec des petits ricanements de joie. Le jeune homme, fou d'épouvante, toucha la berge, enfin, et s'élança de toute sa vitesse à travers le bois, sans même penser à retrouver ses habits et son fusil.

L'être effroyable le suivit, courant aussi vite que lui et grognant toujours.

Le fuyard, à bout de forces et perclus par la terreur, allait tomber, quand un enfant qui gardait des chèvres accourut, armé d'un fouet; il se mit à frapper l'affreuse bête humaine, qui se sauva en poussant des cris de douleur. Et Tourgueneff la vit disparaître dans le feuillage, pareille à une femelle de gorille.

C'était une folle, qui vivait depuis plus de trente ans dans ce bois, de la charité des bergers, et qui passait la moitié de ses jours à nager dans la rivière.

Le grand écrivain russe ajouta: «Je n'ai jamais eu si peur de ma vie, parce que je n'ai pas compris ce que pouvait être ce monstre.»

Mon compagnon, à qui j'avais dit cette aventure, reprit:

*

Oui on n'a peur que de ce qu'on ne comprend pas. On n'éprouve vraiment l'affreuse convulsion de l'âme qui s'appelle l'épouvante, que lorsque se mêle à la peur un peu de la terreur superstitieuse des siècles passés. Moi, j'ai ressenti cette épouvante dans toute son horreur, et cela pour une chose si simple, si bête, que j'ose à peine la dire.

Je voyageais en Bretagne, tout seul, à pied. J'avais parcouru le Finistère, les landes désolées, les terres nues où ne pousse que l'ajonc, à côté des grandes pierres sacrées, des pierres hantées. J'avais visité la veille, la sinistre pointe du Raz, ce bout du vieux monde, où se battent éternellement deux océans: l'Atlantique et la Manche; j'avais l'esprit plein de légendes, d'histoires lues ou racontées sur cette terre des croyances et des superstitions.

Et j'allais de Penmarch à Pont-l'Abbé, de nuit. Connaissez-vous Penmarch? Un rivage plat, tout plat, tout bas, plus bas que la mer, semble-t-il. On la voit partout, menaçante et grise, cette mer pleine d'écueils baveux comme des bêtes furieuses.

J'avais dîné dans un cabaret de pêcheurs, et je marchais maintenant sur la route droite, entre deux landes. Il faisait très noir.

De temps en temps, une pierre druidique, pareille à un fantôme debout, semblait me regarder passer, et peu à peu entrait en moi une appréhension vague; de quoi? Je n'en savais rien. Il est des soirs où l'on se croit frôlé par des esprits, où l'âme frissonne sans raison, où le cœur bat sous la crainte confuse de ce quelque chose d'invisible que je regrette, moi.

Elle me semblait longue, cette route, longue et vide interminablement.

Aucun bruit que le ronflement des flots, là-bas, derrière moi, et parfois ce bruit monotone et menaçant semblait tout près, si près, que je les croyais sur mes talons, courant par la plaine avec leur front d'écume, et que j'avais envie de me sauver, de fuir à toutes jambes devant eux.

Le vent, un vent bas soufflant par rafales, faisait siffler les ajoncs autour de moi. Et, bien que j'allasse très vite, j'avais froid dans les bras et dans les jambes: un vilain froid d'angoisse.

Oh! comme j'aurais voulu rencontrer quelqu'un. Parler à quelqu'un.

Il faisait si noir que je distinguais à peine la route, maintenant.

Et tout à coup j'entendis devant moi, très loin, un roulement. Je pensai: «Tiens, une voiture.» Puis je n'entendis plus rien.

Au bout d'une minute, je perçus distinctement le même bruit, plus proche.

Je ne voyais aucune lumière, cependant; mais je me dis: «Ils n'ont pas de lanterne. Quoi d'étonnant dans ce pays sauvage.»

Le bruit s'arrêta encore, puis reprit. Il était trop grêle pour que ce fût une charrette; et je n'entendais point d'ailleurs le trot du cheval, ce qui m'étonnait, car la nuit était calme.

Je cherchais: «Qu'est-ce que cela?»

Il approchait toujours, et brusquement une crainte confuse, stupide, incompréhensible me saisit. — Qu'est-ce que cela? Il approchait très vite, très vite! Certes, je n'entendais rien qu'une roue — aucun battement de fers ou de pieds —, rien. Qu'était-ce que cela?

Il était tout près, tout près; je me jetai dans un fossé par un mouvement de peur instinctive, et je vis passer contre moi une brouette, qui courait... toute seule, personne ne la poussant... Oui... une brouette... toute seule...

Mon cœur se mit à bondir si violemment que je m'affaissai sur l'herbe et j'écoutais le roulement de la roue qui s'éloignait, qui s'en allait vers la mer. Et je n'osais plus me lever, ni marcher, ni faire un mouvement; car si elle était revenue, si elle m'avait poursuivi, je serais mort de terreur.

Je fus longtemps à me remettre, bien longtemps. Et je fis le reste du chemin avec une telle angoisse dans l'âme que le moindre bruit me coupait l'haleine.

Est-ce bête, dites? Mais quelle peur! En y réfléchissant, plus tard, j'ai compris; un enfant, nu-pieds, la menait sans doute cette brouette, et moi, j'ai cherché la tête d'un homme à la hauteur ordinaire!

Comprenez-vous cela... quand on a déjà dans l'esprit un frisson de surnaturel... une brouette qui court... toute seule... Quelle peur!

*

Il se tut une seconde, puis reprit:

«Tenez, monsieur, nous assistons à un spectacle curieux et terrible: cette invasion du *choléra*!

«Vous sentez le phénol dont ces wagons sont empoisonnés, c'est qu'il est là quelque part.

»Il faut voir Toulon en ce moment. Allez, on sent bien qu'il est là, Lui. Et ce n'est pas la peur d'une maladie qui affole ces gens. Le choléra c'est autre chose, c'est l'Invisible, c'est un fléau d'autrefois, des temps passés, une sorte d'Esprit malfaisant qui revient et qui nous étonne autant qu'il nous épouvante, car il appartient, semble-t-il, aux âges disparus.

»Les médecins me font rire avec leur microbe. Ce n'est pas un insecte qui terrifie les hommes au point de les faire sauter par les fenêtres, c'est le *choléra,* l'être inexprimable et terrible venu du fond de l'Orient.

»Traversez Toulon, on danse dans les rues.

»Pourquoi danser en ces jours de mort? On tire des feux d'artifices dans toute la campagne autour de la ville; on allume des feux de joie; des orchestres jouent des airs joyeux sur toutes les promenades publiques.

»Pourquoi cette folie? C'est qu'Il est là, c'est qu'on le brave, non pas le Microbe, mais le Choléra, et qu'on veut être crâne devant lui, comme auprès d'un ennemi caché qui vous guette. C'est pour lui qu'on danse, qu'on rit, qu'on crie, qu'on allume ces feux, qu'on joue ces valses, pour lui, l'Esprit qui tue, et qu'on sent partout présent, invisible, menaçant, comme un de ces anciens génies du mal que conjuraient les prêtres barbares...»

LE PÈRE MONGILET

Dans le bureau, le père Mongilet passait pour un type. C'était un vieil employé bon enfant qui n'était sorti de Paris qu'une fois en sa vie.

Nous étions alors aux derniers jours de juillet, et chacun de nous, chaque dimanche, allait se rouler sur l'herbe ou se tremper dans l'eau dans les campagnes environnantes. Asnières, Argenteuil, Chatou, Bougival, Maisons, Poissy, avaient leurs habitués et leurs fanatiques. On discutait avec passion les mérites et les avantages de tous ces endroits célèbres et délicieux pour les employés de Paris.

Le père Mongilet déclarait:

«Tas de moutons de Panurge! Elle est jolie, votre campagne!»

Nous lui demandions:

«Eh bien, et vous, Mongilet, vous ne vous promenez jamais?

— Pardon. Moi, je me promène en omnibus. Quand j'ai bien déjeuné, sans me presser, chez le marchand de vin qui est en bas, je fais mon itinéraire avec un plan de Paris et l'indicateur des lignes et des correspondances. Et puis je grimpe sur mon impériale, j'ouvre mon ombrelle, et fouette cocher. Oh! j'en vois, des choses, et plus que vous, allez!

Je change de quartier. C'est comme si je faisais un voyage à travers le monde, tant le peuple est différent d'une rue à une autre. Je connais mon Paris mieux que personne. Et puis il n'y a rien de plus amusant que les entresols. Ce qu'on voit de choses là-dedans, d'un coup d'œil, c'est inimaginable. On devine des scènes de ménage rien qu'en apercevant la gueule d'un homme qui crie; on rigole en passant devant les coiffeurs qui lâchent le nez du monsieur tout blanc de savon pour regarder dans la rue. On fait de l'œil aux modistes, de l'œil à l'œil, histoire de rire, car on n'a pas le temps de descendre. Ah! ce qu'on en voit de choses!

»C'est du théâtre, ça, du bon, du vrai, le théâtre de la nature, vu au trot de deux chevaux. Cristi, je ne donnerais pas mes promenades en omnibus pour vos bêtes de promenades dans les bois.»

On lui demandait:

«Goûtez-y, Mongilet, venez une fois à la campagne, pour essayer.»

Il répondait:

«J'y ai été, une fois, il y a vingt ans, et on ne m'y reprendra plus.

— Contez-nous ça, Mongilet.

— Tant que vous voudrez. Voici la chose: Vous avez connu Boivin, l'ancien commis rédacteur que nous appelions Boileau?

— Oui, parfaitement.

— C'était mon camarade de bureau. Ce gredin-là avait une maison à Colombes et il m'invitait toujours à venir passer un dimanche chez lui. Il me disait:

»"Viens donc, Maculotte (il m'appelait Maculotte par plaisanterie). Tu verras la jolie promenade que nous ferons."

»Moi, je me laissai prendre comme une bête, et je partis, un matin, par le train de huit heures. J'arrive dans une espèce de ville, une ville de campagne où on ne voit rien, et je finis par trouver au bout d'un couloir, entre deux murs, une vieille porte de bois, avec une sonnette de fer.

»Je sonnai. J'attendis longtemps, et puis on m'ouvrit. Qu'est-ce qui m'ouvrit? Je ne le sus pas du premier coup d'œil: une femme ou une guenon? C'était vieux, c'était laid, enveloppé de vieux linges, ça semblait sale et c'était méchant. Ça avait des plumes de volailles dans les cheveux et l'air de vouloir me dévorer.

»Elle demanda:

»"Qu'est-ce que vous désirez?

» — M. Boivin.

» — Qu'est-ce que vous lui voulez à M. Boivin?"

»Je me sentais mal à mon aise devant l'interrogatoire de cette furie. Je balbutiai:

»"Mais... il m'attend."

»Elle reprit:

»"Ah! c'est vous qui venez pour le déjeuner?"

»Je bégayai un "oui" tremblant.

»Alors, se tournant vers la maison, elle s'écria d'une voix rageuse:

»"Boivin, voilà ton homme!"

»C'était la femme de mon ami. Le petit père Boivin parut aussitôt sur le seuil d'une sorte de baraque en plâtre, couverte en zinc et qui ressemblait à une chaufferette. Il avait un pantalon de coutil blanc plein de taches et un panama crasseux.

»Après avoir serré mes mains, il m'emmena dans ce qu'il appelait son jardin; c'était, au bout d'un nouveau corridor, formé par des murs énormes, un petit carré de terre grand comme un mouchoir de poche, et entouré de maisons si hautes que le soleil pénétrait là seulement pendant deux ou trois heures par jour. Des pensées, des œillets, des ravenelles, quelques rosiers, agonisaient au fond de ce puits sans air et chauffé comme un four par la réverbération des toits.

»"Je n'ai pas d'arbres, disait Boivin, mais les murs des voisins m'en tiennent lieu. J'ai de l'ombre comme dans un bois."

»Puis il me prit par un bouton de ma veste et me dit à voix basse:

»"Tu vas me rendre un service. Tu as vu la bourgeoise. Elle n'est pas commode, hein? Aujourd'hui, comme je t'ai invité, elle m'a donné des effets propres, mais si je les tache, tout est perdu; j'ai compté sur toi pour arroser mes plantes."

»J'y consentis. J'ôtai mon vêtement. Je retroussai mes manches, et je me mis à fatiguer à tour de bras une espèce de pompe qui sifflait, soufflait, râlait comme un poitrinaire pour lâcher un filet d'eau pareil à l'écoulement d'une fontaine Wallace. Il fallut dix minutes pour remplir un arrosoir. J'étais en nage. Boivin me guidait.

»"Ici, — à cette plante; — encore un peu. — Assez; — à cette autre."

»L'arrosoir, percé, coulait, et mes pieds recevaient plus d'eau que les fleurs. Le bas de mon pantalon, trempé, s'imprégnait de boue. Et, vingt fois de suite, je recommençai, je retrempai mes pieds, je ressuai en faisant geindre le volant de la pompe. Et quand je voulais m'arrêter, exténué, le père Boivin, suppliant, me tirait par le bras:

»"Encore un arrosoir — un seul — et c'est fini."

»Pour me remercier, il me fit don d'une rose, d'une grande rose; mais à peine eut-elle touché ma boutonnière, qu'elle s'effeuilla complètement, me laissant, comme décoration, une petite poire verdâtre, dure comme de la pierre. Je fus étonné, mais je ne dis rien.

»La voix éloignée de Mme Boivin se fit entendre:

»"Viendrez-vous, à la fin? Quand on vous dit que c'est prêt!"

»Nous allâmes vers la chaufferette.

»Si le jardin se trouvait à l'ombre, la maison, par contre, se trouvait en plein soleil, et la seconde étuve du Hammam est moins chaude que la salle à manger de mon camarade.

»Trois assiettes, flanquées de fourchettes en étain mal lavées, se collaient sur une table de bois jaune. Au milieu, un vase en terre contenait du bœuf bouilli, réchauffé avec des pommes de terre. On se mit à manger.

»Une grande carafe pleine d'eau, légèrement teintée de rouge, me tirait l'œil. Boivin, confus, dit à sa femme:

»"Dis donc, ma bonne, pour l'occasion, ne vas-tu pas donner un peu de vin pur?"

»Elle le dévisagea furieusement.

»"Pour que vous vous grisiez tous les deux, n'est-ce pas, et que vous restiez à gueuler chez moi toute la journée? Merci de l'occasion!"

»Il se tut. Après le ragoût, elle apporta un autre plat de pommes de terre accommodées avec du lard. Quand ce nouveau mets fut achevé, toujours en silence, elle déclara:

»"C'est tout. Filez maintenant."

»Boivin la contemplait, stupéfait.

»"Mais le pigeon... le pigeon que tu plumais ce matin?"

»Elle posa ses mains sur ses hanches:

»"Vous n'en avez pas assez, peut-être. Parce que tu amènes des gens, ce n'est pas une raison pour dévorer tout ce qu'il y a dans la maison. Qu'est-ce que je mangerai, moi, ce soir?"

»Nous nous levâmes. Boivin me coula dans l'oreille:

»"Attends-moi une minute, et nous filons."

»Puis il passa dans la cuisine où sa femme était rentrée. Et j'entendis:

»"Donne-moi vingt sous, ma chérie.

» — Qu'est-ce que tu veux faire, avec vingt sous?

» — Mais on ne sait pas ce qui peut arriver. Il est toujours bon d'avoir de l'argent.

»Elle hurla, pour être entendue de moi:

»"Non, je ne te les donnerai pas! Puisque cet homme a déjeuné chez toi, c'est bien le moins qu'il paie tes dépenses de la journée."

»Le père Boivin revint me prendre. Comme je voulais être poli, je m'inclinai devant la maîtresse du logis en balbutiant:

»"Madame... remerciements... gracieux accueil..."

»Elle répondit:

»"C'est bien. Mais n'allez pas me le ramener soûl, parce que vous auriez affaire à moi, vous savez!"

»Nous partîmes.

»Il fallut traverser une plaine nue comme une table, en plein soleil. Je voulus cueillir une plante le long du chemin et je poussai un cri de douleur. Ça m'avait fait un mal affreux dans la main. On appelle ces herbes-là des orties. Et puis ça puait le fumier partout, mais ça puait à vous tourner le cœur.

»Boivin me disait:

»"Un peu de patience, nous arrivons au bord de la rivière."

»En effet, nous arrivâmes au bord de la rivière. Là, ça puait la vase et l'eau sale, et il vous tombait un tel soleil sur cette eau, que j'en avais les yeux brûlés.

»Je priai Boivin d'entrer quelque part. Il me fit pénétrer dans une espèce de case pleine d'hommes, une taverne à matelots d'eau douce. Il me disait:

»"Ça n'a pas d'apparence, mais on y est fort bien."

»J'avais faim. Je fis apporter une omelette. Mais voilà que, dès le second verre de vin, ce gueux de Boivin perdit la tête et je compris pourquoi sa femme ne lui servait que de l'abondance.

»Il pérora, se leva, voulut faire des tours de force, se mêla en pacificateur à la querelle de deux ivrognes qui se battaient, et nous aurions été assommés tous les deux sans l'intervention du patron.

»Je l'entraînai, en le soutenant comme on soutient les pochards, jusqu'au premier buisson, où je le déposai. Je m'étendis moi-même à son côté. Et il paraît que je m'endormis.

»Certes, nous avons dormi longtemps, car il faisait nuit quand je me réveillai. Boivin ronflait à mon côté. Je le secouai. Il se leva, mais il était encore gris, un peu moins cependant.

»Et nous voilà repartis, dans les ténèbres, à travers la plaine. Boivin prétendait retrouver sa route. Il me fit tourner à gauche, puis à droite, puis à gauche. On ne voyait ni ciel, ni terre, et nous nous trouvâmes perdus au milieu d'une espèce de forêt de pieux qui nous arrivaient à la hauteur du nez. Il paraît que c'était une vigne avec ses échalas. Pas un bec de gaz à l'horizon. Nous avons circulé là-dedans peut-être une heure ou deux, tournant, vacillant, étendant les bras, fous, sans trouver le bout, car nous devions toujours revenir sur nos pas.

»A la fin, Boivin s'abattit sur un bâton qui lui déchira la joue, et sans s'émouvoir il demeura assis par terre, poussant de tout son gosier des "La-i-tou!" prolongés et retentissants, pendant que je criais: "Au secours!" de toute ma force, en allumant des allumettes-bougies pour éclairer les sauveteurs et pour me mettre du cœur au ventre.

»Enfin, un paysan attardé nous entendit et nous remit dans notre route.

»Je conduisis Boivin jusque chez lui. Mais comme j'allais le laisser sur le seuil de son jardin, la porte s'ouvrit brusquement et sa femme parut, une chandelle à la main. Elle me fit une peur affreuse.

»Puis, dès qu'elle aperçut son mari, qu'elle devait attendre depuis la tombée du jour, elle hurla, en s'élançant vers moi:

»"Ah canaille, je savais bien que vous le ramèneriez soûl!"

»Ma foi, je me sauvai en courant jusqu'à la gare, et comme je pensais que la furie me poursuivait, je m'enfermai dans les water-closets, car un train ne devait passer qu'une demi-heure plus tard.

»Voilà pourquoi je ne me suis jamais marié, et pourquoi je ne sors plus jamais de Paris.»

PETIT SOLDAT

Chaque dimanche, sitôt qu'ils étaient libres, les deux petits soldats se mettaient en marche.

Ils tournaient à droite en sortant de la caserne, traversaient Courbevoie à grands pas rapides, comme s'ils eussent fait une promenade militaire; puis, dès qu'ils avaient quitté les maisons, ils suivaient, d'une allure plus calme, la grand-route poussiéreuse et nue qui mène à Bezons.

Ils étaient petits, maigres, perdus dans leur capote trop large, trop longue, dont les manches couvraient leurs mains, gênés par la culotte rouge, trop vaste, qui les forçait à écarter les jambes pour aller vite. Et sous le shako raide et haut, on ne voyait plus qu'un rien du tout de figure, deux pauvres figures creuses de Bretons, naïves, d'une naïveté presque animale, avec des yeux bleus doux et calmes.

Ils ne parlaient jamais durant le trajet, allant devant eux, avec la même idée en tête, qui leur tenait lieu de causerie, car ils avaient trouvé à l'entrée du petit bois des Champioux, un endroit leur rappelant leur pays, et ils ne se sentaient bien que là.

Au croisement des routes de Colombes et de Chatou, comme on arrivait sous les arbres, ils ôtaient leur coiffure qui leur écrasait la tête, et ils s'essuyaient le front.

Ils s'arrêtaient toujours un peu sur le pont de Bezons pour regarder la Seine. Ils demeuraient là, deux ou trois minutes, courbés en deux, penchés sur le parapet; ou bien ils considéraient le grand bassin d'Argenteuil où couraient les voiles blanches et inclinées des clippers, qui, peut-être, leur remémoraient la mer bretonne, le port de Vannes dont ils étaient voisins, et les bateaux pêcheurs s'en allant à travers le Morbihan, vers le large.

Dès qu'ils avaient franchi la Seine, ils achetaient leurs provisions chez le charcutier, le boulanger et le marchand de vin du pays. Un morceau de boudin, quatre sous de pain et un litre de petit bleu constituaient leurs vivres emportés dans leurs mouchoirs. Mais, aussitôt sortis du village, ils n'avançaient plus qu'à pas très lents et ils se mettaient à parler.

Devant eux, une plaine maigre, semée de bouquets d'arbres, conduisait au bois, au petit bois qui leur avait paru ressembler à celui de Kermarivan. Les blés et les avoines bordaient l'étroit chemin perdu dans la jeune verdure des récoltes, et Jean Kerderen disait chaque fois à Luc Le Ganidec:

«C'est tout comme auprès de Plounivon.

— Oui, c'est tout comme.»

Ils s'en allaient côte à côte, l'esprit plein de vagues souvenirs du pays, plein d'images réveillées, d'images naïves comme les feuilles coloriées d'un sou. Ils revoyaient un coin de champ, une haie, un bout de lande, un carrefour, une croix de granit.

Chaque fois aussi, ils s'arrêtaient auprès d'une pierre qui bornait une propriété, parce qu'elle avait quelque chose du dolmen de Locneuven.

En arrivant au premier bouquet d'arbres, Luc Le Ganidec cueillait tous les dimanches une baguette, une baguette de coudrier; il se mettait à arracher tout doucement l'écorce en pensant aux gens de là-bas.

Jean Kerderen portait les provisions.

De temps en temps, Luc citait un nom, rappelait un fait de leur enfance, en quelques mots seulement qui leur donnaient longtemps à songer. Et le pays, le cher pays lointain les repossédait peu à peu, les envahissait, leur envoyait, à travers la distance, ses formes, ses bruits, ses horizons connus, ses odeurs, l'odeur de la lande verte où courait l'air marin.

Ils ne sentaient plus les exhalaisons du fumier parisien dont sont engraissées les terres de la banlieue, mais le parfum des ajoncs fleuris que cueille et qu'emporte la brise salée du large. Et les voiles des canotiers, apparues au-dessus des berges, leur semblaient les voiles des caboteurs, aperçues derrière la longue plaine qui s'en allait de chez eux jusqu'au bord des flots.

Ils marchaient à petits pas, Luc Le Ganidec et
Jean Kerderen, contents et tristes, hantés par un
chagrin doux, un chagrin lent et pénétrant de bête
en cage, qui se souvient.

Et quand Luc avait fini de dépouiller la mince
baguette de son écorce, ils arrivaient au coin du
bois où ils déjeunaient tous les dimanches.

Ils retrouvaient les deux briques cachées par eux
dans un taillis, et ils allumaient un petit feu de
branches pour cuire leur boudin sur la pointe de
leur couteau.

Et quand ils avaient déjeuné, mangé leur pain
jusqu'à la dernière miette, et bu leur vin jusqu'à la
dernière goutte, ils demeuraient assis dans l'herbe,
côte à côte, sans rien dire, les yeux au loin, les
paupières lourdes, les doigts croisés comme à la
messe, leurs jambes rouges allongées à côté des
coquelicots du champ; et le cuir de leurs shakos et
le cuivre de leurs boutons luisaient sous le soleil
ardent, faisaient s'arrêter les alouettes qui chantaient en planant sur leurs têtes.

Vers midi, ils commençaient à tourner leurs
regards de temps en temps du côté du village de
Bezons, car la fille à la vache allait venir.

Elle passait devant eux tous les dimanches pour
aller traire et remiser sa vache, la seule vache du
pays qui fût à l'herbe, et qui pâturait une étroite
prairie sur la lisière du bois, plus loin.

Ils apercevaient bientôt la servante, seul être humain marchant à travers la campagne, et ils se sentaient réjouis par les reflets brillants que jetait le seau de fer-blanc sous la flamme du soleil. Jamais ils ne parlaient d'elle. Ils étaient seulement contents de la voir, sans comprendre pourquoi.

C'était une grande fille vigoureuse, rousse et brûlée par l'ardeur des jours clairs, une grande fille hardie de la campagne parisienne.

Une fois, en les revoyant assis à la même place, elle leur dit:

«Bonjour... vous v'nez donc toujours ici?»

Luc Le Ganidec, plus osant, balbutia:

«Oui, nous v'nons au repos.»

Ce fut tout. Mais le dimanche suivant, elle rit en les apercevant, elle rit avec une bienveillance protectrice de femme dégourdie qui sentait leur timidité, et elle demanda:

«Qué qu'vous faites comme ça? C'est-il qu'vous r'gardez pousser l'herbe?»

Luc égayé sourit aussi: «P'tête ben.»

Elle reprit: «Hein! Ça va pas vite.»

Il répliqua, riant toujours: «Pour ça, non.»

Elle passa. Mais en revenant avec son seau plein de lait, elle s'arrêta encore devant eux, et leur dit:

«En voulez-vous une goutte? Ça vous rappellera l'pays.»

Avec son instinct d'être de même race, loin de chez elle aussi peut-être, elle avait deviné et touché juste.

Ils furent émus tous les deux. Alors elle fit couler un peu de lait, non sans peine, dans le goulot du litre de verre où ils apportaient leur vin; et Luc but le premier à petites gorgées, en s'arrêtant à tout moment pour regarder s'il ne dépassait point sa part. Puis il donna la bouteille à Jean.

Elle demeurait debout devant eux, les mains sur ses hanches, son seau par terre à ses pieds, contente du plaisir qu'elle leur faisait.

Puis elle s'en alla, en criant: «Allons, adieu; à dimanche!»

Et ils suivirent des yeux, aussi longtemps qu'ils purent la voir, sa haute silhouette qui s'en allait, qui diminuait, qui semblait s'enfoncer dans la verdure des terres.

Quand ils quittèrent la caserne, la semaine d'après, Jean dit à Luc:

«Faut-il pas li acheter qué'que chose de bon?»

Et ils demeurèrent fort embarrassés devant le problème d'une friandise à choisir pour la fille à la vache.

Luc opinait pour un morceau d'andouille, mais Jean préférait des berlingots, car il aimait les sucreries. Son avis l'emporta et ils prirent, chez un épicier, pour deux sous de bonbons blanc et rouge.

Ils déjeunèrent plus vite que de coutume, agités par l'attente.

Jean l'aperçut le premier: «La v'là», dit-il. Luc reprit: «Oui. La v'là.»

Elle riait de loin en les voyant, elle cria: «Ça va-t-il comme vous voulez?» Ils répondirent ensemble:

«Et de vot' part?» Alors elle causa, elle parla de choses simples qui les intéressaient, du temps, de la récolte, de ses maîtres.

Ils n'osaient point offrir leurs bonbons qui fondaient doucement dans la poche de Jean.

Luc enfin s'enhardit et murmura:

«Nous vous avons apporté quelque chose.»

Elle demanda: «Qé'que c'est donc?»

Alors Jean, rouge jusqu'aux oreilles, atteignit le mince cornet de papier et le lui tendit.

Elle se mit à manger les petits morceaux de sucre qu'elle roulait d'une joue à l'autre et qui faisaient des bosses sous la chair. Les deux soldats, assis devant elle, la regardaient, émus et ravis.

Puis elle alla traire sa vache, et elle leur donna encore du lait en revenant.

Ils pensèrent à elle toute la semaine, et ils en parlèrent plusieurs fois. Le dimanche suivant, elle s'assit à côté d'eux pour deviser plus longtemps, et tous trois, côte à côte, les yeux perdus au loin, les genoux enfermés dans leurs mains croisées, ils racontèrent des menus faits et des menus détails des villages où ils étaient nés, tandis que la vache, là-

bas, voyant arrêtée en route la servante, tendait vers
elle sa lourde tête aux naseaux humides, et mugissait longuement pour l'appeler.

La fille accepta bientôt de manger un morceau
avec eux et de boire un petit coup de vin. Souvent,
elle leur apportait des prunes dans sa poche; car la
saison des prunes était venue. Sa présence dégour-
dissait les deux petits soldats bretons qui bavar-
daient comme deux oiseaux.

Or, un mardi, Luc Le Ganidec demanda une
permission, ce qui ne lui arrivait jamais, et il ne
rentra qu'à dix heures du soir.

Jean, inquiet, cherchait en sa tête pour quelle
raison son camarade avait bien pu sortir ainsi.

Le vendredi suivant, Luc, ayant emprunté dix
sous à son voisin de lit, demanda encore et obtint
l'autorisation de quitter pendant quelques heures.

Et quand il se mit en route avec Jean pour la
promenade du dimanche, il avait l'air tout drôle,
tout remué, tout changé. Kerderen ne comprenait
pas, mais il soupçonnait vaguement quelque chose,
sans deviner ce que ça pouvait être.

Ils ne dirent pas un mot jusqu'à leur place habi-
tuelle, dont ils avaient usé l'herbe à force de
s'asseoir au même endroit; et ils déjeunèrent
lentement. Ils n'avaient faim ni l'un ni l'autre.

Bientôt la fille apparut. Ils la regardaient venir
comme ils faisaient tous les dimanches. Quand elle
fut tout près, Luc se leva et fit deux pas. Elle posa

son seau par terre, et l'embrassa. Elle l'embrassa fougueusement, en lui jetant ses bras au cou, sans s'occuper de Jean, sans songer qu'il était là, sans le voir.

Et il demeurait éperdu, lui, le pauvre Jean, si éperdu qu'il ne comprenait pas, l'âme bouleversée, le cœur crevé, sans se rendre compte encore.

Puis, la fille s'assit à côté de Luc, et ils se mirent à bavarder.

Jean ne les regardait pas, il devinait maintenant pourquoi son camarade était sorti deux fois pendant la semaine, et il sentait en lui un chagrin cuisant, une sorte de blessure, ce déchirement que font les trahisons.

Luc et la fille se levèrent pour aller ensemble remiser la vache.

Jean les suivit des yeux. Il les vit s'éloigner côte à côte. La culotte rouge de son camarade faisait une tache éclatante dans le chemin. Ce fut Luc qui ramassa le maillet et frappa sur le pieu qui retenait la bête.

La fille se baissa pour la traire, tandis qu'il caressait d'une main distraite l'échine coupante de l'animal. Puis ils laissèrent le seau dans l'herbe et ils s'enfoncèrent sous le bois.

Jean ne voyait plus rien que le mur de feuilles où ils étaient entrés; et il se sentait si troublé que, s'il avait essayé de se lever, il serait tombé sur place assurément.

Il demeurait immobile, abruti d'étonnement et de
souffrance, d'une souffrance naïve et profonde. Il
avait envie de pleurer, de se sauver, de se cacher,
de ne plus voir personne jamais.

Tout à coup, il les aperçut qui sortaient du taillis.
Ils revinrent doucement en se tenant par la main,
comme font les promis dans les villages. C'était
Luc qui portait le seau.

Ils s'embrassèrent encore avant de se quitter, et
la fille s'en alla après avoir jeté à Jean un bonsoir
amical et un sourire d'intelligence. Elle ne pensa
point à lui offrir du lait ce jour-là.

Les deux petits soldats demeurèrent côte à côte,
immobiles comme toujours, silencieux et calmes,
sans que la placidité de leur visage montrât rien de
ce qui troublait leur cœur. Le soleil tombait sur
eux. La vache, parfois, mugissait en les regardant
de loin.

A l'heure ordinaire ils se levèrent pour revenir.

Luc épluchait une baguette. Jean portait le litre
vide. Il le déposa chez le marchand de vin de
Bezons. Puis ils s'engagèrent sur le pont, et,
comme chaque dimanche, ils s'arrêtèrent au milieu,
afin de regarder couler l'eau quelques instants.

Jean se penchait, se penchait de plus en plus sur
la balustrade de fer, comme s'il avait vu dans le
courant quelque chose qui l'attirait. Luc lui dit:
«C'est-il que tu veux y boire un coup?» Comme il
prononçait le dernier mot, la tête de Jean emporta

le reste, les jambes enlevées décrivirent un cercle en l'air, et le petit soldat bleu et rouge tomba d'un bloc, entra et disparut dans l'eau.

Luc, la gorge paralysée d'angoisse, essayait en vain de crier. Il vit plus loin quelque chose remuer, puis la tête de son camarade surgit à la surface du fleuve, pour y rentrer aussitôt.

Plus loin encore, il aperçut, de nouveau, une main, une seule main qui sortit de la rivière, et y replongea. Ce fut tout.

Les mariniers accourus ne retrouvèrent point le corps ce jour-là.

Luc revint seul à la caserne, en courant, la tête affolée et il raconta l'accident, les yeux et la voix pleins de larmes et se mouchant coup sur coup: «Il se pencha... il se... il se pencha... si bien... si bien que la tête fit culbute... et... et .. le v'là qui tombe... qui tombe...»

Il ne put en dire plus long, tant l'émotion l'étranglait. — S'il avait su...

ÇA IRA

J'étais descendu à Barviller uniquement parce que j'avais lu dans un guide (je ne sais plus lequel): Beau musée, deux Rubens, un Téniers, un Ribera.

Donc je pensais: «Allons voir ça. Je dînerai à l'hôtel de l'Europe, que le guide affirme excellent, et je repartirai le lendemain.»

Le musée était fermé: on ne l'ouvre que sur la demande des voyageurs; il fut donc ouvert à ma requête, et je pus contempler quelques croûtes attribuées par un conservateur fantaisiste aux premiers maîtres de la peinture.

Puis je me trouvai tout seul, et n'ayant absolument rien à faire dans une longue rue de petite ville inconnue, bâtie au milieu de plaines interminables, je parcourus cette *artère,* j'examinai quelques pauvres magasins; puis, comme il était quatre heures, je fus saisi par un de ces découragements qui rendent fous les plus énergiques.

Que faire? Mon Dieu, que faire? J'aurais payé cinq cents francs l'idée d'une distraction quelconque! Me trouvant à sec d'inventions, je me décidai tout simplement à fumer un bon cigare et je cherchai le bureau de tabac. Je le reconnus bientôt à sa lanterne rouge, j'entrai. La marchande me tendit plusieurs boîtes au choix; ayant regardé les cigares, que je jugeai détestables, je considérai, par hasard, la patronne.

C'était une femme de quarante-cinq ans environ, forte et grisonnante. Elle avait une figure grasse, respectable, en qui il me sembla trouver quelque chose de familier. Pourtant je ne connaissais point cette dame? Non, je ne la connaissais pas assurément. Mais ne se pouvait-il faire que je l'eusse rencontrée? Oui, c'était possible! Ce visage-là devait être une connaissance de mon œil, une vieille connaissance perdue de vue, et changée, engraissée énormément sans doute.

Je murmurai:

«Excusez-moi, madame, de vous examiner ainsi, mais il me semble que je vous connais depuis longtemps.»

Elle répondit en rougissant:

«C'est drôle... Moi aussi.»

Je poussai un cri: «Ah! Ça ira!»

Elle leva ses deux mains avec un désespoir comique, épouvantée de ce mot et balbutiant:

«Oh! oh! Si on vous entendait...» Puis soudain elle s'écria à son tour: «Tiens, c'est toi, Georges!» Puis elle regarda avec frayeur si on ne l'avait point écoutée. Mais nous étions seuls, bien seuls!

«Ça ira.» Comment avais-je pu reconnaître *Ça ira*, la pauvre *Ça ira*, la maigre *Ça ira*, la désolée

Ça ira, dans cette tranquille et grasse fonctionnaire du gouvernement?

Ça ira! Que de souvenirs s'éveillèrent brusquement en moi: Bougival, La Grenouillère, Chatou, le restaurant Fournaise, les longues journées en yole au bord des berges, dix ans de ma vie passés dans ce coin de pays, sur ce délicieux bout de rivière.

Nous étions alors une bande d'une douzaine, habitant la maison Galopois, à Chatou, et vivant là d'une drôle de façon, toujours à moitié nus et à moitié gris. Les mœurs des canotiers d'aujourd'hui ont bien changé. Ces messieurs portent des monocles.

Or notre bande possédait une vingtaine de canotières, régulières et irrégulières. Dans certains dimanches, nous en avions quatre; dans certains autres, nous les avions toutes. Quelques-unes étaient là, pour ainsi dire, à demeure, les autres venaient quand elles n'avaient rien de mieux à faire. Cinq ou six vivaient sur le commun, sur les hommes sans femmes, et, parmi celles-là, *Ça ira*.

C'était une pauvre fille maigre et qui boitait. Cela lui donnait des allures de sauterelle. Elle était timide, gauche, maladroite en tout ce qu'elle faisait. Elle s'accrochait avec crainte, au plus humble, au plus inaperçu, au moins riche de nous, qui la gardait un jour ou un mois, suivant ses moyens. Comment s'était-elle trouvée parmi nous, personne ne le savait plus. L'avait-on rencontrée, un soir de pochardise, au bal des Canotiers et emmenée dans une de ces rafles de femmes que nous faisions souvent? L'avions-nous invitée à déjeuner, en la voyant seule, assise à une petite table, dans un coin? Aucun de nous ne l'aurait pu dire; mais elle faisait partie de la bande.

Nous l'avions baptisée *Ça ira*, parce qu'elle se plaignait toujours de la destinée, de sa malchance, de ses déboires. On lui disait chaque dimanche: «Eh bien, *Ça ira*, ça va-t-il?» Et elle répondait toujours: «Non, pas trop, mais faut espérer que ça ira mieux un jour.»

Comment ce pauvre être disgracieux et gauche était-il arrivé à faire le métier qui demande le plus de grâce, d'adresse, de ruse et de beauté? Mystère. Paris, d'ailleurs, est plein de filles d'amour laides à dégoûter un gendarme.

Que faisait-elle pendant les six autres jours de la semaine? Plusieurs fois, elle nous avait dit qu'elle travaillait. A quoi? Nous l'ignorions, indifférents à son existence.

Et puis, je l'avais à peu près perdue de vue. Notre groupe s'était émietté peu à peu, laissant la place à une autre génération, à qui nous avions aussi laissé *Ça ira*. Je l'appris en allant déjeuner chez Fournaise de temps en temps.

Nos successeurs, ignorant pourquoi nous l'avions baptisée ainsi, avaient cru à un nom d'Orientale et la nommaient Zaïra; puis ils avaient cédé à leur

tour leurs canots et quelques canotières à la génération suivante. (Une génération de canotiers vit, en
général, trois ans sur l'eau, puis quitte la Seine
pour entrer dans la magistrature, la médecine ou la
politique.)

Zaïra était alors devenue Zara, puis, plus tard,
Zara s'était encore modifié en Sarah. On la crut
alors israélite.

Les tout derniers, ceux à monocle, l'appelaient
donc tout simplement «La Juive».

Puis elle disparut.

Et voilà que je la retrouvais marchande de tabac
à Barviller.

Je lui dis:

«Eh bien, ça va donc, à présent?»

Elle répondit: «Un peu mieux.»

Une curiosité me saisit de connaître la vie de
cette femme. Autrefois je n'y aurais point songé;
aujourd'hui, je me sentais intrigué, attiré, tout à fait
intéressé. Je lui demandai:

«Comment as-tu fait pour avoir de la chance?

— Je ne sais pas. Ça m'est arrivé comme je m'y
attendais le moins.

— Est-ce à Chatou que tu l'as rencontrée?

— Oh non!

— Où ça donc?

— A Paris, dans l'hôtel que j'habitais.

«— Ah! Est-ce que tu n'avais pas une place à Paris?

— Oui, j'étais chez Mme Ravelet.

— Qui ça, Mme Ravelet?

— Tu ne connais pas Mme Ravelet? Oh!

— Mais non.

— La modiste, la grande modiste de la rue de Rivoli.»

Et la voilà qui se met à me raconter mille choses de sa vie ancienne, mille choses secrètes de la vie parisienne, l'intérieur d'une maison de modes, l'existence de ces demoiselles, leurs aventures, leurs idées, toute l'histoire d'un cœur d'ouvrière, cet épervier de trottoir qui chasse par les rues, le matin, en allant au magasin, le midi, en flânant, nu-tête, après le repas, et le soir en montant chez elle.

Elle disait, heureuse de parler de l'autrefois:

Si tu savais comme on est canaille... et comme on en fait de roides. Nous nous les racontions chaque jour. Vrai, on se moque des hommes, tu sais!

Moi, la première rosserie que j'ai faite, c'est au sujet d'un parapluie. J'en avais un vieux en alpaga, un parapluie à en être honteuse. Comme je le fermais en arrivant, un jour de pluie, voilà la grande Louise qui me dit: «Comment! tu oses sortir avec ça!

— Mais je n'en ai pas d'autre, et en ce moment, les fonds sont bas.»

Ils étaient toujours bas, les fonds!

Elle me répond: «Va en chercher un à la Madeleine.»

Moi ça m'étonne.

Elle reprend: «C'est là que nous les prenons toutes; on en a autant qu'on veut.» Et elle m'explique la chose. C'est bien simple.

Donc, je m'en allai avec Irma à la Madeleine. Nous trouvons le sacristain et nous lui expliquons comment nous avons oublié un parapluie la semaine d'avant. Alors il nous demande si nous nous rappelons son manche, et je lui fais l'explication d'un manche avec une pomme d'agate. Il nous introduit dans une chambre où il y avait plus de cinquante parapluies perdus; nous les regardons tous et nous ne trouvons pas le mien; mais moi j'en choisis un beau, un très beau, à manche d'ivoire sculpté. Louise est allée le réclamer quelques jours après. Elle l'a décrit avant de l'avoir vu, et on le lui a donné sans méfiance.

Pour faire ça, on s'habillait très chic.

Et elle riait en ouvrant et laissant retomber le couvercle à charnières de la grande boîte à tabac.

Elle reprit:

Oh! on en avait des tours, et on en avait de si drôles. Tiens, nous étions cinq à l'atelier, quatre ordinaires et une très bien, Irma, la belle Irma. Elle était très distinguée, et elle avait un amant au conseil d'État. Ça ne l'empêchait pas de lui en faire

porter joliment. Voilà qu'un hiver elle nous dit:
«Vous ne savez pas, nous allons en faire une bien
bonne.» Et elle nous conta son idée.

Tu sais Irma, elle avait une tournure à troubler
la tête de tous les hommes, et puis une taille, et
puis des hanches qui leur faisaient venir l'eau à la
bouche. Donc, elle imagina de nous faire gagner
cent francs à chacune pour nous acheter des
bagues, et elle arrangea la chose que voici:

Tu sais que je n'étais pas riche, à ce moment-là,
les autres non plus; ça n'allait guère, nous gagnions
cent francs par mois au magasin, rien de plus. Il
fallait trouver. Je sais bien que nous avions chacune
deux ou trois amants habitués qui donnaient un
peu, mais pas beaucoup. A la promenade de midi,
il arrivait quelquefois qu'on amorçait un monsieur
qui revenait le lendemain; on le faisait poser quinze
jours, et puis on cédait. Mais ces hommes-là, ça ne
rapporte jamais gros. Ceux de Chatou c'était pour
le plaisir! Oh! si tu savais les ruses que nous
avions; vrai, c'était à mourir de rire. Donc, quand
Irma nous proposa de nous faire gagner cent francs,
nous voilà toutes allumées. C'est très vilain ce que
je vais te raconter, mais ça ne fait rien; tu connais
la vie, toi, et puis quand on est resté quatre ans à
Chatou...

Donc elle nous dit: «Nous allons lever au bal de
l'Opéra ce qu'il y a de mieux à Paris comme

hommes, les plus distingués et les plus riches. Moi, je les connais.»

Nous n'avons pas cru, d'abord, que c'était vrai; parce que ces hommes-là ne sont pas faits pour les modistes, pour Irma oui, mais pour nous, non. Oh! elle était d'un chic, cette Irma! Tu sais, nous avions coutume de dire à l'atelier que si l'empereur l'avait connue, il l'aurait certainement épousée.

Pour lors, elle nous fit habiller de ce que nous avions de mieux et elle nous dit: «Vous, vous n'entrerez pas au bal, vous allez rester chacune dans un fiacre dans les rues voisines. Un monsieur viendra qui montera dans votre voiture. Dès qu'il sera entré, vous l'embrasserez le plus gentiment que vous pourrez; et puis vous pousserez un grand cri pour montrer que vous vous êtes trompée, que vous en attendiez un autre. Ça allumera le pigeon de voir qu'il prend la place d'un autre et il voudra rester par force; vous résisterez, vous ferez les cent coups pour le chasser... et puis... vous irez souper avec lui... Alors il vous devra un bon dédommagement.»

Tu ne comprends point encore, n'est-ce pas? Eh bien, voici ce qu'elle fit, la rosse.

Elle nous fit monter toutes les quatre dans quatre voitures, des voitures de cercle, des voitures bien comme il faut, puis elle nous plaça dans des rues voisines de l'Opéra. Alors, elle alla au bal, toute seule. Comme elle connaissait, par leur nom, les

hommes les plus marquants de Paris, parce que la
patronne fournissait leurs femmes, elle en choisit
d'abord un pour l'intriguer. Elle lui en dit de toutes
les sortes, car elle a de l'esprit aussi. Quand elle le
vit bien emballé, elle ôta son loup, et il fut pris
comme dans un filet. Donc il voulut l'emmener
tout de suite, et elle lui donna rendez-vous, dans
une demi-heure dans une voiture en face du n° 20
de la rue Taitbout. C'était moi, dans cette voiture-
là! J'étais bien enveloppée et la figure voilée.
Donc, tout d'un coup, un monsieur passa sa tête à
la portière, et il dit: «C'est vous?»

Je réponds tout bas: «Oui, c'est moi, montez
vite.»

Il monte; et moi je le saisis dans mes bras et je
l'embrasse, mais je l'embrasse à lui couper la
respiration; puis je reprends:

«Oh! Que je suis heureuse! que je suis heureuse!»

Et, tout d'un coup, je crie:

«Mais ce n'est pas toi! Oh! mon Dieu! Oh! mon
Dieu!» Et je me mets à pleurer.

Tu juges si voilà un homme embarrassé! Il
cherche d'abord à me consoler; il s'excuse, proteste
qu'il s'est trompé aussi!

Moi, je pleurais toujours, mais moins fort; et je
poussais de gros soupirs. Alors il me dit des choses
très douces. C'était un homme tout à fait comme il

faut; et puis ça l'amusait maintenant de me voir pleurer de moins en moins.

Bref, de fil en aiguille, il m'a proposé d'aller souper. Moi, j'ai refusé; j'ai voulu sauter de la voiture; il m'a retenue par la taille; et puis embrassée; comme j'avais fait à son entrée.

Et puis... et puis... nous avons... soupé... tu comprends... et il m'a donné... devine... voyons, devine... il m'a donné cinq cents francs!... crois-tu qu'il y en a des hommes généreux.

Enfin, la chose a réussi pour tout le monde. C'est Louise qui a eu le moins avec deux cents francs. Mais tu sais, Louise, vrai, elle était trop maigre!

La marchande de tabac allait toujours, vidant d'un seul coup tous ses souvenirs amassés depuis si longtemps dans son cœur fermé de débitante officielle. Tout l'autrefois pauvre et drôle remuait son âme. Elle regrettait cette vie galante et bohème du trottoir parisien, faite de privations et de caresses payées, de rire et de misère, de ruses et d'amour vrai par moments.

Je lui dis: «Mais comment as-tu obtenu ton débit de tabac?»

Elle sourit: «Oh! c'est toute une histoire. Figure-toi que j'avais dans mon hôtel, porte à porte, un étudiant en droit, mais tu sais, un de ces étudiants qui ne font rien. Celui-là, il vivait au café, du matin

au soir; et il aimait le billard, comme je n'ai jamais
vu aimer personne.

«Quand j'étais seule nous passions la soirée
ensemble quelquefois. C'est de lui que j'ai eu
Roger.

— Qui ça, Roger?

— Mon fils.

— Ah!

— Il me donna une petite pension pour élever le
gosse, mais je pensais bien que ce garçon-là ne me
rapporterait rien, d'autant plus que je n'ai jamais vu
un homme aussi fainéant, mais là, jamais. Au bout
de dix ans, il en était encore à son premier examen.
Quand sa famille vit qu'on n'en pourrait rien tirer,
elle le rappela chez elle en province; mais nous
étions demeurés en correspondance à cause de
l'enfant. Et puis, figure-toi qu'aux dernières élec-
tions, il y a deux ans, j'apprends qu'il a été nommé
député dans son pays. Et puis il a fait des discours
à la Chambre. Vrai, dans le royaume des aveugles,
comme on dit... Mais pour finir, j'ai été le trouver
et il m'a fait obtenir, tout de suite, un bureau de
tabac comme fille de déporté... C'est vrai que mon
père a été déporté, mais je n'avais jamais pensé
non plus que ça pourrait me servir.

«Bref... Tiens, voilà Roger.»

Un grand jeune homme entrait, correct, grave,
poseur. Il embrassa sur le front sa mère qui me dit:

«Tenez, monsieur, c'est mon fils, chef de bureau
à la mairie... Vous savez... c'est un futur sous-
préfet.»

Je saluai dignement ce fonctionnaire, et je sortis
pour gagner l'hôtel, après avoir serré, avec gravité,
la main tendue de *Ça ira*.

AU BOIS

Le maire allait se mettre à table pour déjeuner quand on le prévint que le garde champêtre l'attendait à la mairie avec deux prisonniers.

Il s'y rendit aussitôt, et il aperçut en effet son garde champêtre, le père Hochedur, debout et surveillant d'un air sévère un couple de bourgeois mûrs.

L'homme, un gros père, à nez rouge et à cheveux blancs, semblait accablé, tandis que la femme, une petite mère endimanchée, très ronde, très grasse, aux joues luisantes, regardait d'un œil de défi l'agent de l'autorité qui les avait captivés.

Le maire demanda:

«Qu'est-ce que c'est, père Hochedur?»

Le garde champêtre fit sa déposition.

Il était sorti le matin, à l'heure ordinaire, pour accomplir sa tournée du côté des bois Champioux jusqu'à la frontière d'Argenteuil. Il n'avait rien remarqué d'insolite dans la campagne sinon qu'il faisait beau temps et que les blés allaient bien, quand le fils aux Bredel, qui binait sa vigne, avait crié:

«Hé, père Hochedur, allez voir au bord du bois, au premier taillis, vous y trouverez une couple de pigeons qu'ont bien cent trente ans à eux deux.»

Il était parti dans la direction indiquée; il était entré dans le fourré et il avait entendu des paroles et des soupirs qui lui firent supposer un flagrant délit de mauvaises mœurs.

Donc, avançant sur ses genoux et sur ses mains comme pour surprendre un braconnier, il avait appréhendé le couple présent au moment où il s'abandonnait à son instinct.

Le maire stupéfait considéra les coupables. L'homme comptait bien soixante ans et la femme au moins cinquante-cinq.

Il se mit à les interroger, en commençant par le mâle, qui répondait d'une voix si faible qu'on l'entendait à peine.

«Votre nom?

— Nicolas Beaurain.

— Votre profession?

— Mercier, rue des Martyrs, à Paris.

— Qu'est-ce que vous faisiez dans ce bois?»

Le mercier demeura muet, les yeux baissés sur son gros ventre, les mains à plat sur ses cuisses.

Le maire reprit:

«Niez-vous ce qu'affirme l'agent de l'autorité municipale?

— Non, monsieur.

— Alors, vous avouez?

— Oui, monsieur.

— Qu'avez-vous à dire pour votre défense?

— Rien, monsieur.

— Où avez-vous rencontré votre complice?

— C'est ma femme, monsieur.

— Votre femme?

— Oui, monsieur.

— Alors... alors... vous ne vivez donc pas ensemble... à Paris?

— Pardon, monsieur, nous vivons ensemble!

— Mais... alors... vous êtes fou, tout à fait fou, mon cher monsieur, de venir vous faire pincer ainsi, en plein champ, à dix heures du matin.»

Le mercier semblait prêt à pleurer de honte. Il murmura:

«C'est elle qui a voulu ça! Je lui disais bien que c'était stupide. Mais quand une femme a quelque chose dans la tête... vous savez... elle ne l'a pas ailleurs.»

Le maire, qui aimait l'esprit gaulois, sourit et répliqua:

«Dans votre cas, c'est le contraire qui aurait dû avoir lieu. Vous ne seriez pas ici si elle ne l'avait eu que dans la tête.»

Alors une colère saisit M. Beaurain et se tournant vers sa femme:

«Vois-tu où tu nous as menés avec ta poésie? Hein, y sommes-nous? Et nous irons devant les tribunaux, maintenant, à notre âge, pour attentat aux mœurs! Et il nous faudra fermer boutique, vendre la clientèle et changer de quartier! Y sommes-nous?»

Mme Beaurain se leva et, sans regarder son mari, elle s'expliqua sans embarras, sans vaine pudeur, presque sans hésitation.

«Mon Dieu, monsieur le maire, je sais bien que nous sommes ridicules. Voulez-vous me permettre de plaider ma cause comme un avocat, ou mieux comme une pauvre femme; et j'espère que vous voudrez bien nous renvoyer chez nous, et nous épargner la honte des poursuites.

«Autrefois, quand j'étais jeune, j'ai fait la connaissance de M. Beaurain dans ce pays-ci, un dimanche. Il était employé dans un magasin de mercerie, moi j'étais demoiselle dans un magasin de confections. Je me rappelle de ça comme d'hier. Je venais passer les dimanches ici, de temps en temps, avec une amie, Rose Levêque, avec qui j'habitais rue Pigalle. Rose avait un bon ami et moi pas. C'est lui qui nous conduisait ici. Un samedi il m'annonça, en riant, qu'il amènerait un camarade le lendemain. Je compris bien ce qu'il voulait, mais je répondis que c'était inutile. J'étais sage, monsieur.

«Le lendemain donc, nous avons trouvé au chemin de fer M. Beaurain. Il était bien de sa personne à cette époque-là. Mais j'étais décidée à ne pas céder, et je ne cédai pas non plus.

»Nous voici donc arrivés à Bezons. Il faisait un temps superbe, de ces temps qui vous chatouillent le cœur. Moi, quand il fait beau, aussi bien maintenant qu'autrefois, je deviens bête à pleurer, et quand je suis à la campagne je perds la tête. La verdure, les oiseaux qui chantent, les blés qui remuent au vent, les hirondelles qui vont si vite, l'odeur de l'herbe, les coquelicots, les marguerites, tout ça me rend folle! C'est comme le champagne quand on n'en a pas l'habitude!

»Donc il faisait un temps superbe, et doux, et clair, qui vous entrait dans le corps par les yeux en regardant et par la bouche en respirant. Rose et Simon s'embrassaient toutes les minutes! Ça me faisait quelque chose de les voir. M. Beaurain et moi nous marchions derrière eux, sans guère parler. Quand on ne se connaît pas on ne trouve rien à se dire. Il avait l'air timide, ce garçon et ça me plaisait de le voir embarrassé. Nous voici arrivés dans le petit bois. Il y faisait frais comme dans un bain et tout le monde s'assit sur l'herbe. Rose et son ami me plaisantaient sur ce que j'avais l'air sévère; vous comprenez bien que je ne pouvais pas être autrement. Et puis voilà qu'ils recommencent à s'embrasser sans plus se gêner que si nous n'étions pas là; et puis ils se sont parlé tout bas, et puis ils se sont levés et ils sont partis dans les feuilles sans rien dire. Jugez quelle sotte figure je faisais, moi, en face de ce garçon que je voyais pour la première fois. Je me sentais tellement confuse de les voir partir ainsi que ça me donna du courage; et je me suis mise à parler. Je lui demandai ce qu'il faisait;

il était commis de mercerie, comme je vous l'ai appris tout à l'heure. Nous causâmes donc quelques instants; ça l'enhardit, lui, et il voulut prendre des privautés, mais je le remis à sa place, et roide, encore. Est-ce pas vrai, monsieur Beaurain?»

M Beaurain, qui regardait ses pieds avec confusion, ne répondit pas.

Elle reprit: «Alors il a compris que j'étais sage, ce garçon, et il s'est mis à me faire la cour gentiment, en honnête homme. Depuis ce jour il est revenu tous les dimanches. Il était très amoureux de moi, monsieur. Et moi aussi je l'aimais beaucoup, mais là, beaucoup! c'était un beau garçon, autrefois.

»Bref, il m'épousa en septembre et nous prîmes notre commerce rue des Martyrs.

»Ce fut dur pendant des années, monsieur. Les affaires n'allaient pas; et nous ne pouvions guère nous payer des parties de campagne. Et puis, nous en avions perdu l'habitude. On a autre chose en tête, on pense à la caisse plus qu'aux fleurettes, dans le commerce. Nous vieillissions, peu à peu, sans nous en apercevoir, en gens tranquilles qui ne pensent plus guère à l'amour. On ne regrette rien tant qu'on ne s'aperçoit pas que ça vous manque.

»Et puis, monsieur, les affaires ont mieux été, nous nous sommes rassurés sur l'avenir! Alors, voyez-vous, je ne sais pas trop ce qui s'est passé en moi, non, vraiment, je ne sais pas!

»Voilà que je me suis remise à rêver comme une petite pensionnaire. La vue des voiturettes de fleurs qu'on traîne dans les rues me tirait les larmes. L'odeur des violettes venait me chercher à mon fauteuil, derrière ma caisse, et me faisait battre le cœur! Alors je me levais et je m'en venais sur le pas de ma porte pour regarder le bleu du ciel entre les toits. Quand on regarde le ciel dans une rue, ça a l'air d'une rivière, d'une longue rivière qui descend sur Paris en se tortillant; et les hirondelles passent dedans comme des poissons. C'est bête comme tout, ces choses-là, à mon âge! Que voulez-vous, monsieur, quand on a travaillé toute sa vie, il vient un moment où on s'aperçoit qu'on aurait pu faire autre chose, et, alors, on regrette, oh! oui, on regrette! Songez donc que, pendant vingt ans, j'aurais pu aller cueillir des baisers dans les bois, comme les autres, comme les autres femmes. Je songeais comme c'est bon d'être couché sous les feuilles en aimant quelqu'un! Et j'y pensais tous les jours, toutes les nuits! Je rêvais de clairs de lune sur l'eau jusqu'à avoir envie de me noyer.

»Je n'osais pas parler de ça à M. Beaurain dans les premiers temps. Je savais bien qu'il se moquerait de moi et qu'il me renverrait vendre mon fil et mes aiguilles! Et puis, à vrai dire, M. Beaurain ne me disait plus grand-chose; mais en me regardant dans ma glace, je comprenais bien aussi que je ne disais plus rien à personne, moi!

»Donc, je me décidai et je lui proposai une partie de campagne au pays où nous nous étions connus. Il accepta sans défiance et nous voici arrivés, ce matin, vers les neuf heures.

»Moi je me sentis toute retournée quand je suis entrée dans les blés. Ça ne vieillit pas, le cœur des femmes! Et, vrai, je ne voyais plus mon mari tel qu'il est, mais bien tel qu'il était autrefois! Ça, je vous le jure, monsieur. Vrai de vrai, j'étais grise. Je me mis à l'embrasser; il en fut plus étonné que si j'avais voulu l'assassiner. Il me répétait: "Mais tu es folle. Mais tu es folle, ce matin. Qu'est-ce qui te prend?..." Je ne l'écoutais pas, moi, je n'écoutais que mon cœur. Et je le fis entrer dans le bois... Et voilà!... j'ai dit la vérité, monsieur le maire, toute la vérité.»

Le maire était un homme d'esprit. Il se leva, sourit, et dit: «Allez en paix, madame, et ne péchez plus... sous les feuilles.»

L'ENDORMEUSE

La Seine s'étalait devant ma maison, sans une ride, et vernie par le soleil du matin. C'était une belle, large, lente, longue coulée d'argent, empourprée par places; et de l'autre côté du fleuve, de grands arbres alignés étendaient sur toute la berge une immense muraille de verdure.

La sensation de la vie qui recommence chaque jour, de la vie fraîche, gaie, amoureuse, frémissait dans les feuilles, palpitait dans l'air, miroitait sur l'eau.

On me remit les journaux que le facteur venait d'apporter et je m'en allai sur la rive, à pas tranquilles, pour les lire.

Dans le premier que j'ouvris, j'aperçus ces mots: «Statistiques des suicidés» et j'appris que, cette année, plus de huit mille cinq cents êtres humains se sont tués.

Instantanément, je les vis! Je vis ce massacre, hideux et volontaire, des désespérés las de vivre. Je vis des gens qui saignaient, la mâchoire brisée, le crâne crevé, la poitrine trouée par une balle, agonisant lentement, seuls dans une petite chambre d'hôtel, et sans penser à leur blessure, pensant toujours à leur malheur.

J'en vis d'autres, la gorge ouverte ou le ventre fendu, tenant encore dans leur main le couteau de cuisine ou le rasoir.

J'en vis d'autres, assis tantôt devant un verre où trempaient des allumettes, tantôt devant une petite bouteille qui portait une étiquette rouge.

Ils regardaient cela avec des yeux fixes, sans bouger; puis ils buvaient, puis ils attendaient; puis une grimace passait sur leurs joues, crispait leurs lèvres; une épouvante égarait leurs yeux, car ils ne savaient pas qu'on souffrait tant avant la fin.

Ils se levaient, s'arrêtaient, tombaient et, les deux mains sur le ventre, ils sentaient leurs organes brûlés, leurs entrailles rongées par le feu du liquide, avant que leur pensée fût seulement obscurcie.

J'en vis d'autres pendus au clou du mur, à l'espagnolette de la fenêtre, au crochet du plafond, à la poutre du grenier, à la branche de l'arbre, sous la pluie du soir. Et je devinais tout ce qu'ils avaient fait avant de rester là, la langue tirée, immobiles. Je devinais l'angoisse de leur cœur, leurs hésitations dernières, leurs mouvements pour attacher la corde, constater qu'elle tenait bien, se la passer au cou et se laisser tomber.

J'en vis d'autres couchés sur des lits misérables, des mères avec leurs petits enfants, des vieillards crevant de faim, des jeunes filles déchirées par des angoisses d'amour, tous rigides, étouffés, as-

phyxiés, tandis qu'au milieu de la chambre fumait
encore le réchaud de charbon.

Et j'en aperçus qui se promenaient dans la nuit
sur les ponts déserts. C'étaient les plus sinistres.
L'eau coulait sous les arches avec un bruit mou. Ils
ne la voyaient pas... ils la devinaient en aspirant
son odeur froide! Ils en avaient envie et ils en
avaient peur. Ils n'osaient point! Pourtant, il le
fallait. L'heure sonnait au loin à quelque clocher, et
soudain, dans le large silence des ténèbres passaient, vite étouffés, le claquement d'un corps
tombant dans la rivière, quelques cris, un clapotement d'eau battue avec des mains. Ce n'était
parfois aussi que le plouf de leur chute, quand ils
s'étaient lié les bras ou attaché une pierre aux
pieds.

Oh! les pauvres gens, les pauvres gens, les
pauvres gens, comme j'ai senti leurs angoisses,
comme je suis mort de leur mort! J'ai passé par
toutes leurs misères, j'ai subi, en une heure, toutes
leurs tortures. J'ai su tous les chagrins qui les ont
conduits là; car je sens l'infamie trompeuse de la
vie, comme personne, plus que moi, ne l'a sentie.

Comme je les ai compris, ceux qui, faibles,
harcelés par la malchance, ayant perdu les êtres
aimés, réveillés du rêve d'une récompense tardive,
de l'illusion d'une autre existence où Dieu serait
juste enfin, après avoir été féroce, et désabusés des

mirages du bonheur, en ont assez et veulent finir ce drame sans trêve ou cette honteuse comédie.

Le suicide! mais c'est la force de ceux qui n'en ont plus, c'est l'espoir de ceux qui ne croient plus, c'est le sublime courage des vaincus! Oui, il y a au moins une porte à cette vie, nous pouvons toujours l'ouvrir et passer de l'autre côté. La nature a eu un mouvement de pitié; elle ne nous a pas emprisonnés. Merci pour les désespérés!

Quant aux simples désabusés, qu'ils marchent devant eux l'âme libre et le cœur tranquille. Ils n'ont rien à craindre, puisqu'ils peuvent s'en aller; puisque derrière eux est toujours cette porte que les dieux rêvés ne peuvent même fermer.

Je songeais à cette foule de morts volontaires: plus de huit mille cinq cents en une année. Et il me semblait qu'ils s'étaient réunis pour jeter au monde une prière, pour crier un vœu, pour demander quelque chose, réalisable plus tard, quand on comprendra mieux. Il me semblait que tous ces suppliciés, ces égorgés, ces empoisonnés, ces pendus, ces asphyxiés, ces noyés, s'en venaient, horde effroyable, comme des citoyens qui votent, dire à la société: «Accordez-nous au moins une mort douce! Aidez-nous à mourir, vous qui ne nous avez pas aidés à vivre! Voyez, nous sommes nombreux, nous avons le droit de parler en ces jours de liberté, d'indépendance philosophique et de suffrage populaire. Faites à ceux qui renoncent à

vivre l'aumône d'une mort qui ne soit point répu-
gnante ou effroyable.»

. . . .

Je me mis à rêvasser, laissant ma pensée vagabonder sur ce sujet en des songeries bizarres et
mystérieuses.

Je me crus, à un moment, dans une belle ville.
C'était Paris; mais à quelle époque? J'allais par les
rues, regardant les maisons, les théâtres, les établis-
sements publics, et voilà que, sur une place, j'aperçus un grand bâtiment, fort élégant, coquet et joli.

Je fus surpris, car on lisait sur la façade, en
lettres d'or: «Œuvre de la mort volontaire». Oh!
étrangeté des rêves éveillés où l'esprit s'envole
dans un monde irréel et possible! Rien n'y étonne;
rien n'y choque; et la fantaisie débridée ne distin-
gue plus le comique et le lugubre.

Je m'approchai de cet édifice, où des valets en
culotte courte étaient assis dans un vestibule,
devant un vestiaire, comme à l'entrée d'un cercle.

J'entrai pour voir. Un d'eux, se levant, me dit:

«Monsieur désire?

— Je désire savoir ce que c'est que cet endroit.

— Pas autre chose?

— Mais non.

— Alors, monsieur veut-il que je le conduise
chez le secrétaire de l'œuvre?»

J'hésitais. J'interrogeai encore:

«Mais, cela ne le dérangera pas?

— Oh non, monsieur, il est ici pour recevoir les personnes qui désirent des renseignements.

— Allons, je vous suis.»

Il me fit traverser des couloirs où quelques vieux messieurs causaient; puis je fus introduit dans un beau cabinet, un peu sombre, tout meublé de bois noir. Un jeune homme, gras, ventru, écrivait une lettre en fumant un cigare dont le parfum me révéla la qualité supérieure.

Il se leva. Nous nous saluâmes, et quand le valet fut parti, il demanda:

«Que puis-je pour votre service?

— Monsieur, lui répondis-je, pardonnez-moi mon indiscrétion. Je n'avais jamais vu cet établissement. Les quelques mots inscrits sur la façade m'ont fortement étonné; et je désirerais savoir ce qu'on y fait.»

Il sourit avant de répondre, puis, à mi-voix, avec un air de satisfaction:

«Mon Dieu, monsieur, on tue proprement et doucement, je n'ose pas dire agréablement, les gens qui désirent mourir.»

Je ne me sentis pas très ému, car cela me parut en somme naturel et juste. J'étais surtout étonné qu'on eût pu, sur cette planète à idées basses, utilitaires, humanitaires, égoïstes et coercitives de toute liberté réelle, oser une pareille entreprise, digne d'une humanité émancipée.

Je repris:

«Comment en êtes-vous arrivé là?»

Il répondit:

«Monsieur, le chiffre des suicides s'est tellement accru pendant les cinq années qui ont suivi l'Exposition universelle de 1889 que des mesures sont devenues urgentes. On se tuait dans les rues, dans les fêtes, dans les restaurants, au théâtre, dans les wagons, dans les réceptions du président de la République, partout.

»C'était non seulement un vilain spectacle pour ceux qui aiment bien vivre comme moi, mais aussi un mauvais exemple pour les enfants. Alors il a fallu centraliser les suicides.

— D'où venait cette recrudescence?

— Je n'en sais rien. Au fond, je crois que le monde vieillit. On commence à y voir clair, et on en prend mal son parti. Il en est aujourd'hui de la destinée comme du gouvernement, on sait ce que c'est, on constate qu'on est floué partout, et on s'en va. Quand on a reconnu que la providence ment, triche, vole, trompe les humains comme un simple député ses électeurs, on se fâche, et comme on ne peut en nommer une autre tous les trois mois, ainsi que nous faisons pour nos représentants concussionnaires, on quitte la place, qui est décidément mauvaise.

— Vraiment!

— Oh! moi, je ne me plains pas.

— Voulez-vous me dire comment fonctionne votre œuvre?

— Très volontiers. Vous pourrez d'ailleurs en faire partie quand il vous plaira. C'est un cercle.

— Un cercle!!!...

— Oui, monsieur, fondé par les hommes les plus éminents du pays, par les plus grands esprits et les plus claires intelligences.»

Il ajouta, en riant de tout son cœur:

«Et je vous jure qu'on s'y plaît beaucoup.

— Ici?

— Oui, ici.

— Vous m'étonnez.

— Mon Dieu! on s'y plaît parce que les membres du cercle n'ont pas cette peur de la mort qui est la grande gâcheuse de joies sur la terre.

— Mais alors, pourquoi sont-ils membres de ce cercle, s'ils ne se tuent pas?

— On peut être membre du cercle sans se mettre pour cela dans l'obligation de se tuer.

— Mais alors?

— Je m'explique. Devant le nombre démesurément croissant des suicides, devant les spectacles hideux qu'ils nous donnaient, s'est formée une société de pure bienfaisance, protectrice des désespérés, qui a mis à leur disposition une mort calme et insensible, sinon imprévue.

— Qui donc a pu autoriser une pareille œuvre?

— Le général Boulanger, pendant son court passage au pouvoir. Il ne savait rien refuser. Il n'a fait que cela de bon, d'ailleurs. Donc, une société s'est formée d'hommes clairvoyants, désabusés, sceptiques, qui ont voulu élever en plein Paris une sorte de temple du mépris de la mort. Elle fut d'abord, cette maison, un endroit redouté, dont personne n'approchait. Alors les fondateurs qui s'y réunissaient, y ont donné une grande soirée d'inauguration avec Mmes Sarah Bernhardt, Judic, Théo, Granier et vingt autres; MM. de Reszké, Coquelin, Mounet-Sully, Paulus, etc.; puis des concerts, des comédies de Dumas, de Meilhac, d'Halévy, de Sardou. Nous n'avons eu qu'un four, une pièce de M. Becque, qui a semblé triste mais qui a eu ensuite un très grand succès à la Comédie-Française. Enfin, tout Paris est venu. L'affaire était lancée.

— Au milieu des fêtes! Quelle macabre plaisanterie!

— Pas du tout. Il ne faut pas que la mort soit triste il faut qu'elle soit indifférente. Nous avons égayé la mort nous l'avons fleurie, nous l'avons parfumée, nous l'avons faite facile. On apprend à secourir par l'exemple; on peut voir, ça n'est rien.

— Je comprends fort bien qu'on soit venu pour les fêtes; mais est-on venu pour... Elle?

— Pas tout de suite, on se méfiait.

— Et plus tard?

— On est venu.

— Beaucoup?

— En masse. Nous en avons plus de quarante par jour. On ne trouve presque plus de noyés dans la Seine.

— Qui est-ce qui a commencé?

— Un membre du cercle.

— Un dévoué?

— Je ne crois pas. Un embêté, un décavé, qui avait eu des différences énormes au baccara, pendant trois mois.

— Vraiment?

— Le second a été un Anglais, un excentrique. Alors nous avons fait de la réclame dans les journaux, nous avons raconté notre procédé, nous avons inventé des morts capables d'attirer. Mais le grand mouvement a été donné par les pauvres gens.

— Comment procédez-vous?

— Voulez-vous visiter? Je vous expliquerai en même temps.

— Certainement.»

Il prit son chapeau, ouvrit la porte, me fit passer puis entrer dans une salle de jeu où des hommes jouaient comme on joue dans tous les tripots. Il traversait ensuite divers salons. On y causait vivement, gaiement. J'avais rarement vu un cercle aussi vivant, aussi animé, aussi rieur.

Comme je m'en étonnais:

«Oh! reprit le secrétaire, l'œuvre a une vogue inouïe. Tout le monde chic de l'univers entier en fait partie pour avoir l'air de mépriser la mort. Puis, une fois qu'ils sont ici, ils se croient obligés d'être gais afin de ne pas paraître effrayés. Alors, on plaisante, on rit, on blague, on a de l'esprit et on apprend à en avoir. C'est certainement aujourd'hui l'endroit le mieux fréquenté et le plus amusant de Paris. Les femmes mêmes s'occupent en ce moment de créer une annexe pour elles.

— Et malgré cela, vous avez beaucoup de suicides dans la maison?

— Comme je vous l'ai dit, environ quarante ou cinquante par jour.

»Les gens du monde sont rares, mais les pauvres diables abondent. La classe moyenne aussi donne beaucoup.

— Et comment... fait-on?

— On asphyxie... très doucement.

— Par quel procédé?

— Un gaz de notre invention. Nous avons un brevet. De l'autre côté de l'édifice, il y a les portes du public. Trois petites portes donnant sur de petites rues. Quand un homme ou une femme se présente, on commence à l'interroger; puis on lui offre un secours, de l'aide, des protections. Si le client accepte, on fait une enquête et souvent nous en avons sauvé.

— Où trouvez-vous l'argent?

— Nous en avons beaucoup. La cotisation des membres est fort élevée. Puis il est de bon ton de donner à l'œuvre. Les noms de tous les donateurs sont imprimés dans le *Figaro*. Or, tout suicide d'homme riche coûte mille francs. Et ils meurent à la pose. Ceux des pauvres sont gratuits.

— Comment reconnaissez-vous les pauvres?

— Oh! oh! monsieur, on les devine! Et puis ils doivent apporter un certificat d'indigence du commissaire de police de leur quartier. Si vous saviez comme c'est sinistre, leur entrée! J'ai visité une fois seulement cette partie de notre établissement, je n'y retournerai jamais. Comme local, c'est aussi bien qu'ici, presque aussi riche et confortable; mais eux... Eux!!! Si vous les voyiez arriver, les vieux en guenilles qui viennent mourir; des gens qui crèvent de misère depuis des mois, nourris au coin des bornes comme les chiens des rues, des femmes en haillons, décharnées, qui sont malades, paralysées, incapables de trouver leur vie et qui nous disent, après avoir raconté leur cas: "Vous voyez bien que ça ne peut pas continuer, puisque je ne peux plus rien faire et rien gagner, moi."

»J'en ai vu venir une de quatre-vingt-sept ans, qui avait perdu tous ses enfants et petits-enfants, et qui, depuis six semaines, couchait dehors. J'en ai été malade d'émotion.

»Puis, nous avons tant de cas différents, sans compter les gens qui ne disent rien et qui demandent simplement: "Où est-ce" Ceux-là, on les fait entrer, et c'est fini tout de suite.»

Je répétai, le cœur crispé:

«Et... où est-ce?

— Ici.»

Il ouvrit une porte en ajoutant:

«Entrez, c'est la partie spécialement réservée aux membres du cercle, et celle qui fonctionne le moins. Nous n'y avons eu encore que onze anéantissements.

— Ah! vous appelez cela un... anéantissement.

— Oui, monsieur. Entrez donc.»

J'hésitais. Enfin j'entrai. C'était une délicieuse galerie, une sorte de serre, que des vitraux d'un bleu pâle, d'un rose tendre, d'un vert léger, entouraient poétiquement de paysages de tapisseries. Il y avait dans ce joli salon des divans, de superbes palmiers, des fleurs, des roses surtout, embaumantes, des livres sur des tables, la *Revue des Deux Mondes*, des cigares en des boîtes de la régie, et, ce qui me surprit, des pastilles de Vichy dans une bonbonnière.

Comme je m'en étonnais:

«Oh! on vient souvent causer ici», dit mon guide.

Il reprit:

«Les salles du public sont pareilles, mais plus simplement meublées.»

Je demandai:

«Comment fait-on?»

Il désigna du doigt une chaise longue, couverte de crêpe de Chine crémeuse, à broderies blanches, sous un grand arbuste inconnu, au pied duquel s'arrondissait une plate-bande de réséda.

Le secrétaire ajouta d'une voix plus basse:

«On change à volonté la fleur et le parfum, car notre gaz, tout à fait imperceptible, donne à la mort l'odeur de la fleur qu'on aima. On le volatilise avec des essences. Voulez-vous que je vous le fasse aspirer une seconde?

— Merci, lui dis-je vivement, pas encore...»

Il se mit à rire.

«Oh! monsieur, il n'y a aucun danger. Je l'ai moi-même constaté plusieurs fois.»

J'eus peur de lui paraître lâche. Je repris:

«Je veux bien.

— Étendez-vous sur l'Endormeuse.»

Un peu inquiet, je m'assis sur la chaise basse en crêpe de Chine, puis je m'allongeai, et presque aussitôt je fus enveloppé par une odeur délicieuse de réséda. J'ouvris la bouche pour la mieux boire, car mon âme s'était engourdie, oubliait, savourait, dans le premier trouble de l'asphyxie, l'ensorcelante ivresse d'un opium enchanteur et foudroyant.

Je fus secoué par le bras.

«Oh! oh! monsieur, disait en riant le secrétaire, il me semble que vous vous y laissez prendre.»

. . . .

Mais une voix, une vraie voix, et non plus celle des songeries, me saluait avec un timbre paysan:

«Bonjour, m'sieu. Ça va-t-il?»

Mon rêve s'envola. Je vis la Seine claire sous le soleil et, arrivant par un sentier, le garde champêtre du pays, qui touchait de sa main droite son képi noir galonné d'argent. Je répondis:

«Bonjour, Marinel. Où allez-vous donc?

— Je vais constater un noyé qu'on a repêché près des Morillons. Encore un qui s'a jeté dans le bouillon. Même qu'il avait retiré sa culotte pour s'attacher les jambes avec.»

MOUCHE

SOUVENIR D'UN CANOTIER

Il nous dit:

En ai-je vu, de drôles de choses et de drôles de filles aux jours passés où je canotais. Que de fois j'ai eu envie d'écrire un petit livre, titré «Sur la Seine» pour raconter cette vie de force et d'insouciance, de gaieté et de pauvreté, de fête robuste et tapageuse que j'ai menée de vingt à trente ans.

J'étais un employé sans le sou; maintenant, je suis un homme arrivé qui peut jeter des grosses sommes pour un caprice d'une seconde. J'avais au cœur mille désirs modestes et irréalisables qui me doraient l'existence de toutes les attentes imaginaires. Aujourd'hui, je ne sais pas vraiment quelle fantaisie me pourrait faire lever du fauteuil où je somnole. Comme c'était simple, et bon, et difficile de vivre ainsi, entre le bureau à Paris et la rivière à Argenteuil. Ma grande, ma seule, mon absorbante passion, pendant dix ans, ce fut la Seine. Ah! la belle, calme, variée et puante rivière pleine de mirage et d'immondices. Je l'ai tant aimée, je crois, parce qu'elle m'a donné, me semble-t-il, le sens de la vie. Ah! les promenades le long des berges fleuries, mes amies les grenouilles qui rêvaient, le

ventre au frais, sur une feuille de nénuphar, et les
lis d'eau coquets et frêles, au milieu des grandes
herbes fines qui m'ouvraient soudain derrière un
saule, un feuillet d'album japonais quand le martin-
pêcheur fuyait devant moi comme une flamme
bleue! Ai-je aimé tout cela, d'un amour instinctif
des yeux qui se répandait dans tout mon corps en
une joie naturelle et profonde.

Comme d'autres ont des souvenirs de nuits
tendres, j'ai des souvenirs de levers de soleil dans
les brumes matinales, flottantes, errantes vapeurs,
blanches comme des mortes avant l'aurore, puis, au
premier rayon glissant sur les prairies, illuminées
de rose à ravir le cœur, et j'ai des souvenirs de
lune argentant l'eau frémissante et courante, d'une
lueur qui faisait fleurir tous les rêves.

Et tout cela, symbole de l'éternelle illusion,
naissait pour moi sur de l'eau croupie qui charriait
vers la mer toutes les ordures de Paris.

Puis quelle vie gaie avec les camarades. Nous
étions cinq, une bande, aujourd'hui des hommes
graves; et comme nous étions tous pauvres, nous
avions fondé dans une affreuse gargote d'Argenteuil, une colonie inexprimable qui ne possédait
qu'une chambre-dortoir où j'ai passé les plus folles
soirées, certes, de mon existence. Nous n'avions
souci de rien que de nous amuser et de ramer, car
l'aviron pour nous, sauf pour un, était un culte. Je
me rappelle de si singulières aventures, de si

invraisemblables farces, inventées par ces cinq
chenapans, que personne aujourd'hui ne les pourrait
croire. On ne vit plus ainsi, même sur la Seine, car
la fantaisie enragée qui nous tenait en haleine est
morte dans les âmes actuelles.

A nous cinq, nous possédions un seul bateau,
acheté à grand-peine et sur lequel nous avons ri
comme nous ne rirons plus jamais. C'était une
large yole un peu lourde mais solide, spacieuse et
confortable. Je ne vous ferai point le portrait de
mes camarades. Il y en avait un petit, très marin,
surnommé Petit Bleu; un grand, à l'air sauvage,
avec des yeux gris et des cheveux noirs, surnommé
Tomahawk; un autre, spirituel et paresseux, surnommé La Tôque, le seul qui ne touchât jamais une
rame sous prétexte qu'il ferait chavirer le bateau;
un mince, élégant, très soigné, surnommé «N'a-
qu'un-œil» en souvenir d'un roman alors récent de
Cladel, et parce qu'il portait un monocle; enfin moi
qu'on avait baptisé Joseph Prunier. Nous vivions en
parfaite intelligence avec le seul regret de n'avoir
pas une barreuse. Une femme, c'est indispensable
dans un canot. Indispensable parce que ça tient
l'esprit et le cœur en éveil, parce que ça anime, ça
amuse, ça distrait, ça pimente et ça fait décor avec
une ombrelle rouge glissant sur les berges vertes.
Mais il ne nous fallait pas une barreuse ordinaire,
à nous cinq qui ne ressemblions guère à tout le
monde. Il nous fallait quelque chose d'imprévu, de

drôle, de prêt à tout, de presque introuvable, enfin. Nous en avions essayé beaucoup sans succès, des filles de barre, pas des barreuses, canotières imbéciles qui préféraient toujours le petit vin qui grise, à l'eau qui coule et qui porte les yoles. On les gardait un dimanche, puis on les congédiait avec dégoût.

Or, voilà qu'un samedi soir «N'a-qu'un-œil» nous amena une petite créature fluette, vive, sautillante, blagueuse et pleine de drôlerie, de cette drôlerie qui tient lieu d'esprit aux titis mâles et femelles éclos sur le pavé de Paris. Elle était gentille, pas jolie, une ébauche de femme où il y avait de tout, une de ces silhouettes que les dessinateurs crayonnent en trois traits sur une nappe de café après dîner entre un verre d'eau-de-vie et une cigarette. La nature en fait quelquefois comme ça.

Le premier soir, elle nous étonna, nous amusa, et nous laissa sans opinion tant elle était inattendue. Tombée dans ce nid d'hommes prêts à toutes les folies, elle fut bien vite maîtresse de la situation, et dès le lendemain elle nous avait conquis.

Elle était d'ailleurs tout à fait toquée, née avec un verre d'absinthe dans le ventre, que sa mère avait dû boire au moment d'accoucher, et elle ne s'était jamais dégrisée depuis, car sa nourrice, disait-elle, se refaisait le sang à coups de tafia; et elle-même n'appelait jamais autrement que «ma sainte famille» toutes les bouteilles alignées derrière le comptoir des marchands de vin.

Je ne sais lequel de nous la baptisa «Mouche» ni pourquoi ce nom lui fut donné, mais il lui allait bien, et lui resta. Et notre yole, qui s'appelait *Feuille-à-l'Envers* fit flotter chaque semaine sur la Seine, entre Asnières et Maisons-Laffitte, cinq gars, joyeux et robustes, gouvernés, sous un parasol de papier peint, par une vive et écervelée personne qui nous traitait comme des esclaves chargés de la promener sur l'eau, et que nous aimions beaucoup.

Nous l'aimions tous beaucoup pour mille raisons d'abord, pour une seule ensuite. Elle était, à l'arrière de notre embarcation, une espèce de petit moulin à paroles, jacassant au vent qui filait sur l'eau. Elle bavardait sans fin avec le léger bruit continu de ces mécaniques ailées qui tournent dans la brise, et elle disait étourdiment les choses les plus inattendues, les plus cocasses, les plus stupé-fiantes. Il y avait dans cet esprit, dont toutes les parties semblaient disparates à la façon de loques de toute nature et de toute couleur, non pas cousues ensemble mais seulement faufilées, de la fantaisie comme dans un conte de fées, de la gauloiserie, de l'impudeur de l'impudence, de l'imprévu, du comique, et de l'air, de l'air et du paysage comme dans un voyage en ballon.

On lui posait des questions pour provoquer des
réponses trouvées on ne sait où. Celle dont on la
harcelait le plus souvent était celle-ci:

«Pourquoi t'appelle-t-on Mouche?»

Elle découvrait des raisons tellement invraisemblables que nous cessions de nager pour en rire.

Elle nous plaisait aussi, comme femme; et La
Tôque, qui ne ramait jamais et qui demeurait tout
le long des jours assis à côté d'elle au fauteuil de
barre, répondit une fois à la demande ordinaire:

«Pourquoi t'appelle-t-on Mouche?

— Parce que c'est une petite cantharide.»

Oui, une petite cantharide bourdonnante et
enfiévrante, non pas la classique cantharide empoi-
sonneuse, brillante et mantelée, mais une petite
cantharide aux ailes rousses qui commençait à
troubler étrangement l'équipage entier de la
Feuille-à-l'Envers.

Que de plaisanteries stupides, encore, sur cette
feuille où s'était arrêtée cette Mouche.

«N'a-qu'un-œil», depuis l'arrivée de «Mouche»
dans le bateau, avait pris au milieu de nous un rôle
prépondérant, supérieur, le rôle d'un monsieur qui
a une femme à côté de quatre autres qui n'en ont
pas. Il abusait de ce privilège au point de nous
exaspérer parfois en embrassant Mouche devant
nous, en l'asseyant sur ses genoux à la fin des
repas et par beaucoup d'autres prérogatives humi-
liantes autant qu'irritantes.

On les avait isolés dans le dortoir par un rideau.

Mais je m'aperçus bientôt que mes compagnons et moi devions faire au fond de nos cerveaux de solitaires le même raisonnement: «Pourquoi, en vertu de quelle loi d'exception, de quel principe inacceptable, Mouche, qui ne paraissait gênée par aucun préjugé, serait-elle fidèle à son amant, alors que les femmes du meilleur monde ne le sont pas à leurs maris?»

Notre réflexion était juste. Nous en fûmes bientôt convaincus. Nous aurions dû seulement la faire plus tôt pour n'avoir pas à regretter le temps perdu. Mouche trompa «N'a-qu'un-œil» avec tous les autres matelots de la *Feuille-à-l'Envers*.

Elle le trompa sans difficulté, sans résistance, à la première prière de chacun de nous.

Mon Dieu, les gens pudiques vont s'indigner beaucoup! Pourquoi? Quelle est la courtisane en vogue qui n'a pas une douzaine d'amants, et quel est celui de ces amants assez bête pour l'ignorer? La mode n'est-elle pas d'avoir un soir chez une femme célèbre et cotée, comme on a un soir à l'Opéra, aux Français ou à l'Odéon, depuis qu'on y joue les demi-classiques? On se met à dix pour entretenir une cocotte qui fait de son temps une distribution difficile, comme on se met à dix pour posséder un cheval de course que monte seulement un jockey, véritable image de l'amant de cœur.

On laissait par délicatesse Mouche à «N'a-qu'un-
œil» du samedi soir au lundi matin. Les jours de
navigation étaient à lui. Nous ne le trompions qu'en
semaine, à Paris, loin de la Seine, ce qui, pour des
canotiers comme nous, n'était presque plus tromper.

La situation avait ceci de particulier que les
quatre maraudeurs des faveurs de Mouche n'igno-
raient point ce partage, qu'ils en parlaient entre
eux, et même avec elle, par allusions voilées qui la
faisaient beaucoup rire. Seul, «N'a-qu'un-œil»
semblait tout ignorer; et cette position spéciale
faisait naître une gêne entre lui et nous, paraissait
le mettre à l'écart, l'isoler, élever une barrière à
travers notre ancienne confiance et notre ancienne
intimité. Cela lui donnait pour nous un rôle difficile, un peu ridicule, un rôle d'amant trompé,
presque de mari.

Comme il était fort intelligent, doué d'un esprit
spécial de pince-sans-rire, nous nous demandions
quelquefois, avec une certaine inquiétude, s'il ne se
doutait de rien.

Il eut soin de nous renseigner, d'une façon
pénible pour nous. On allait déjeuner à Bougival, et
nous ramions avec vigueur, quand La Tôque, qui
avait, ce matin-là une allure triomphante d'homme
satisfait et qui, assis côte à côte avec la barreuse,
semblait se serrer contre elle un peu trop librement
à notre avis, arrêta la nage en criant «Stop!».

Les huit avirons sortirent de l'eau.

Alors, se tournant vers sa voisine, il demanda:

«Pourquoi t'appelle-t-on Mouche?»

Avant qu'elle eût pu répondre, la voix de «N'a-qu'un-œil», assis à l'avant, articula d'un ton sec:

«Parce qu'elle se pose sur toutes les charognes.»

Il y eut d'abord un grand silence, une gêne, que suivit une envie de rire. Mouche elle-même demeurait interdite.

Alors, La Tôque commanda:

«Avant partout.»

Le bateau se remit en route.

L'incident était clos, la lumière faite.

Cette petite aventure ne changea rien à nos habitudes. Elle rétablit seulement la cordialité entre «N'a-qu'un-œil» et nous. Il redevint le propriétaire honoré de Mouche, du samedi soir au lundi matin, sa supériorité sur nous ayant été bien établie par cette définition, qui clôtura d'ailleurs l'ère des questions sur le mot «Mouche». Nous nous contentâmes à l'avenir du rôle secondaire d'amis reconnaissants et attentionnés qui profitaient discrètement des jours de la semaine sans contestation d'aucune sorte entre nous.

Cela marcha très bien pendant trois mois environ. Mais voilà que tout à coup Mouche prit, vis-à-vis de nous tous, des attitudes bizarres. Elle était moins gaie, nerveuse, inquiète, presque irritable. On lui demandait sans cesse:

«Qu'est-ce que tu as?»

Elle répondait:

«Rien. Laisse-moi tranquille.»

La révélation nous fut faite par «N'a-qu'un-œil», un samedi soir. Nous venions de nous mettre à table dans la petite salle à manger que notre gargotier Barbichon nous réservait dans sa guinguette, et, le potage fini, on attendait la friture quand notre ami, qui paraissait aussi soucieux, prit d'abord la main de Mouche et ensuite parla:

«Mes chers camarades, dit-il, j'ai une communication des plus graves à vous faire et qui va peut-être amener de longues discussions. Nous aurons le temps d'ailleurs de raisonner entre les plats.

»Cette pauvre Mouche m'a annoncé une désastreuse nouvelle dont elle m'a chargé en même temps de vous faire part.

»Elle est enceinte.

»Je n'ajoute que deux mots:

«Ce n'est pas le moment de l'abandonner et la recherche de la paternité est interdite.»

Il y eut d'abord de la stupeur, la sensation d'un désastre: et nous nous regardions les uns les autres avec l'envie d'accuser quelqu'un. Mais lequel? Ah! lequel? Jamais je n'avais senti comme en ce moment la perfidie de cette cruelle farce de la nature qui ne permet jamais à un homme de savoir d'une façon certaine s'il est le père de son enfant.

Puis peu à peu une espèce de consolation nous vint et nous réconforta, née au contraire d'un sentiment confus de solidarité.

Tomahawk, qui ne parlait guère, formula ce début de rassérènement par ces mots:

«Ma foi, tant pis, l'union fait la force.»

Les goujons entraient apportés par un marmiton. On ne se jetait pas dessus, comme toujours, car on avait tout de même l'esprit troublé.

N'a-qu'un-œil reprit:

«Elle a eu, en cette circonstance, la délicatesse de me faire des aveux complets. Mes amis, nous sommes tous également coupables. Donnons-nous la main et adoptons l'enfant.»

La décision fut prise à l'unanimité. On leva les bras vers le plat de poissons frits et on jura.

«Nous l'adoptons.»

Alors, sauvée tout d'un coup, délivrée du poids horrible d'inquiétude qui torturait depuis un mois cette gentille et détraquée pauvresse de l'amour, Mouche s'écria:

«Oh! mes amis! mes amis! Vous êtes de braves cœurs... de braves cœurs... de braves cœurs... Merci tous!» Et elle pleura, pour la première fois devant nous.

Désormais on parla de l'enfant dans le bateau comme s'il était né déjà, et chacun de nous s'intéressait, avec une sollicitude de participation exa-

gérée, au développement lent et régulier de la taille
de notre barreuse.

On cessait de ramer pour demander:

«Mouche?»

Elle répondait:

«Présente.

— Garçon ou fille?

— Garçon.

— Que deviendra-t-il?»

Alors elle donnait essor à son imagination de la
façon la plus fantastique. C'étaient des récits
interminables, des inventions stupéfiantes, depuis le
jour de la naissance jusqu'au triomphe définitif. Il
fut tout, cet enfant, dans le rêve naïf, passionné et
attendrissant de cette extraordinaire petite créature,
qui vivait maintenant, chaste, entre nous cinq,
qu'elle appelait ses «cinq papas». Elle le vit et le
raconta marin, découvrant un nouveau monde plus
grand que l'Amérique, général rendant à la France
l'Alsace et la Lorraine, puis empereur et fondant
une dynastie de souverains généreux et sages qui
donnaient à notre patrie le bonheur définitif, puis
savant dévoilant d'abord le secret de la fabrication
de l'or, ensuite celui de la vie éternelle, puis
aéronaute inventant le moyen d'aller visiter les
astres et faisant du ciel infini une immense promenade pour les hommes, réalisation de tous les
songes les plus imprévus, et les plus magnifiques.

Dieu, fut-elle gentille et amusante, la pauvre
petite, jusqu'à la fin de l'été!

Ce fut le vingt septembre que creva son rêve.
Nous revenions de déjeuner à Maisons-Laffitte et
nous passions devant Saint-Germain, quand elle eut
soif et nous demanda de nous arrêter au Pecq.

Depuis quelque temps, elle devenait lourde, et
cela l'ennuyait beaucoup. Elle ne pouvait plus
gambader comme autrefois, ni bondir du bateau sur
la berge, ainsi qu'elle avait coutume de faire. Elle
essayait encore, malgré nos cris et nos efforts; et
vingt fois, sans nos bras tendus pour la saisir, elle
serait tombée.

Ce jour-là, elle eut l'imprudence de vouloir
débarquer avant que le bateau fût arrêté, par une de
ces bravades où se tuent parfois les athlètes malades ou fatigués.

Juste au moment où nous allions accoster, sans
qu'on pût prévoir ou prévenir son mouvement, elle
se dressa, prit son élan et essaya de sauter sur le
quai.

Trop faible, elle ne toucha que du bout du pied
le bord de la pierre, glissa, heurta de tout son
ventre l'angle aigu, poussa un grand cri et disparut
dans l'eau.

Nous plongeâmes tous les cinq en même temps
pour ramener un pauvre être défaillant, pâle comme
une morte et qui souffrait déjà d'atroces douleurs.

Il fallut la porter bien vite dans l'auberge la plus voisine, où un médecin fut appelé.

Pendant dix heures que dura la fausse couche elle supporta avec un courage d'héroïne d'abominables tortures. Nous nous désolions autour d'elle, enfiévrés d'angoisse et de peur.

Puis on la délivra d'un enfant mort; et pendant quelques jours encore nous eûmes pour sa vie les plus grandes craintes.

Le docteur, enfin, nous dit un matin: «Je crois qu'elle est sauvée. Elle est en acier, cette fille.» Et nous entrâmes ensemble dans sa chambre, le cœur radieux.

N'a-qu'un-œil parlant pour tous, lui dit:

«Plus de danger, petite Mouche, nous sommes bien contents.»

Alors, pour la seconde fois, elle pleura devant nous, et, les yeux sous une glace de larmes, elle balbutia:

«Oh! si vous saviez, si vous saviez.. quel chagrin... quel chagrin... je ne me consolerai jamais.

— De quoi donc, petite Mouche?

— De l'avoir tué, car je l'ai tué! oh! sans le vouloir! quel chagrin!...»

Elle sanglotait. Nous l'entourions, émus, ne sachant quoi lui dire.

Elle reprit:

«Vous l'avez vu, vous?»

Nous répondîmes, d'une seule voix:

«Oui.

— C'était un garçon, n'est-ce pas?

— Oui.

— Beau, n'est-ce pas?»

On hésita beaucoup. Petit Bleu, le moins scrupu-
leux, se décida à affirmer:

«Très beau.»

Il eut tort, car elle se mit à gémir, presque à
hurler de désespoir.

Alors, N'a-qu'un-œil, qui l'aimait peut-être le
plus, eut pour la calmer une invention géniale, et
baisant ses yeux ternis par les pleurs:

«Console-toi, petite Mouche, console-toi, nous
t'en ferons un autre.»

Le sens comique qu'elle avait dans les moelles
se réveilla tout à coup, et à moitié convaincue, à
moitié gouailleuse, toute larmoyante encore et le
cœur crispé de peine, elle demanda, en nous regardant tous:

«Bien vrai?»

Et nous répondîmes ensemble:

«Bien vrai.»

CHRONOLOGIE DES TEXTES

Une partie de campagne
  La Vie moderne (2,9 avril 1881); repris dans *La Maison Tellier* (1881).

Sur l'eau
  En canot, dans *Le Bulletin français*, 10 mai 1876; repris dans *La Maison Tellier*, 1881.

En famille
  La Nouvelle Revue, 15 février 1881; repris dans *La Maison Tellier*, 1881.

Au printemps
  La Maison Tellier, 1881.

La Femme de Paul
  La Maison Tellier, 1881.

Histoire d'un chien
  Le Gaulois, 2 juin 1881.

Un parricide
  Le Gaulois, 25 septembre 1882; repris dans *Contes du jour et de la nuit*, 1885.

L'Ane
   Le Gaulois, 15 juillet 1883; repris dans *Miss Harriet,* 1884.

Regret
   Le Gaulois, 4 novembre 1883; repris dans *Miss Harriet*, 1884.

Le Père
   Gil Blas, 20 novembre 1883; repris dans *Contes du jour et de la nuit*, 1885.

Lettre trouvée sur un noyé
   Gil Blas, 8 janvier 1884; repris dans *Le Colporteur*, posthume, 1900.

Souvenir
   Gil Blas, 20 mai 1884; repris dans *Contes du jour et de la nuit*, 1885.

La Peur
   Le Figaro, 25 juillet 1884.

Le Père Mongilet
   Gil Blas, 24 février 1885; repris dans *Toine*, 1886.

Petit Soldat
   Le Figaro, 13 avril 1885; repris dans *Monsieur Parent*, 1885.

Ça ira

Gil Blas, 10 novembre 1885; repris dans *Monsieur Parent*, 1885.

Au bois

Gil Blas, 22 juin 1886; repris dans *Le Horla*, 1887.

L'endormeuse

L'Echo de Paris, 16 septembre 1889.

Mouche

L'Echo de Paris, 7 février 1890; repris dans *L'Inutile Beauté*, 1890.

TABLE DES MATIÈRES

Dans la même collection (suite):

Imprimé en Suisse